「お世話になります」
コノハ
konoha
セレナ
serena

真顔である。
完全に居座る気満々である。
ヒロ
hiro
目覚めたら最強装備と宇宙船持ちだったので、一戸建て目指して傭兵として自由に生きたい 12

リュート

皿 鍋島テツヒロ

目覚めたら最強装備と宇宙船持ちだったので、一戸建て目指して傭兵として自由に生きたい

12

口絵・本文イラスト
鍋島 テツヒロ

装丁
coil

CONTENTS

プロローグ

誰かの柔らかな気配を感じて目が覚めた。息遣い、微《かす》かな衣擦《きぬず》れの音……それに、そっと頬に触れてくる柔らかく、温かい手。些《いささ》かも敵意や殺意、悪意を感じない、ただただ穏やかな気配だ。

「我が君、起きる時間ですよ」

「んん……」

声のする方向に顔を向けながら目を開けると、金色の瞳《ひとみ》と目が合った。それだけで彼女は嬉《うれ》しげに目を細め、そして実際に微笑《ほほえ》みを浮かべる。

「おはようございます、我が君」

「ああ、おはよう」

挨拶《あいさつ》を交わし、一度目を閉じてから身を起こす。うん、着衣に乱れなし。まぁ、乱れもクソも俺はいつも寝る時はパンイチスタイルなので、とりあえず情事の気配は無いというだけの話なのだが。

俺を起こした金色の瞳を持つ銀髪の狐耳娘《きつねみみむすめ》——クギはそんな俺の姿を目にして少し顔を赤くしている。うん、身を起こした俺の上半身が顕《あらわ》になっているね。これくらいで顔を真っ赤にしてしまうクギは実に初心《うぶ》だなぁ……ちょっと新鮮だ。

ちなみに、クギもしっかりと服を着ている。当たり前だが。まだ彼女とそういう関係には至っていないのだ。俺に対するクギの傾倒？　信奉？　っぷりを考えると、求めれば応じてくれそうな気がする——というか応じてくれるのだろう。だからといってすぐにそういう関係になるのは少し違うと思うんだよな。

エルマくらい世慣れた大人の女性ならともかく、クギはなんというかこう……純粋培養とでも言おうか、それとも箱入りとでも言おうか。とにかく危なっかしい……いや、違うな。服従的？

俺に身も心も捧《ささ》げるのが彼女の務め——というよりも使命なのだということはよくわかったが、それを笠《かさ》に着て関係を迫るというのがどうにもしっくりこない。

「わ、我が君？　そのようにじっと見られると、その、落ち着かないと言いますか……」

クギの顔を見ながらジッと考え込んでしまった。俺に見つめられたクギが顔を更に赤くしてしまっている。頭の上の狐耳もピコピコとそれはもう忙《せわ》しなく動いているな。なんというか反応が可愛《かわい》い。悪戯心《いたずらごころ》が芽生えてくるが、やめておく。俺は理性的な人間なので。

「悪い。目は覚めたから身支度を整えるよ」

「は、はい……その、失礼致します」

クギはそう言って頭を下げてからそそくさと部屋を出ていった。うーん、なんだかわからないけど、フワリと良い匂いがするな。香水というよりはお香だろうか。どうして女の子って男にはない良い匂いがするんだろうね？　お洒落《しゃれ》というものがわからぬ俺のような男にはまったくわからんな。

「さて、クギにもああ言ったし起きるかね」

今日も新しい一日の始まりだ。

☆★☆

「おはよう」

「おはようございます、ヒロ様」

「おはよ」

着替えて洗面所で最低限の身支度を整えて食堂へと赴くと、既にミミとエルマが朝食の準備をしていた。まぁ、準備と言っても飲み物を用意するくらいのことなのだが。食器は自動調理器に食事を注文した時に食事と一緒に出てくるからな。

「あれ？　クギは来てないんだな。先に来ているものかと思ってたんだが」

「何か悪戯でもしたんじゃないの？」

「してません。俺は品行方正な紳士だからな」

「紳士ねぇ……？」

何だその疑わしいものを見るような目は。いやまぁ、結局ミミやエルマにはすぐに手を出したわけだし、その後もメイやティーナ、ウィスカも迎え入れて取っ替え引っ替えやりたい放題しているわけで……紳士も何もないだろうというのは俺も否定はできないんだが。

「まぁ彼女の場合はちょっと事情が特殊だし。もう少し様子見するべきかと思うんだよ」

「そうかしら？　まぁヒロがそう思うんならとやかくは言わないけど」

「何を今更と思うかもしれないが、俺にも覚悟を決める時間が必要なんだ」

「その割には私には遠慮なかったわよね？」

「そう言われるとそうだな。何でだろうな？　何故《なぜ》だかわからないけど、エルマにはそういう気持ちを持つことはなかったんだよな。エルマになら甘えられると思ったからかもしれん」

「何よそれ」

そう言いつつ、エルマは満更でも無さそうな表情だ。

ミミは出会ったその日からもう俺が面倒を見なければ野垂れ死ぬか、或《あ》るいはもっと酷《ひど》い目に遭うことが容易に想像がつくような、か弱い存在だった。だからミミは最初から覚悟を決めていたし、その覚悟を感じ取った俺もそれに応えた。

じゃあエルマはどうか？　エルマに関しては極めて不運なトラブルによってにっちもさっちも行かなくなっていたところを俺が助けたわけだが、そのトラブルさえ凌《しの》いでしまえば寧《むし》ろ俺なんかよりも世慣れていて経験も豊富で、強い存在だった。だから俺は覚悟を決める必要もなく、ただただ甘えることができたわけだな。

「私にも甘えていいですよ！」

「わーい、ままー」

「おっきな子供ねぇ……」

両腕を広げて俺を迎え入れる姿勢を取ったミミの胸に飛び込む。いやぁ、凄《すご》い。これは凄い。圧倒。圧倒されるね。これが母性……あぁ、溢《あふ》れるバブみでオギャって幼児退行してしまいそうだ。

「おっはよーさーん……って朝から飛ばしとんな」

「むー……」

食堂に元気な声が響き、その後に不満げというか悔しげな唸《うな》り声が聞こえてくる。

「やぁ、おはよう二人とも。良い朝だな」

「とりあえずミミのおっぱいに顔を埋《うず》めるのをやめてから挨拶しような？」

「お兄さん、私も、私もそれします」

声の主達が俺の側《そば》に近づいて片方は俺の頭をペシペシと叩《たた》き、もう片方は俺の腕をクイクイと引っ張り始める。しかしミミも俺を渡すまいと俺の頭を抱え込んでホールドする。うん、素晴らしい。素晴らしいけどちょっと息が苦しい。服の布地のお陰で僅《わず》かに息を吸えるからなんとかなってるけど。ああ、でもなんだろう。良い匂いがするし柔らかいしもうずっとここに住みたい。

「ほら、貴方《あなた》達もいつまでもじゃれあってないで早くご飯食べなさい」

「イエスマム。あと改めておはよう、ティーナ、ウィスカ。あとミミ、ありがとう」

エルマに怒られたので素直にミミから離れ、ドワーフの整備士姉妹――ティーナとウィスカに朝の挨拶をする。あとミミにお礼を言っておく。朝一番のおっぱいは健康に良いな。そのうち癌《がん》にも効くように……いやこの世界では癌は命に関わる病気じゃないらしいけどさ。簡易医療ポッドで治せちゃうらしいし。

「はいはい、おはよーさん」

「おはようございます。あとで私にもなでなでさせてくださいね」

「どういたしまして！」

三人三様のお返事を頂いたところで連れ立って自動調理器のテツジン・フィフスの下へと向かう。

ちなみに、エルマは既に朝食を摂《と》り始めていた。朝から人造肉の分厚いステーキとマッシュポテトのような何かをモリモリと食べている。相変わらず胃袋が強いな。

「お、遅れました」

自動調理器の前まで来たところでクギも食堂に現れた。うん？　なんだかひとっ風呂《ぷろ》でも浴びてきたかのような雰囲気だな？　まぁ、このブラックロータスに設置されている風呂は入浴から乾燥まで全自動だから、普通の風呂に入った後のように髪の毛がしっとりとしたりはしないのだが。それでもこっちの世界で長く過ごしてきたから風呂に入った後かどうかは雰囲気でわかるようになっている。

「別に待たされたりしたわけじゃないから気にしなくていいぞ」

まぁ、わざわざ指摘するのも野暮というものなのだろう。そこには触れずに軽く声をかけてテッジンに朝食をオーダーする。今日はこの後トレーニングルームで身体《からだ》を動かすので、その情報を入力しておく。こうすることによってテツジンは俺の体調などのモニタリングデータや膨大なライブラリデータから最適な食事を分析してメニューを組んでくれるのだ。かがくのちからってすげー。

☆★☆

テツジンが出してくれた美味《おい》しい食事を皆と楽しく摂って、トレーニングルームで身体を動かしてから軽く汗を流す。ここまでが俺の朝のルーチンだ。ああいや、正確には今からやることも含めてが俺の朝のルーチンだな。

「おはよう、メイ」

「おはようございます、ご主人様」

朝の挨拶をしながらブラックロータスのコックピットに足を踏み入れると、中央に佇《たたず》んでいたメイド服姿の美女が俺に向かって振り向いた。腰まで届くような長く美しい黒い髪の毛と、目元を飾る赤いフレームの眼鏡が似合う美人さんだ。今日も耳元から伸びる白い機械パーツはピカピカに磨き上げられている。うん、今日もぼくのかんがえたさいきょうのメイドさんはいつも通りのようだ。

「ブラックロータスの調子はどうだ？」

「はい。改修作業によって総火力は28％向上し、シールド性能は31％向上しました。機動性も12％ほど改善しています」

「そいつは何よりだ。性能はいくら高くても困らないからな」

「仰《おつしや》る通りです」

首の後ろから太いコードを伸ばしたままメイが頷《うなず》く。そのコードはブラックロータスと彼女を直結させているものだ。その目的は勿論《もちろん》、メイによる艦全体の掌握である。このブラックロータスはメイによって全てが管理、運営されている。

「問題は無さそうか？」

「はい、船の改修による問題は確認できません。ティーナ様とウィスカ様による詳細チェックでも問題はないという結果が出ております」

「そうか。ならよし。メイにはいつも苦労をかけるな。ティーナとウィスカの移籍手続きにも骨を折ってもらうことになったし」

「いいえ、この程度は苦労のうちには入りません。何より、私にとってはご主人様に仕え、お役に立つことこそが喜びですから」

メイは至ってすました表情でそう言い、ふるふると首を横に振った。まぁ、膨大な処理能力を有する機械知性の彼女にとってはティーナとウィスカをスペース・ドウェルグ社から正式にうちのクルーへと移籍させる手続きなど造作もないことなのだろう。

「それでも俺の感謝の気持ちは受け取ってくれ。何かご褒美でもどうだ？　いつも苦労させてるから、俺としては何らかの形で労《ねぎら》いたいと思うんだが」

「いいえ、特に必要なものはありません。私の希望通りにブラックロータスを購入して頂き、その管理を任せて頂けているだけで身に余る光栄です」

「そうか……」

「ですが、それでもご褒美を頂けるのであれば……」

そう言ってメイは無表情のまま俺に両腕を広げてみせた。

「私にもご主人様を甘やかす権利を頂ければと」

「……それはメイに対するご褒美なのか？」

「はい」

寧ろ俺に対するご褒美なのでは？　と思うのだが、メイは断固たる態度で頷いた。

「この後も予定があるから、少しだけな」

「はい、存じ上げておりますのでご心配なく」

さぁ、と言わんばかりに腕を広げて待機するメイ。うん、まぁそういうことなら失礼して。

なお、この後あまりに極楽すぎて危うく寝落ちしかけた。メイの甘やかしは危険が過ぎる。

#1：嵐の前の平和な一時

はてさて。斯様《かよう》にのんびりとした、見ようによっては実に優雅な朝を過ごしている俺達であるのだが、実際に今はどのような状況なのか？　と言うと、俺達は変わらず帝国随一のシップヤード星系であるウィンダス星系に滞在したままであった。

変わったところと言えば、ブラックロータスの改修作業が終わったので宿を引き払ってブラックロータスに戻ったこと、整備士姉妹こと双子のドワーフであるティーナとウィスカが手続きを終えてスペース・ドウェルグ社を辞して正式に我が傭兵部隊《ようへいぶたい》――戦闘母艦一隻に戦闘艦二隻を擁するなら部隊と名乗っても問題はあるまい――の一員となったこと、エルマ用の戦闘艦であるアントリオンがロールアウトして納品されたということくらいか。

「エルマはアントリオンか？」

「はい。やっぱり自分用の乗艦ということで気になるみたいですね」

暫《しばら》くメイと過ごした後でブラックロータスの休憩スペースに戻ってくると、ミミとクギが仲良く並んでタブレット型端末を操作していた。ちょっと前には小型情報端末の操作も覚束《おぼつか》なかったクギであるが、中々の適応能力を見せて、今では小型情報端末の操作もタブレット型端末の操作も問題がないレベルにまでなっている。

「クギはどうだ？　オペレーターの勉強は」

「はい、我が君。難しいです。ですが、少しずつ修練を積んでいきたいと思います」

「うん、無理しない程度に――」

と、言いかけたところでふと思いついた。オペレーターとしての勉強はまぁ必要ではあるから続けてもらうとして、先にパイロットやサブパイロットとしての適性を見るのもアリなのではないか、と。

「お勉強も大事だけど、ちょっとお出かけしないか？」

「お出かけですか？」

ミミが首を傾《かし》げる。唐突な申し出だから疑問に思うのも当然だろう。クギの方は静かな表情で俺の顔を見上げてきている。いずれにせよ彼女は俺の提案に是と答えるのだろうな。

「傭兵ギルドにな。シミュレーターを使わせてもらいに行こうぜ」

☆★☆

「なんだか慌ただしい雰囲気ですね」

「ふん？　エッジワールド行きの件と関係があるのかね？」

「どうでしょう？　私達以外にも傭兵が同行するんでしょうか？」

「可能性は無くもないな。エッジワールド行きってことなら戦力はいくらあっても良いだろうし」

エッジワールド――最辺境領域というのは帝国の版図の端の端、最近帝国の支配下に組み入れられた文字通りの最辺境一帯を指す言葉だ。

宙賊やそれを狩る傭兵――半ば宙賊と殆《ほとん》ど変わらないようなモグリ連中も多数いる――や、未探査惑星の探査で異星文明の遺跡やアーティファクトを見つけて一発当てようと考えている所謂《いわゆる》『探索者』などと呼ばれる山師――異星文明由来でもなんでもないガラクタを売りつけて高利を貪《むさぼ》ろうとする詐欺師を含む――連中、場合によっては宇宙怪獣の類や未知の敵性国家なんぞが跋扈《ばっこ》していたりするテーマパークのような宙域なのである。

そんなエッジワールドの現状を憂いた皇帝陛下か、或《ある》いは軍のお偉いさんの思惑によってセレナ大佐がその面倒を見ることになり、俺達もその作戦行動に同道することが決まっている――というのが建前。実際のところは先日遭遇したレーザー兵器やプラズマ兵器による攻撃をものともしない謎の殺人鉄蜘蛛《てつぐも》の出処《でどころ》を探り、あわよくばあの装甲の製造方法か、そうでなくともより多くのサンプルを回収するのが目的であろう。

そして場所が場所なので、今しがた俺が口に出したように戦力はいくらあっても困らない。セレナ大佐の働きかけによって傭兵の戦力が招集され、その結果として人手不足に陥った傭兵ギルドが賑《にぎ》やかになっていても不思議ではない……という俺の考えをミミとクギに話しながら、受付へと向かう。

「いらっしゃいませ。依頼の受注ですか？　受注ですよね？　ああ、仰《おつしや》らないで。私どもにお任せください。最高の依頼をご用意致しますとも。さぁ、ＩＤをご提示ください」

マシンガントークを披露する受付嬢に内心辟易《へきえき》しながら小型情報端末を取り出して提示する。やはり傭兵ギルドの受付嬢というのは容姿も選考基準に入っているのだろうか？　今までに顔を合わせた受付嬢の皆さんは例外なくなかなかの美人さんなんだよな。

「ＩＤは提示するが、シミュレーターを借りに来ただけだぞ。ついでに言うと、もう指名依頼が入ってて他の依頼は請けられねぇから」

「チッ」

こ、こいつあからさまに舌打ちを……！　なかなかいい性格をしているな、この嬢。気に入った。別に何もしないけど。

「失礼な方ですね」

「まぁまぁ」

クギがスッと目を細めて怒りを顕《あらわ》にしている。尻尾《しっぽ》もちょっと膨らんでいる。なるほど、俺に無礼を働く人は彼女的にはアウトなのか。ミミが苦笑しながらクギをなだめているのがちょっと新鮮な心地である。クギの方が年上に見えるが、オペレーターとして傭兵生活に身を置いてきたミミの方が精神的には余裕があるのかもしれない。うーん、成長を感じるな。

「はーい、シミュレータールームの使用許可でましたー。どうぞー」

嬢は「あっちでーす」と投げやりな感じでシミュレータールームがある方を指差し、俺達への興味を失ったようだった。俺の傭兵ランクを見ても全く態度に出さず動揺もしない辺り、かなり肝の据わった受付嬢であるようだ。もしかしたら傭兵として大成する才能があるんじゃなかろうか？

「ヒロ様？」

「ああ、なんでもない。行こうか」

まだじっとりとした視線を受付嬢に向けているクギの手を引いてシミュレータールームへと向かうことにする。とりあえず、今日やることはミミのパイロット適性の再確認と、クギのパイロット適性の確認だ。ミミは前に一度シミュレーターに乗せたことがあるんだが……まぁ、その、お世辞にも適性が高いとは言えない感じであった。

『あぁぁぁぁぁぁぁぁっ⁉』

そして今日もこうなった。ミミが操艦しているシミュレーター上の乗機であるザブトン――初心者御用達《ごようたし》の安価な戦闘艦――がコントロールを失って不規則な回転運動をしながらレーザー砲を乱射している。うん、通常のフライトは大丈夫なんだけど、戦闘機動を始めるとすぐにああなってしまうんだよな。

対するクギの操艦は安定している。今日が初日なので動きにぎこちなさがあるのは当たり前なのだが、それが『多少』レベルなのはなかなかに並外れていると評しても良いかもしれない。まだシミュレーターに触って一時間も経《た》っていないのに、過不足無く船を動かして配置された静止ターゲットをレーザー砲で破壊し、移動するターゲット相手にも冷静に対処している。これは鍛えれば一流のパイロットになれそうだ。

うーん、これは方針を転換してミミのサブパイロット化は一旦《いったん》停止してオペレーターとしての道を極めてもらい、クギをサブパイロット枠にしたほうが良いだろうか？　無論、ミミも訓練を重ねればあんなことにはならなくなるのかもしれないが、ああなってしまうのもある意味才能なんだよな……いやそうはならんやろっていう。なってるんだから現実を認めなきゃならないんだが。

「はい、ミミは一旦操縦桿《そうじゅうかん》から手を放してフライトアシストモードに任せて停止。クギはその調子で次のステップに進もうか」

二人のシミュレーター訓練をコーチングしつつ、ミミにどう話を持っていくべきかと頭を悩ませる。ミミはサブパイロットへの転身の件、かなり前向きに受け止めてたからな。才能無いからやっぱあの話ナシね、新入りだけどクギにやってもらうわ、とストレートに言うのは流石《さすが》に角が立つだろう。いや、ミミなら俺の言うことには従ってくれるだろうが、それで良い関係を築きつつあるクギとの間がまたギクシャクするのも問題だ。

うーん、こういう時は一回エルマに相談するのが良いかな？　うん、そうしよう。

☆★☆

「気にしすぎよ」

ここはエルマ用の新造艦、アントリオンのコックピットだ。彼女はそのメインパイロットシートに座ったままそう言って苦笑いを浮かべた。

「ヒロがオーナーで船長で私達のリーダーなんだから、好きにすれば良いのよ」

「適当すぎんか？」

サブパイロットシートに座ったまま思わず顔をしかめる。ワンマン経営のブラックカンパニーじゃねぇんだぞウチは。

「意外とこういうとこナイーブよね、あんた。普段は宙賊の群れとか結晶生命体の群れとかに平気で突っ込むくせに」

「それとこれとは話が別じゃん。勝てる戦いに尻込《しりご》みする理由はないし」

「そんなんだから二つ名が『クレイジー』なんて物騒なやつになるのよ……まぁ実際のところ、戦闘機動がまともにできないんじゃパイロットは難しいからね。誰よりも本人がそれを一番理解してると思うわよ？」

「訓練で克服できるかもしれないだろう。銃だって撃てるようになったんだし」

「それだってまともに撃てるようになっただけで、人に向けて撃てるかどうかは別の話でしょ？」

「それはそうだけども」

とにかく、ミミは本当に根っから争いごとに向かないらしい。育ちが良すぎるのだろうな。ある意味では貴族のお嬢様や皇族のお姫様よりも箱入り娘なのかもしれん。彼女は元々コロニーの中産階級の家庭の娘さんで、争い事というものから完全に隔離された環境で育ったらしいし。

「あの子は格闘術も苦手だしね」

「争い事自体が苦手って感じだよな。身体《からだ》を鍛えること自体はあまり苦に思わないみたいだけど」

「サブパイロットじゃなくてエンジニアとかナビゲーター方面に進んだほうがあの子向きかもね」

エンジニアというのはティーナやウィスカのようなメカニックとは別で、機関制御やシールド制御、サブシステムの統制を行うプロフェッショナルだ。SOL《ステラオンライン》ではプレイヤーの技能では代替できないNPCクルー専用の職能で、艦の基本性能やシールド性能に若干のボーナスを提供し、シールドセルやチャフといったサブシステムを自動で使用してくれるようになるという性能を有していた。所謂機関士というやつだな。

ナビゲーターは超光速航行時の最高速度や運動性、超光速ドライブやハイパードライブの起動時間を多少改善し、ハイパーレーン移動中に経過する時間も同じく多少改善するNPCクルーだったな。こちらは航海士といったところだ。

「うーん。いずれはミミにも輸送船なんかを預かってもらって、補給や交易なんかを任せたいと思ってたんだけどな」

「将来的にはそれもいいかもね。ただ、今はエンジニアやナビゲーターとしての経験と訓練を積み重ねていくっていうのも良いと思うわよ。後に船長として輸送船を指揮するなら、どっちの経験も有効に働くしね」

「なるほど。それもそうかもしれないな」

最終的にミミのキャリアとして有効に働くのであれば良いか。操縦技術を持つパイロットは雇うなり何なりして、ミミは艦全体の指揮を執るってスタイルでも良いわけだし。寧《むし》ろ、ミミの気性的にはそちらの方が合うのかもしれない。

「いずれミミに輸送艦、ないし補給艦を任せたいって思っていた件も含めてミミにしっかりと伝えることね。ああ、いえ、やっぱり私も一緒に行くわ」

「それは助かる。エルマは本当に頼りになるな」

「当たり前でしょ？　あんたより私のほうが先達なんだからね」

そう言ってエルマが自信に満《み》ち溢《あふ》れた表情をしてみせる。うん、完璧《かんぺき》にドヤ顔だ。だが本当にその通りでこうして頼りになるから頭が上がらんな。

「ま、私としては頼られて悪い気はしないしね。メイよりも先に私に相談しに来てくれたのはなんだか誇らしいわ」

「対抗意識があったのか？」

「対抗意識ってほどのものじゃないわよ。単に頼られて嬉《うれ》しいって話。さ、行きましょ。善は急げって言うしね」

エルマがメインパイロットシートから腰を上げ、手を差し伸べてきた。俺もその手を取ってサブパイロットシートから腰を上げる。

そうだな、こういうのはさっさと片付けるに限る。早速ミミと話をしにいくとしよう。

☆★☆

「というわけなんだよ」

「なるほど……」

ブラックロータスの食堂に移動してクギと一緒にお茶を飲んでいたミミに先程エルマと話していた件を伝えると、ミミはそう呟《つぶや》いて目を閉じ、俯《うつむ》いた。

「ヒロ様は、私とずっと一緒にいてくれますよね？」

すぐに顔を上げたミミが真剣な眼差《まなざ》しを俺に向けながらなかなかにヘヴィな問いを放り投げてきた。これは重い。だが俺の心はとっくに決まっているので、答えに窮することもない。

「勿論《もちろん》そのつもりだ。ミミに愛想を尽かされない限りはずっと一緒にいたいと思ってるよ」

「それなら良いです。私はヒロ様にとって最も都合が良いように力を尽くしたいですね」

「そう言ってくれるのは嬉しいけど、ミミも自分の将来を考えてだな……」

「私は将来もヒロ様とずっと一緒にいます。だからヒロ様にとって都合の良い技術を身に着けていきたいです」

Ｏｈ……ヘヴィ。実にヘヴィ。

「ＯＫ、それじゃあ今後はナビゲーターとエンジニア、どちらか肌に合う方の学習を進めていってくれ。オペレーターからとなるとナビゲーターへの転身の方が親和性が高そうだが、そこはミミの判断で良い」

「わかりました。じゃあクギちゃんはサブパイロットとしての訓練を積んでいくことになるんですね？」

そう言ってミミは少し離れた場所からこちらの様子を窺《うかが》っているクギに視線を向けた。別に内緒話をしていたわけではないので、俺達の会話内容はクギにも聞こえているだろう。というか実際に聞こえているようで、ミミに名前を呼ばれて視線を向けられたからか、クギもこちらに視線を向けて頭の上の耳をピクピクと動かしている。可愛《かわい》い。

「そうしてもらうことになるな。そういう意味ではミミとクギで役割の分担がはっきりする形になるか」

「わかりました。これからも頑張っていきます」

そう言ってミミはにっこりと良い笑顔を見せてくれた。

俺達も一端の傭兵《ようへい》団としてやっていくのであれば、長期的な視点というのを考えて日々過ごしていく必要が出てくるだろうからな。まぁ、あまり人を増やしすぎても俺のキャパを超えかねないし、その予定は正直あまりないいんだけども。仲間として迎え入れるとなると信用できるかどうかって問題もあるしな。

「うん、無理しない程度に――」

と、言いかけたところで食堂に能天気な声が響き渡った。

「ういっすー！　あー、つっかれたわぁー。みんなもお疲れちゃーん」

「お姉ちゃん、はっちゃけすぎ」

会社を辞めてなんか色々と吹っ切れたのか、先日からテンションが高いままのティーナとウィスカの登場であった。いや、テンションが高くてはっちゃけてるのは姉のティーナの方だけなんだけれども。あやつ、まさか仕事中にも酒を飲んでるんじゃないだろうな？

「あれ？　なんか真面目な話しとった？」

「しとった」

「堪忍して？」

「まぁええわ。許したる」

「やったー、兄さん太っ腹ー」

ティーナが諸手《もろて》を挙げて喜びの意を示す。いやほんとテンションたけぇな。やっぱ酒キメてない？　あーゆーどりんきんぐ？　ちょっと息ハーッてしてみ？

「素面《しらふ》です……なんかすみません、お姉ちゃんここのところずっとこんな感じで」

「仕事でミスって大怪我《おおけが》とかしないようにだけ気をつけておいてくれ」

「はい」

妹のウィスカは姉の行動を見て恐縮しきりのようである。苦労するなぁ、この子も。

☆★☆

さて、ミミとクギの訓練方針も決まったことだし、エルマ用の戦闘艦の調達もブラックロータスの改修も終わった。ここのところ自由に宇宙を飛び回ってドンパチする機会もなかったので、そろそろお仕事に取り掛かりたいのだが、残念ながら今は帝国航宙軍――というかセレナ大佐の対宙賊独立艦隊から指名依頼が入っており、艦隊の出撃準備が完了するまで待機を命じられている状況である。勝手にフラフラとウィンダステルティウスコロニーから出ていくと怒られるどころの騒ぎでは済まないので、不本意ながら特にやることもなく待機しているしかない状況だ。

まぁ、出撃したところでこの星系は帝国航宙軍のお膝元《ひざもと》と言って良い星系だ。宙賊とやりあおうと言うのであれば少なくとも三回――万全を期すなら五回か六回はハイパーレーンを移動しなければまともな稼ぎを得ることはできまい。五回、六回とハイパーレーン移動を行うとなれば、片道でも数日の行程となる。軽々しく「ちょっとそこまで」と言って出ていけるような距離ではないな。

というか、軍の任務中にやらかしたらほぼ確実に脱走扱いされる行為である。

「それで私達の仕事を見に来たんですか」

「よっぽど暇なんやなぁ」

「人が仕事をしている姿を見ながらくつろぐのは楽しいぞ」

「よっしゃええ度胸や。その喧嘩《けんか》高く買《こ》うたる」

「ゆるして」

ティーナが化け物を解体できそうなプラズマ工具めいたものを持ち出してきたので、早々に降参する。それは人間に向けちゃダメなやつでは？

「しかし、地味だな」

「そらそうや。クリシュナもブラックロータスもアントリオンも整備は完璧な状態やで」

「そうなると、消耗しやすい部品とか、複製に時間がかかる部品を予《あらかじ》め備蓄しておくくらいですね。あとは今みたいにメンテナンスボットや軍用戦闘ボット達の整備とか、工具類や整備施設の整備とか」

「なるほどなぁ」

今、彼女達の周りには様々な形状のメンテナンスボットが集まっている。人型のものはほんの数体で、殆《ほとん》どのものは多脚型かつゴツくてパワーのありそうなアームを一本、または複数持つ作業機械めいた連中である。その他には高所作業を担当するドローン的な連中もいる。こいつらは重力制御技術を使ってふわふわと浮かんでいるらしい。あの無駄にハイテクなドリンクホルダーと同じ原理だな。

「まぁ、メンテナンスボットはメンテナンスボット同士で互いに整備できるようになっていますし、軍用戦闘ボット達は専用のメンテナンスシステムで全自動で整備ができるようになっていますからあまり手がかからない子たちばかりなんですけど」

「正直うちらが使う工具のが手が掛かるで」

「実際のところ、二人が直接手を使って整備するところなんてあるのか？」

これだけメンテナンスボットが揃《そろ》っていれば二人が直接工具を振るう機会なんて無さそうだが。

「クリシュナとかブラックロータスとかアントリオンの整備には必要ないな。ただ、鹵獲《ろかく》した宙賊艦から装備引《ひ》っ剥《ぺ》がしたり、ニコイチして修理したりするって話になるとうちらがメインになって作業せなあかんやん？」

「ああ、なるほど。それはそうかもしれんな」

「クリシュナも最初は手作業での整備が多かったですけどね。整備テンプレートがなかったから」

「ああ、うん。それはそうだろうね」

ブラックロータスはスペース・ドウェルグ社製で、アントリオンはイデアル・スターウェイ社製だが、クリシュナは俺がこの世界に迷い込んだ時に一緒に現れた——と思われる機体だ。どこが製造したものかということは全くの不明で、機体パーツの一部はブラックボックス化されている。

幸い、この世界の船とは一定の互換性があり、なんとか整備できてはいるのだが、ブラックボックス化されているパーツが損傷した場合には修理不能となる恐れが高い。実は今運用している船の中で一番の問題児なんだよな、クリシュナは。

「まぁ、少しずつ解析は進めてるんやけどね。基本的な整備範囲の作業テンプレートは作れたから、よほど重大な損傷を受けない限りは整備もなんとかなる」

「とりあえず消耗の激しいスラスター周りとか、可動アーム型ウェポンマウントは最優先でなんとかしましたからね。他の部分もだいぶ解析が進んで整備ができるようになりましたけど、やっぱりジェネレーター周りがネックです」

「兄さんなら大丈夫やろうけど、ジェネレーターへの直撃弾は避けるんやで」

「ジェネレーターが破損するような状況はほぼ詰みだからなぁ」

当然ながら、航宙艦にとってジェネレーターは一番重要と言っても差し支えない弱点である。直接的な損傷を受けるような状態というのはシールドも装甲も抜かれてバイタルパートに風穴が空いたという状況に相違無いので、まぁその状況だと搭乗している人員もほぼ無事では済まない。爆発四散する前にコックピットブロックごと脱出できていれば御の字といったところだろう。

「まぁクリシュナの話はおいておいて、出撃はいつになるんやろね？　そろそろ時間潰《じかんつぶ》しのネタも尽きてくるところなんやけど」

「やることのネタが尽きたら二人はどうするんだ？」

「うーん、お勉強ですかねぇ。毎日コツコツとやってはいますけど」

「勉強？」

まさかウィスカの口から勉強なんて言葉が出てくるとは思わなかったので、思わず聞き返す。

「うちらはエンジニアやから、常に最新の素材や技術について勉強し続けないとあかんの。知識が古くて現行の製品の整備ができないエンジニアなんてただの穀潰《ごくつぶ》しやろ？」

「なるほど。知識と技術のアップデートが必要なわけだ」

「そういうことやね」

「そういうのにかかる費用については経費として申告してくれれば俺が出すから、ちゃんと申告するようにな。あまりに趣味に傾いたものはダメだけど」

「ほんま？　助かるわー」

「ありがとうございます」

ティーナとウィスカが揃って嬉しそうに笑みを浮かべる。

「メイに精査させるからな」

「うっ……だ、大丈夫や」

一応重ねて釘《くぎ》を刺しておく。専門家じゃない俺には申告された経費が正当なものかどうかなんて判断はできないからな。メイに任せるのが確実だ。メイには苦労をかけるが、これは必要な処置だろう。

「ところで、お兄さんはそんなにお暇なんですか？」

「お暇です」

エルマはアントリオンの調整にかかりっきりだし、ミミとクギは新たなるキャリアを積むべくメイを講師としてお勉強中である。俺はと言うと現状では新しい仕事も受けずにひたすら待機するしかないので、こうして働いているティーナとウィスカにちょっかいを出しに来るくらいしかやることがないのである。まぁ、趣味のホロムービー鑑賞なりトレーニングルームで身体を動かすなりしようと思えばできるのだが、一人でホロムービーを見たり身体を動かしたりするのも虚《むな》しいからな。

「兄さんって結構寂しがり屋なとこあるよなぁ」

「うーん……？　まぁ、そうなのかもしれんな？」

こちらに来てすぐの頃は一人で過ごしていたが、その後はミミを拾って、さして日を置かずにエルマも拾った。なんだかんだでいつもミミかエルマと過ごしていたし、その後もメイが増えてティーナとウィスカが増えて、いつも誰かしらと一緒にいることが多かった。元の世界では割と一人で過ごす時間が多かったのだが。

「ん、まぁうちらも急いでやらなあかん作業も無いし？」

「そうだね、お姉ちゃん。お兄さん、何をしましょう?」

なんだか二人がとても優しい顔になっている。やめないか、君達。そのナチュラルに母性めいた感情を向けてくるのは。なんだかとてもいたたまれない気分になってくる。

なお、この後二人の部屋でホロムービー鑑賞をしたりして大変に楽しい時間を過ごした。

☆★☆

「なーなー、兄さん」

「んー?」

ホロ動画を二本見終わったところでティーナが声をかけてきたので、応じる。今見たのは所謂《いわゆる》原始文明と呼ばれる恒星間航行技術を持たない文明を研究する研究家兼探索者が事故の果てに原始文明が支配する惑星に不時着し、原始文明人との交流を経て絆《きずな》を結び、最終的には再び宇宙へと戻っていくという内容のドキュメンタリー映画のようなものだった。

ノンフィクションというわけではないが、題材となる出来事はあったらしい。基本的に原始文明及び原始文明人との接触は宇宙文化保護法違反なのだが、不慮の事故などのやむを得ない事情があれば罪にはならない。それでも可能な限り接触は控え、文明の発達に影響を及ぼさないようにしなければならないらしいが。

まぁそれはそれとしてティーナの話を聞くとしよう。

「兄さんって所謂原始文明人なんよな?」

「あー……まぁ、そうね。俺の世界というか俺の星では宇宙空間は遠い場所だったから。恒星間航行技術なんて夢のまた夢だったな」

理論はあったのかもしれないが、俺は寡聞にして存じ上げない。国際宇宙ステーションが運営されているとか、ロケット開発が色々な国や場所で行われているという話は聞いていたが、俺には直接的な関わりがなかったし。

「宇宙文化保護法的にOKなんやろか？　この状況」

「良いんじゃね？　もうグラッカン帝国の市民権もあるし。何もかも今更じゃないかな」

「それもそっか。兄さん、故郷が恋しくなったりはせんの？」

「うーん、それなー……いくつかの理由から諦《あきら》めてる」

「いくつかの理由ですか？」

黙って俺とティーナのやり取りを聞いていたウィスカが左側から聞いてくる。うん、ソファの上で姉妹に左右からサンドされているんだ。こんな状況になるとかこっちの世界に来る前じゃ考えられないが、俺は前世でどんな功徳を積んだんだろうな？　いや、色々と死にかけるようなトラブルにも巻き込まれているから総合で見ればマイナスなのか？

「まず、俺が知る俺の故郷はソル星系の第三惑星である地球だ。つまりソルⅢだな」

「星系名も第何惑星なのかもわかってるなら帰れるんやない？」

「これは地球人がつけた名前だ。つまり、恒星間航行技術を持たない未開の原始文明人がつけた名前ってことだな。さて、銀河地図上にその名前で登録されているだろうか？」

「あっ……あー……」

俺の言いたいことがわかったのだろう。地球人視点では地球はソル星系の第三惑星だが、銀河地図を運用している恒星間航行種族にとってはソル星系はソル星系ではなくタイヨーピカピカ星系かもしれない。つまり、俺には故郷であるソル星系を銀河地図上で探す手段がない。実際、ソル星系だけでなく宇宙的には比較的近傍であろうと思われるシリウス星系やアルファ・ケンタウリ星系、タウ・セチ星系などもこの世界に来てすぐに調べてみたが、見つからなかった。

「俺がスーパーな天文学者とかだったら無数にある恒星の配置とかからソル星系の位置を割り出せるのかもしれないが、残念ながら俺はそういった知識とは関わりの薄い一般人でな。まず、これが理由の一つ目だ」

「なるほど。他の理由も聞いて良いですか？」

「オーケー。クギの言うことを全面的に信じるなら俺は異世界――ポテンシャルの高い世界から迷い込んできたわけだ。このポテンシャルの高い世界ってのが具体的に何なのかは俺にはわからんが、まぁとにかく超自然的な力で時空間を飛び越えたんだろうということだけは想像がつく」

「エンジニア的にはその『よくわからないふしぎなちからでなんやかやあった』ってのは納得いかんとこなんやけど」

「わからないもんはわからないんだから仕方がない」

微妙に納得のいかない表情をしているティーナにそう言って肩を竦《すく》める。一体どんな理由でどんな作用が働いて俺がクリシュナと一緒にこの世界に来たのか？　という点についてはクギが主張するスピリチュアルな内容以外で説明がつきそうにないからな。

「でまぁ、話を戻すと仮にこの宇宙と俺がいた宇宙が同一のものだったとして、時空間を飛び越えた『今』ってのは俺がいた『今』とどれだけ離れているのかって問題がな？」

「「？・？・？・」」

俺の発言を上手く噛《か》み砕《くだ》くことができなかったようで、姉妹が左右で首を傾げる。

「つまりだ、俺がこの宇宙に飛んできたとかそういうことは横において、仮にこの宇宙に俺の故郷があるとして、今のこの瞬間は俺が認識していた『今』とどれくらい乖離《かいり》しているのか想像がつかんというわけだよ。超未来とか物凄《ものすご》い太古の昔だったりするかもしれないわけでな。宇宙的なスケールで考えると数千年、数万年程度は一瞬みたいなものだろ？　これが二つ目の理由だ」

「ああ。つまりお兄さんが元いた場所からジャンプした時に空間だけでなくて時間も飛び越えている可能性もあるってことですね。しかもそれがプラス方向かマイナス方向か、どちらにしても宇宙的なスケールで考えると元いた惑星に居場所があるかどうかわからないと」

「あー……数万年どころか数百年でも違ったらどうなってるかわかったもんやないなぁ」

医療技術の発達によって寿命が伸びているこの時代においても数百年という時間は長い。何度も世代が交代するだけの時間である。

「仮にこの宇宙から元の宇宙に戻れるとしても、戻ったところで俺の居場所はあるんか？　って問題がな……あと、奇跡的にこの宇宙に俺の故郷が存在して、時間もさして飛んでないとしても大問題がある」

「大問題？」

「俺はもうグラッカン帝国の市民権を持っていて、俺の知る俺の故郷は未開の原始文明惑星だ。帝国法と宇宙文化保護法的に帰れない。あと、仮に帰るにしてもクリシュナに乗って俺の星に降りるわけにもいかないだろう。これが三つ目の理由だ」

クリシュナはそれなりにデカい。何らかの対策をしなければ人工衛星を運用している地球の技術レベルでも反応を捕捉《ほそく》できる可能性がある。仮にそうなった場合、世界は大混乱に陥るだろう。マジモンのUFOの飛来である。騒ぎにならないわけがない。

「うーん、なるほど。確かに色々な観点から考えて無理そうですね……」

「そういうこと。まぁ、俺は元々親類縁者の類もそう多くはなかったからな。未練が全くないと言ったら嘘《うそ》になるし、突然姿を消すことになって申し訳ないという思いもあるが、今の生活を全て捨ててまで戻ろうとは思わないな」

「そっかぁ……でも、寂しくない？」

そう言って心配そうな表情でティーナが俺の顔を見上げてくる。

「二度と故郷に帰れないっていうのはそりゃ寂しいけど、今はもうクリシュナとブラックロータスが俺の家みたいなものだしな。それにこうして心配してくれる優しいティーナとウィスカがいるし。今の俺にとってはここが故郷で帰る場所だから、良いんだ」

仮に今の俺がクリシュナだけを供として別の世界だの宇宙だのに放り出されることになったら、なんとしてでもみんなのいるブラックロータスに戻ろうとするだろうな。まぁ、こんなことが何度も起こるとは思えないが、一度あったんだから二度目がないという保証もない。この世界に来てからトラブル体質も甚だしいからな……頼むからやめてくれよ。

「……兄さん、たまーに真顔でクサい台詞《せりふ》吐くなぁ」

茶化すようにそう言いながら、顔と耳を赤くしたティーナが指先で俺の太腿《ふともも》をいじいじし始める。

くすぐったいんですけど？　というかウィスカもなんか急に身体の密着度上げてくるじゃん。

「狙って言っているわけじゃないんだ……というか、これはそういう流れか？」

「……野暮ですよ、お兄さん」

「兄さんがふらふらとまたどっかに行かんよう、うちらが重石《おもし》になったる」

「なるほど」

そういう流れだった。後のことは察してくれ。

#2：タヌキ系サムライガール

「お世話になります」

翌日。唐草模様の風呂敷包《ふろしきづつみ》を背負ったタヌキ系女侍——ヴェルザルス神聖帝国の駐在武官、というか護衛官であるコノハが突然ブラックロータスのタラップに訪ねてきてそう言った。

真顔である。完全に居座る気満々である。断られるとは微塵《みじん》も思っていない顔である。

昨晩整備士姉妹と仲良く過ごして良い感じに上がっていた俺のテンションが急速に下降していくのを感じる。何故《なぜ》かって？　そりゃお前、生身で戦闘艦をバラバラに解体できそうなワンマンアーミーみたいな奴《やつ》が急に押しかけてきたらビビるでしょ。

「……大佐？」

「説明します……」

その隣にはなんか今までに見たことないような表情をしているセレナ大佐がいた。こころなしか胃でも痛めていそうな雰囲気である。あと、両肩が下がっている。今までになく弱ってるぞ、これ。

「あー……まぁ立ち話もなんだし。とりあえず上がって食堂にでも案内しようか」

「痛み入ります」

「助かります」

コノハが風呂敷包を背負ったまま礼儀正しく頭を下げ、セレナ大佐もまた感謝の言葉を口にしながら胃の辺りをさする。身体強化している貴族がストレスで胃を痛めるなんてことあるのかね？

　などと内心首を傾《かし》げながら宣言通り二人をブラックロータスの食堂へと案内する。途中、休憩スペースで二人で一緒に勉強をしているミミとクギに手を振りながらコノハとセレナ大佐を食堂へと招き入れた。

「とりあえず適当なところに座ってもらって、荷物も下ろしてもらって。ああ、空いてるテーブルの上とかで良いよ。で、なんか飲み物いる？　いらない？　そう。じゃあ話を聞こうか」

　二人を座らせた俺は対面に座り、聞く体勢になる。何にせよ話を聞かないことには判断も下せない。いや、まぁコノハが「何が何でも居座る。暴力を用いてでも居座る」とか言い出したら断ることもできないんだが。滅茶苦茶に頑丈な謎の殺人鉄蜘蛛《てつぐも》を生身で簡単に潰《つぶ》したり細切れにするような奴だからな、このタヌキ娘。こいつが内部で暴れたらブラックロータスも壊滅不可避だ。

「単刀直入に言うと今回の最辺境領域行きの件、コノハ殿を貴方《あなた》の船に乗せていっていただきたいんですよ」

「……なんで？」

　大佐の発言に我ながら物凄い率直な感想が口から飛び出してくる。いや、だってそうだろう。なんで？　としか言いようがない。コノハが最辺境領域行きに同行する理由も、同行するとして俺の船に乗る理由もわからない。グラッカン帝国とヴェルザルス神聖帝国の間で協議して同行することが決まったなら軍の船に乗せろよ。

「それを説明しますから……まず、私が貴方に仕事の話を持っていった後の話ですが、今回の最辺境領域行きにコノハ殿が同行することが決まりました。経緯に関してはコノハ殿のほうが詳しいですね？」

「はい。ヒロ殿なら戦った時に気づいたと思いますが、アレは思念波を放っていました。それも、かなり強力なものです。明らかに法力技術――こちらではサイオニックテクノロジーと言うのでしたか。そういったものを利用して造られた生体兵器というか、生体端末の類でしょう」

「何らかのテレパシーめいたものを感じたのは事実だな。で、わざわざ言い直したってことはアレは兵器の類ではないのか？」

「私は専門家ではないので細かいところまではわかりませんが、武官としての立場から見るならあれは明らかに兵器ではないですね。もしそうならもっと強力な思念波兵器なりなんなりを積んでいる筈《はず》です。物理的な攻撃手段しか持たないのは不自然でしょう。恐らくは採掘などの作業用の端末ではないかと思います。聖堂にそちら方面の専門家がいればもう少し詳しく調べられたと思うのですが……」

「なるほど。あの鉄蜘蛛にサイオニックテクノロジー的なものが関わっているのはわかった。それがどうしてこういうことに？」

あの殺人鉄蜘蛛にサイオニックテクノロジーが絡んでいるであろうということは感づいていたが、それでヴェルザルス神聖帝国が出張ってくるのはわからない。遠い他国の最辺境領域で起こった出来事にわざわざ首を突っ込んでくるものかね？

「ヒトの活動圏外から出処《でどころ》不明のサイオニックテクノロジーを利用した生体端末、それもまだ生きているモノが発掘されてきたとなると、端末の持ち主か統制装置が残っている可能性があります。場合によってはそれそのものが大きな脅威になりかねませんし、その存在が更に強大で危険な存在を封じているかもしれません」

コノハが至極真面目な表情で恐ろしいことを言い始める。直接口に出しては言わないが、もしサイオニックテクノロジー関連の強大で危険な何かが解き放たれてしまった場合、そちら方面の技術に明るくないグラッカン帝国では対処が難しいのでは？　とヴェルザルス神聖帝国は考えているのかもしれない。

「それでヴェルザルス神聖帝国が介入すると……？　内政干渉じゃないのか？」

「そこは最辺境領域ということもありますし、柔軟に対応をしたというところですね。それにヴェルザルス神聖帝国は遠いですし、グラッカン帝国の最辺境領域に領土的野心を持つことも無いでしょうから。それと、ヴェルザルス神聖帝国の評判もありますね」

「評判？」

「宇宙怪獣などの銀河の脅威に対処するのは我々の義務です」

「ということです。こういった案件に関してはヴェルザルス神聖帝国に、というのは彼《か》の国と交流を持つ星間国家の間では常識みたいなところもあります。実績もありますし、こういった案件に関してヴェルザルス神聖帝国は積極的に介入する割に何一つ対価を受け取ろうとしません」

「いえ、こうして同行や滞在場所の確保を依頼したりはしているので……全く何も受け取っていないわけではないです」

そう言ってコノハが首を横に振るが、いくつもの星系を支配する星間国家にしてみればそんなものにかかるコストなどというものは実に些少《さしょう》なものなのだろう。

しかし、銀河の脅威への対処ね。クギもヴェルザルス神聖帝国の民はそんな感じの使命を果たすために生きているみたいなことを言っていた覚えがあるな。一種のイデオロギーみたいなものなのだろうか。

「なるほど……コノハが最辺境領域行きに同行する経緯はわかったけど、なんで俺の船なんだ？」

俺にとってはこれこそが最大の謎である。最辺境領域で展開される作戦に同行して現地の状況を確かめるということであれば、わざわざ俺の船に乗る理由はなんなんだという話になる。帝国航宙軍の船に乗っていけば良いだろう。

「それはですね……」

「私の希望です」

セレナ大佐が説明をしようと口を開きかけたところでコノハがスパッと断言する。真顔で。

「Ｗｈｙ？」

「どうせならうちの巫女殿《みこ》の生活ぶりを確認しておこうかな、と」

そう言ってコノハがジットリとした視線を俺に向けてくる。なんというか、若干敵意のようなものも滲《にじ》んでいる気がする。一体これは何事なのだろうか？

「既に関係者がいるという実績があり、コノハ殿たっての希望ということもあってですね……あと、軍の船に搭乗していただくとなると、どうしても機密の関係で不便な思いを強いてしまう可能性が高く」

そんなコノハの発言と態度を取り繕うようにセレナ大佐が言葉を紡ぐ。なんというか、普段セレナ大佐があまり見せないような態度だな……今回の件、どうやら『上』に絶対になんとかしろと強く言われているのではないだろうか。不憫《ふびん》な。

「それでうちにってことか……まぁ、部屋は余ってるしコノハとは知らない仲でもない。見られて困るようなものもないし、部屋も余ってるから構わんと言えば構わんが」

「それでは——」

俺の発言にセレナ大佐がホッとしたような表情を浮かべ。

「それはそれとして引き受ける理由もないな」

そのまま固まった。いや、ごめんて。上げて落とすつもりは……無かったわけじゃないけど。そこまでショックを受けるとは思ってなかった。でも、大佐も悪いと思うぞ？

「……あの、どうしてそんな意地が悪いことを？」

コノハがそう言って不審げな表情を向けてきたので、仕方無しに説明をすることにする。

「意地悪じゃなくてだな……他国のＶＩＰの安全を守りながら最辺境領域に連れていくっていうのはなぁなぁで済ませて良い仕事じゃないからな？　俺の船に乗った以上はあんたには俺の命令に従ってもらうことになる。何の取り決めも契約も無くそんなところにＶＩＰを放り込むのは帝国としても無責任にも程があるだろう。こっちとしても何か問題が起こった時に『帝国は関係ありません。全部あの傭兵《ようへい》がやりました』だなんてことを言われたらたまらんからな。口約束で済ませて良い問題じゃない。それに、あんたが船に乗るってことはそれだけ呼吸をするし、飯も食うし、水も使うってことだ。俺が私財で買い揃《そろ》えた船の設備を使い、寝室をプライベートスペースとして占拠するってことでもある」

「つまり、金を払えと？」

コノハの目がスッと鋭くなる。やめろ、怖いから。口に出しては言ってないけど、生身でパワーアーマーの小隊を容易に捻《ひね》り潰すことができるお前を船に乗せるのって普通にハイリスクなんだからな？　面と向かって言ってないだけ俺は理性的だと思うぞ。

「この話を持ってきた帝国が払うのが筋だろうな。別に端金《はしたがね》が欲しくて強請《ゆす》ろうってわけじゃないからな？　コノハ一人が増えたくらいでうちの生命維持システムも用意している補給物資の備蓄も小揺るぎもしないし、船室には余裕がある。ただ、人の命が懸かってる以上はなぁなぁで済ますわけにはいかないってことだ。俺にはクルー達を守る責務もある」

俺がそう言うと、コノハは剣呑《けんのん》な視線を収めて逆に感心したような表情になった。

「なるほど……貴方は傭兵団の長《おさ》としてちゃんと物事を考えているのですね」

「俺なりにな。で、帝国としてはどうなんだ？　プランの一つくらい持ってきてるんだろ？」

「ええまぁ、はい。こちらが契約書です。傭兵ギルドは通しませんが、帝国と帝国航宙軍が内容を保証するものですね」

俺達の様子をハラハラしながら静観していたセレナ大佐が大変に疲れた様子で契約書のデータを送ってくる。ザッと目を通してみるが、俺の目からは特に問題はないように見える。細かい注意事項などは読み飛ばしているから、どこかに落とし穴があるかもしれんが。

簡単に言えば、帝国航宙軍はコノハの滞在費及び護衛費として俺達に一日当たり１０００エネルを支払う。これにはコノハの食費なども含まれる。まぁ、要人一人の護衛費として適正かどうかはわからんが、こちらの持ち出しはコノハが消費する水と食料、それに生命維持費くらいなので殆《ほとん》ど丸儲《まるもう》けみたいなものだろう。

それと、コノハが戦闘に巻き込まれて死傷などをしても基本的に俺達は責任を問われない。無論、故意にコノハを害すれば話は別だが。その他の個人間のトラブルに関してはあくまでも俺達とコノハとの個人的な内容に止《とど》まる範囲においては帝国も神聖帝国も関与しない。血が流れるような事態に発展した場合はこれもまた別だが。要は互いに悪意を持って接しない限りは問題は無さそうといったところか。

「なるほど。メイ」

『はい、ご主人様』

俺がメイを呼ぶと、返事と共に食堂のホロディスプレイが自動で起動し、メイの姿が映し出された。このブラックロータスはあらゆる面でメイに掌握されている。コノハ関連で何かトラブルが起きてもすぐにメイが対処してくれることだろう。

「内容を確認してくれ。問題がなければ請ける」

『はい、確認完了致しました。問題は無いかと』

メイにかかればこんなに文字数の多い契約書の内容も一瞬で確認される。だからといって普段から俺が全く目を通さないというのも問題なので、一応ざっくりと確認するようにはしているのだが。とにかく、メイも内容を確認したうえで問題無いと断言するなら大丈夫だろう。

「ならよし。それじゃあようこそ、コノハ・ハガクレ聖堂護衛官殿。最辺境領域までこのブラックロータスで寛《くつろ》いでくれ」

「はい、ありがとうございます。セレナ大佐殿も」

俺の歓迎の言葉にコノハが律儀に頭を下げる。セレナ大佐も今度こそ肩の荷が下りたとでも言いたげな表情だな。まぁ、俺のターンはまだ完全に終わったわけではないんだが。

「それと、俺の船に乗ることによるコノハの評判の変化に関しては俺は一切関知しないからな。そのつもりで」

「はぁ……？　評判の変化ですか？」

コノハが何のことだかわからないという表情で首を傾げる。いや、男の傭兵の船に女が乗るってことの意味は割と一般常識なんじゃないのか？　ミミですら知ってた話なんだが……もしかしたらヴェルザルス神聖帝国ではそういった風習は無いのかもしれない。

ちなみに、俺が切り出した話を聞いたセレナ大佐はまたホッとした表情のまま固まっている。だからごめんて。でもこういうのはちゃんと言っておいた方が良いだろ？

「俺の船には俺以外には女性クルーしかいない。そしてその全員が——ああいや、クギはまだだが。その大半は俺のお手つきだ。そんな場所に女性のコノハが一人で乗り込むってのがあんたの評判にどういう変化を齎《もたら》すかは理解できるよな？」

「……なるほど」

俺に指摘されてようやく俺の言いたかったことに思い至ったのか、コノハが探るような視線をこちらに向けてくる。こういう時に安易にサイオニック能力を使って俺の心情を探ろうとしてこないあたり、コノハもクギと同じく「みだりに法力を使うべからず」という掟《おきて》を守っているようだな。

「俺から手を出す気は無いからな？　ただ、世間はそういう目でコノハを見るようになるかもしれないってことだ。そういう評判が付きまとうことになっても俺は責任を取らないぞ。それを承知の上でということなら船に乗ってくれ」

「……わかりました。私としては問題ありません」

少しだけ俺の顔をジッと見つめた後にコノハが頷《うなず》く。これは俺とそういう関係になっても良いとかそういう意味でなく、そういった評判を気にしないという意味だろう。

「ということで話がまとまった。良かったな、大佐」

「ええ、良かったです。本当に……」

今度こそ本当に肩の荷が下りたセレナ大佐が心の底からホッとしたような表情を……しかけて警戒するような視線を向けてきた。だからごめんって。もうこれ以上ちゃぶ台返しはしないよ。

☆★☆

「お初にお目にかかる方も多いですね。私はコノハ・ハガクレと申します。ヴェルザルス神聖帝国の武官で、このウィンダステルティウスコロニーに設置されている我が国の聖堂を守る聖堂護衛官を務めています。今回はグラッカン帝国の最辺境領域で発見された遺物の調査にアドバイザーとして同行することになりました」

「で、まぁ色々と事情があって道中はうちで預かることになった。国家間のあれこれってやつだな。うちのルールに関しては皆から色々と教えてやってくれ。男の俺よりも女の子同士の方が色々と都合の良いこともあるだろう」

「よろしくお願いします」

そう言ってコノハがペコリと頭を下げる。

皆に休憩スペースに集まってもらい、コノハを紹介した。うちの面子《メンツ》でコノハと顔を合わせたのは俺とクギ、それにメイの三人だけだからな。コノハがあの殺人鉄蜘蛛《てつぐも》を滅茶苦茶にした話は全員にしたけど。

「よろしくお願いします、コノハさん！　私はミミです！」

「よろしく。私はエルマよ。まぁ、仲良くやりましょ」

「うちはティーナや。よろしくなぁ」

「ウィスカです。よろしくお願いします」

互いに自己紹介する女性陣を見ながらクギが微笑を浮かべている。耳はピンと立っているのだが、尻尾《しっぽ》をふりふりしていない。なんだろう、警戒でもしているのだろうか？

「クギ？」

「はい、我が君」

「あー、えーと……なんか思うところがあるのか？　大丈夫か？」

俺に呼ばれてトテテトテと近づいてきたクギの狐《きつね》耳に口を寄せて小声で聞くと、俺の吐息がくすぐったかったのかクギの狐耳がパタパタと動いた。

「だ、大丈夫です。そういうわけではないので」

クギがそう言って顔を赤くしながら俺の顔を見上げてくる。うーん？　本当にそうなんだろうか？　クギが俺に嘘《うそ》を吐《つ》くことは無いと思うが、何か嫌なことがあっても我慢したり溜《た》め込んだりはしてもおかしくなさそうなんだよな。

「何かあったらちゃんと言うんだぞ？」

「はい、我が君。気にかけてくださってありがとうございます」

そう言いながらクギが百点満点の笑みを浮かべてみせる。尻尾もゆっくりとふりふりしているので、今度は本当の笑顔なんだろう。ということは、先程コノハに向けていた微笑《ほほえ》みにはやはり何か含むところがあったということなのでは……？　まぁ、もう少し様子を見てみるか。

「さて、まずは荷解《にほど》きと荷物チェックだな」

「荷物チェックですか？」

眉根《まゆね》を寄せて俺の顔を見上げてくるコノハに否定の意味で軽く手を振る。

「変なものを持ち込んでいないかとかそういう意味じゃなく、足りない物がないかどうかだ。ゲートウェイを使っても最辺境領域までの道行きは長い。そして今回は帝国航宙軍の行軍に同行する形だから、自由にそこらのコロニーに寄港して補給をするわけにもいかない。だから、生活必需品が不足しないようにしっかりと用意する必要があるってわけだ。この船は女性が多いからある程度融通は利くと思うが、それでも自分の肌に合うものがちゃんと用意してあったほうが良いだろう？　うちのクルー達は長時間航行の経験も豊富だから、相談に乗ってもらうと良い」

「なるほど……わかりました。お世話になります」

「そうすると良い。どちらにせよ帝国航宙軍の用意が整うまでは動きようが無いんでな。クルー達と交流しつつ、航海の準備を整えてくれ」

「はい」

コノハは素直に頷いた。思ったより扱いやすいというかなんというか、真面目だな。自制心が強いというか、理性的というか……いや、素直というのが一番しっくりくるか？　とにかく俺としては接しやすい類の人柄に思える。

「ところで、その間ヒロ殿は何をされるのですか？」

「俺の準備は万端だし、宙賊狩りに行けるわけでもないからやることはないな。今日のトレーニングメニューもこなし終えてるから、ブラブラダラダラしてるさ」

「……それは少々怠惰というか、自堕落では？」

「空き時間を全て訓練と鍛錬に費やすほうが不健全だと思うが……張り詰めた糸は切れやすいものだぞ？」

「切れないほどに強靭《きようじん》であれば良いのです」

このタヌキ娘、マジである。本気と書いてマジと読むアレである。真顔である。

「ワァ……さてはオメー脳筋だな？」

扱いやすいという認識は大間違いだったかもしれない。

☆★☆

「美味《おい》しい！　これが……これが自動調理器の味ですか⁉」

「びっくりしますよね」

コノハがテッジン・フィフスの出した食事——奇《く》しくも俺と同じような和食っぽいメニューだ——を口にして驚愕《きようがく》し、そのすぐ横でクギがウンウンと同意するように頷いている。タヌキとキツネが並んでご飯を食べている……可愛《かわい》いな。見ているだけでほっこりとした気分になる。

荷解きを終え、艦内の案内などを終えたら夕食に丁度良いくらいの時間になったので、皆で揃って食堂で夕食にすることにしたのだ。

「そういえばヴェルザルス神聖帝国では自動調理器はあまり普及してないんだったか」

「はい。此《こ》の身どもの国では食材を調理して食することが多いですね」

「宇宙では殆どが出来合いの保存食を食べることが多いですけどね。このコロニーのような場所では火を扱うなんて以《もっ》ての外ですし」

「火は無理だよなぁ。熱を使った調理器は調達できないことは無いけど、そもそも生鮮食材は滅茶苦茶に高級品だし」

「本当に……本当に」

コノハが頭の上の丸耳と尻尾を震わせながら実感の籠《こ》もった声を上げる。ああ、これはアレだな。出来合いの保存食の味に飽きて生鮮食材を買いに街に出たら、とんでもない値段を目にして打ちのめされた経験があるんだろうな。

「というか、この国の食事はおかしくありませんか？　安価に手に入る食事といえば大半が賞味期限間近とか下手すると切れているような放出品の軍用レーションだとか、極めてジャンクな味の保存食の類ですし。食堂も安いところは基本的に雑な味の自動調理器製ジャンクフードですよ？　もう少しこう、まともな食事を……ああ、このご飯は美味しいです」

コノハがテツジンの料理を口に運んで感極まったような声を上げている。遠慮せずに好きなだけ食ってええんやで。おかわりも良いぞ。

「俺はジャンクな味も嫌いじゃないから割と大丈夫だが、そういうのが合わない人には辛《つら》い国かもしれんな」

多分これはグラッカン帝国の国民性というか、食事に対する感性の違いだろうな。グラッカン帝国の人達というのは基本的にあまり食事の多様性とか、味の善し悪《あ》しに無頓着《むとんちゃく》なところがあるように思う。美味しいものを美味しいと感じる感性が無いわけではないが、食事は基本栄養補給以外の何物でもないと割り切ってるところがあるんじゃないかな。

エルマは毎日同じようなメニューばっか食ってるし、美食を求めるミミですら毎日の食事のメニューはあまり代わり映えがしない。俺みたいに毎回違うメニューを食べているというようなことはあんまりないんだよな。ティーナとウィスカは割とバリエーション豊かなメニューを食べているが、それは二人がドワーフだからだろう。ドワーフの食生活は一般的な帝国人とは違うようで、かなり食への拘《こだわ》りが強い。グラッカン帝国で料理人と言えばだいたいドワーフだし。

「帝国の自動調理器は全部この自動調理器にすれば良いのでは？」

「いや、これなかなかの高級機だからな？」

お値段を教えてやると、コノハが真顔になって考え込み始める。

「貯金を崩せば買えますね……ただスペースが……ここはいっそのことコンゴウ殿に進言して聖堂の食堂に……」

どうやらテッジンを彼女の勤め先である聖堂に設置することを画策しているらしい。あのオオカミ系神主ことコンゴウ聖堂長が了承してくれると良いな。

☆★☆

「やっとですね」

「本当にな」

コノハの言葉に同意しながらブラックロータスの食堂でお茶を飲む。

コノハが船に来て更に二日。帝国航宙軍の準備が整い、ようやく出撃と相成った。

現在、クリシュナをハンガーに収容したブラックロータスは対宙賊独立艦隊の船や他の傭兵《ようへい》達の船と共にハイパーレーン内を航行中である。

「なんだか随分のんびりと過ごしたように思います」

「少々動きが鈍くありませんか？」

クギがお茶を飲んでほんわかとしているすぐ隣で若干不満げなコノハ。クギはコノハに何か思うところがあるのかと思っていたんだが、ここ二日の様子を見ると別にそういうわけでもないみたいだな。もしかしたら巫女《みこ》というか従者というか、俺の側《そば》にいるヴェルザルス神聖帝国人の座を脅かすとでも警戒していたのだろうか？　なんか違う気がするなぁ。まぁいいけど。それよりもコノハの疑問に答えるとしよう。

「こんなもんだろう。今回は対宙賊独立艦隊だけでなく傭兵もかなりの数を連れていくようだから、兵站《へいたん》の計画もしっかりと考えなきゃならない。うちは最大積載量の大きいブラックロータスを運用しているから軍からの補給が無くても余裕を持って行動できるが、他の傭兵は必ずしもそういうわけじゃないからな」

「ふむむ、兵站ですか……確かにご飯は大事ですね」

「別に飯だけの話じゃないけどな。ただ、まぁ飯が大事なのは確かだ。場合によっては反乱や脱走の原因となる。そこまで行かなくともマズい飯や生活必需品の不足は士気に関わるし、士気が落ちればパフォーマンスも相応に落ちる。だから俺はその辺りには特に気を遣っているつもりだぞ。星の海を航海する時代になっても、こういうところは海の上を風任せで進んでいた頃とそんなに変わっていないよな」

そう考えるとヒトの進化とは、文明の発展とは……みたいなことを考えてしまう。どんなに精神的に成熟しようとヒトがヒトである以上は三大欲求からは逃れられないし、飯や水が無ければ死ぬわけで、これればかりはどうしようもないものなのかもしれないが。

「まぁ、退屈な日々はこれからもまだ続くことになるだろうけど」

そう言って俺は肩を竦《すく》めてみせる。

実際のところ、出撃しても暫《しばら》くは俺達の出る幕は無い。何せ更に船の数が増えた対宙賊独立艦隊と一緒に行動するのだ。先ほども述べたように傭兵の船も多数同行しているわけで、つまり今の俺達は傍《はた》から見れば帝国航宙軍の正規戦闘艦を中心とした戦闘艦の群れなのである。

こんな集団に喧嘩《けんか》を売ってくる宙賊などいるわけもないので、エッジワールドに到達するまでは敵襲が起こることもまず考えられない。

「私は久しぶりにワクワクしてるから、早く出番が欲しいんだけどね」

「ワクワクするのは良いが、ヘマしていきなり大破とかやめてくれよ？」

「わかってるわよ」

食堂に飲み物を取りに来たエルマが手をヒラヒラと振りながら休憩スペースの方へと戻っていく。

エルマは久々に自分の船で出撃することに闘志を漲《みなぎ》らせているようだ。その闘志が空回りしないことを祈るばかりだが、まぁ機体に不備が無いことは再三確認済みだし、問題はないだろう。クリシュナとブラックロータスの戦い方もよく知っているし、連携面にも不安はない。シミュレーターで連携も確認したしな。本当なら実機で宙賊狩りをして連携を確かめたかったんだが、状況がそれを許さなかったのは大変に残念だ。

ちなみに、アントリオンはブラックロータスにドッキングして移動している。ブラックロータスのような大きな船にはハンガーに入らないような船とも人員や物資をやり取りするためのドッキングポートがある。

「ところで我が君。今、亜空間内を飛んでいるのですよね？」

「そうだな」

「まったくそのように感じられません」

「それはそうだろうな」

ブラックロータスは三十分ほど前にウィンダステルティウスコロニーから出港し、対宙賊独立艦隊と超光速ドライブを同期させて超光速航行状態へと移行。つい先程ハイパードライブを同期起動して艦隊ごとハイパーレーンへと侵入し、今はハイパーレーン内を航行中だ。

ブラックロータスのコックピットに行けば極彩色に彩られたハイパーレーン内の光景を見ることもできるだろうが、正直言ってアレはとても目に痛いのであまりオススメはしない。オススメはしないが。

「見に行くか？　ハイパースペース」

「はいっ！」

クギが頭の上の耳をピンと立ててぱぁっと顔を輝かせる。好奇心が強いんだよな、クギは。箱入りで育ってきたせいかもしれない。

「コノハは？」

「では私もお供しましょう」

コノハもまた頭の上の耳をピンと立てて同行の意を表明する。どういうわけか闘志というか使命感のようなものを漂わせているのは何故だろうか？

首を傾げながら食堂を出ると、先ほど食堂から持ち出した飲み物——ビールをチビチビと飲んでいるエルマと、タブレットとにらめっこをしているミミが休憩スペースで寛いでいた。いや、エルマはともかくミミは寛いではいないな。

「ミミ、あまり根を詰めるなよ？」

「あ、はい！　もう少しで終わりますから大丈夫です！」

声をかけると、ミミがタブレットから顔を上げて笑顔を向けてくる。エルマがヒラヒラと手を振っているのは「私が見ておくから大丈夫」という意味だろう。今日は酒量も控えめのようだし、任せて良さそうだ。

「彼女は何を？」

「ああ、多分買い付けた交易品のリストをチェックしていたんだろう。今回は主に酒やなんかの嗜《し》好《こう》品の類だな」

「嗜好品ですか？」

コックピットへと向かいながらコノハの質問に答えると、その答えを聞いたクギが首を傾げた。

クギもまだ船に乗ったばかりで知らないことは多いからな。説明してやるとしよう。

「ブラックロータスの最大積載量には余裕があるからな。俺達が使う分の物資を十分に積んでも有り余る程度には。だから、その分交易品を積んでいってちょっとした小遣い稼ぎをするんだよ。空荷で移動するのは勿体《もったい》ないからな。で、今回は行き先が最辺境領域だろう？　基本的にああいう場所では嗜好品が不足していて、良い値で飛ぶように売れるんだよ」

「なるほど。ヒロ殿には商才もあるのですね」

「知識として知っているだけで、経験は皆無だ。その辺はミミに丸投げさ。少しでも利益が出れば良し。最悪赤字になっても傭兵としての収入で取り返せば良い」

「なるほど……？」

なるほどと言いつつクギは再び首を傾げている。赤字になってしまうなら、やる意味がないのでは？　という心情が実にわかりやすく伝わってくるな。

「こういうのは何事も経験だ。俺の知識を基にミミが経験を積んでいけばそのうち利益が出るようになるさ。というか、もうミミに完全に任せても良いレベルで利益が出ている」

「なるほど。では此の身もミミさんのように我が君に何かを任せられるくらいに精進しなければなりませんね」

「そこまで気負う必要はないけどな。そういえば、サブパイロットの勉強はどうだ？」

「覚えることが多いですし、その場その場での判断力を求められるようなので、正直に言うと不安です」

「最初から完璧《かんぺき》にこなせるわけもないからなぁ。最初は用語だけしっかり覚えて、俺の指示通りにサブシステムを稼働させることにだけ集中してくれれば良いさ」

「はい、期待に応えられるように奮励努力致します」

そう言ってクギが拳《こぶし》を握って気合を入れる。頭の上の狐耳もピンと立っている。なんというか、感情がダダ漏れというかなんというか……可愛いなぁ。しかし、真面目すぎるのも少し心配だ。

「失敗してもフォローはなんとかするから思い詰めすぎないようにな」

「はい、我が君」

仕事に対する姿勢が真面目なのは良いが、あまり普段から張り詰めすぎるのも良くない。戦闘中にかかるストレスが非常に強い仕事だからな。俺に関しては未《いま》だに現実感が無いのか何なのかわからんが、全然ストレスを感じないいんだけど。この世界に来る際に脳味噌《のうみそ》のそういった恐怖とかを司《つかさど》る部分が変にでもなってしまったのかね？

などと考えながら黙って俺とクギの話に耳を傾けていたコノハにふと視線を向けると、何故か彼女は拍子抜けしたような表情をしていた。今の話のどこにそんな表情をする箇所があったというのか？　これがわからない。

そういえばクギの様子を見るのが目的とか言っていたっけか？　彼女の中で懸念していたことがあっさりと解決でもしたのだろうかね？　まぁ、わざわざ聞きはしないけどさ。

「ようこそ、ご主人様。クギ様とコノハ様も」

「ああ、邪魔するよ」

「「お邪魔します」」

クギとコノハが全く同じタイミングで同じ挨拶《あいさつ》をする。

ここブラックロータスのブリッジは実質上メイの私室というかテリトリー、或《あ》いは彼女の城のようなものである。メイドロイドである彼女自身がブラックロータスのブリッジを彼女の私的な空間であると主張したことは一度もないのだが、少なくともこの見解はメイを除いた全員の統一見解であった。メイ自身は決してそれを肯定しようとしないが。

「全くお邪魔ではありませんので、お気になさらず。ハイパースペースの鑑賞でしょうか？」

「うん、メインスクリーンに出してくれ」

「承知致しました」

真っ暗だったメインスクリーンに極彩色のハイパースペースの光景が映し出される。相変わらずサイケデリックな光景だが、今日はいつもとちょっと違う。ハイパードライブを同期して一緒にハイパースペースに突入した僚艦が多数存在するので、原色が入り乱れる極彩色のハイパースペース内に他の船の姿も映し出されているのだ。

「今日は賑《にぎ》やかだなぁ」

「「……」」

そんなハイパースペース内の光景をクギとコノハはジッと無言で見つめていた。なんだろう？なんか一点をじっと見つめているみたいなんだが……何も無いよね？　船も何も無いよね。

「……何か面白いものでも見えるのか？」

「面白くはないです」

「そうですね、面白いものではないです」

そう言いながらも何かをじっと見つめるクギとコノハ。いや面白くはないけど何かは見えてるってこと？　怖いんだけど？　一応メイに目配せをしてみるが、彼女も特に何も感じることはないのか、無表情で首を横に振っていた。この映像はブラックロータスのセンサーが拾ったものなので、全く同じデータをメイも閲覧することができる。そのメイが異常を検知できないのなら、変なものは映っていない筈《はず》なのだが。

「満足しました」

「そうですね」

そう言ってクギとコノハは画面から目を離し、俺とメイの下へとトテテと歩いてきた。もうハイパースペース内の光景への興味は失ってしまったらしい。

「お、おう……何が見えたんだ？」

「つまらないものです、我が君」

「そうですね。面白いものではないので、お気になさらず」

そう言ってクギは微笑を浮かべ、コノハは澄まし顔で肩を竦める。ちょっと気になるが、あまり追求しない方が良さそうな雰囲気がプンプン漂ってくる。なんというか、端的に言って厄い雰囲気が漂っている。

「そうか。それじゃあどうするかね。なんかメイに話でも聞いていくか？」

「そうですね……ご迷惑でなければ、メイさんが我が君と出会った時から今までの話を聞かせていただきたいのですが」

「それは面白そうですね。私にも是非聞かせてください」

「わかりました。ではお話ししましょう」

そう言ってメイはシエラ星系の海洋リゾート惑星で俺と初めて出会った時の話を始めた。クギとコノハにとっては興味深い話なのだろうが……メイ視点の俺の話を聞くというのは、なかなかに羞《しゅう》恥心《ちしん》を煽《あお》られる体験であったとだけ言っておく。

もうやめて、俺はそんなに大した人間じゃないから。許して。

☆★☆

対宙賊独立艦隊と俺達傭兵《ようへい》はウィンダス星系を出発し、ゲートウェイを経由して辺境へと至った。辺境と言ってもこの辺りはミミやエルマと出会ったターメーン星系とは少し趣が違う。

「どう違うのですか？　我が君」

クリシュナのコックピット。そのサブパイロットシートに座ったクギが問いかけてきた。

エッジワールドが近づいているので、星系内を超光速航行している間は一応緊急発進ができるように備えているのである。コノハ？　コノハはブラックロータスでお留守番だ。一応は護衛対象である彼女をクリシュナに乗せる理由が無い。

「ここから先は最辺境領域とも呼ばれるエッジワールドで、更にその先は未探査領域だ。辺境は辺境でも国境近くの領域じゃないんだよな。つまり……」

「つまり？」

「ド田舎ってことだ」

「あはは……身も蓋《ふた》もないですね」

俺の説明にミミが苦笑いする。まぁ、なんというか本当に見るべき場所の少ないド田舎なのである。現状において国家戦略上重要ではなく、特別有用な資源も発見されていない。それはつまり、手を加えずに人類が居住できる惑星が存在しないという意味でもある。遠い将来、居住可能惑星がどうしても足りなくなったとかそういう特別な理由でも無い限り、今後もこの星系――確かボストーク星系だったか――は地味なド田舎星系であり続けるのだろう。

まぁ、星系情報を見てみた限りでは全く資源が採れないわけじゃないようだ。ただ、採れるのは別にこの星系でなくともどこでも採れるありふれた鉱物資源やガスの類で、競争力に秀でているわけでもない。今後、エッジワールドの開拓が進めばこの星系が中継地として発展する可能性も無くはない――かもしれない、くらいの星系だろうな。

「実のところこういう星系が宙賊狩りの傭兵としては意外に狙い目だったりするんだけどな」

「そうなのですか？」

「国境に近いわけでもないから有り体に言って星系軍の数も質もお粗末なんだ、こういう星系は。だから宙賊としては活動がしやすい。こういう目立たない星系に宙賊が拠点を構えて周辺星系の治安を悪化させるってのはよくあるパターンだな」

「なるほど」

クギは俺の説明をふんふんと興味深そうに聞いている。ただ、こういう星系だとロクに機体の整備もできないから傭兵にとっては若干不便な星系でもあるんだよな。ターメーン星系は国境の辺境星系だったから配備されている星系軍や帝国航宙軍の戦力も多かったし、それらの船に補給するための武器弾薬や整備施設があったが、こういうど田舎星系のコロニーにはそういったものがまず存在しない。まぁ、うちの場合はブラックロータスがあるからクリシュナの整備には困らないけど。

しかし問題はアントリオンなんだよなぁ。中型艦の収容ドックを持つ母艦となると、もうそれは所謂《いわゆる》キャピタルシップとか主力艦とか呼ばれるクラスの船になってしまう。帝国航宙軍で言うところの駆逐艦でも大型のものとか、或いは小型の巡洋艦とかその辺りの大きさだ。

傭兵でそのクラスの船を運用するのは、普通は小型艦や中型艦を合わせて十隻近く擁する大傭兵団くらいである。小型艦と中型艦を一隻ずつしか運用していない俺達が使うのには少々大仰な代物だ。

「最辺境領域というのはもっと何もない場所なのでしょうか？」

「ああ、いやそれが実はそうでもなかったりするんだよな」

「そうなんですか？」

クギの質問に俺が答え、その答えにミミが更に質問を重ねてくる。

「実際に今回の目的地をまだ見てないから絶対とは言えないが、この規模の艦隊が停泊できるだけの設備が整えられている筈だ。そしてそういう場所にはすぐに商人達が集まる。安全だからな。そうすると傭兵や未探査領域の探査を行う探索者達も集まる。そうすると、もっと商人達が集まる」

「なるほど、そうやって交易コロニーが出来上がるんですね」

「まぁ、そうだな。多分まだ完成してないと思うけど」

「そうすると、どうやって商人達は交易とかしてるんですかね？」

「恐らくアレだろうと思うものはあるけど、実際に目で見たほうが面白いんじゃないかな。多分驚くと思うぞ」

俺も帝国航宙軍というかグラッカン帝国の『ソレ』は見たことがないから、ちょっと楽しみなんだよな。

そんな話をしているうちに艦隊は再びハイパーレーンへと突入した。次が目的地の星系で、ハイパーレーン内の移動時間も短いのでこのままクリシュナの中で待機しておくことにする。その間、ミミとクギは一緒にサブシステムの扱いについて勉強することにしたようだ。そんな二人の話を横で聞くことに徹する。俺が補足したり更に詳しい説明をしたりすることもできる部分がいくつかあったが、こういうのは自分達で学ぶってのが大事だからな。明らかに間違ったことを覚えようとしない限りは黙って聞いているのが吉だろう。

それにしてもミミとクギは仲良くできているようで何よりである。最初はミミが若干警戒していたので心配してたんだが、現状を見る限りは仲良くしているように見える。少なくとも俺の目からは。今後も二人の仲については注意深く見守っていく必要があるだろうな……と考えていたら、ブラックロータスのブリッジで待機しているメイから通信が入った。

『ご主人様、間もなく目標星系へと到着します』

「了解。いつぞやの結晶生命体の時みたいなことは無いと思うが、一応備えておいてくれ。エルマにも伝えてくれるか？」

『承知致しました』

メイとの通信が切れる。すると、程なくしてブラックロータスがハイパーレーンを抜けて通常空間に帰還したという通知が来た。

「着いたな。とりあえず物騒な展開は無さそうだ」

コンソールを操作してブラックロータスのセンサーが拾った情報を見ながら呟《つぶや》く。とりあえず襲撃警報とかそういうのは発されていないようだ。メイなら亜空間センサーで拾った超光速通信の内容まで分析してもっと確実な判断を下せるんだろうが、如何《いかん》せんそれは人の身である俺には荷が重すぎる。

これといった問題もなく艦隊の隊形を整えた俺達は超光速ドライブを同期し、全艦隊が一団となって光より速い速度で星系の中心方向――つまり恒星のある方向へと移動し始めた。

「ハイパースペース内はド派手すぎて落ち着かないけど、超光速航行時の外の様子は見てて面白い、というか綺麗《きれい》だよな」

煌《きら》めく星々が線となって後方に流れていくように見えるこの光景は単純に綺麗だと思う。星の流れの中を泳いでいるようなこの感覚は万能感というかなんというか、とてつもない自由さを感じさせてくれるのだ。

「えー？　ハイパースペースの中も綺麗だと思いますけど」

「ミミの感性はたまにちょっとズレてるよな」

「酷《ひど》いです」

ミミが憮然《ぶぜん》とした表情をしてみせる。

いや、ミミは基本常識人なんだけど、芸術方面というかビジュアル方面というか、そっちの方の感覚はかなりズレているというか独特だと思うよ。

「おっと、もうすぐ目的地に着くみたいだ。さぁ、集中集中」

「話を逸《そ》らしましたね、ヒロ様……この件については後でじっくりと話しましょう」

「覚えてたらな」

これから見るであろうものを考えれば驚きのあまりこんな些事《さじ》は忘れると思うけどね。アテが外れると一転してピンチだな。頼むぞグラッカン帝国。俺が思っていた通りのものをちゃんと配備していてくれよ。

「超光速ドライブ停止まで5、4、3、2、1……今」

ミミのカウントと同時にブラックロータスのセンサーから送られてくる映像が切り替わる。超光速航行から通常航行へと切り替わったのだ。後方へと流れていっていた星の煌めきが線から点へと戻る。

「わぁ、なんですかあれ」

「大きい……ですね？」

通常航行へ戻ったことを確認してからブラックロータスの外部光学センサーが拾っている映像を何度か切り替えると、巨大な物体がメインスクリーンに映し出された。

それは双胴の巨艦であった。流石《さすが》にこのクラスの船に関してはリサーチもしていないので一見してどこのメーカー製なのかまではわからないが、間違いなく俺が「あるだろう」と予測していた艦種だ。見た目からして新しい船ではない——というか、外装の感じを見る限りかなり年季の入っていそうな船である。

「あのバカでかいのは所謂軍用補給母艦ってやつだな。大量の物資と装備、兵員を運ぶことができて、更に小型艦から戦艦まで補給や整備をすることができる移動基地みたいなもんだ」

とんでもない巨体だが、ちゃんと超光速航行能力も恒星間航行能力も備え持っている筈だ。あんまりにもデカいから星系内を航行するのにもコース取りが滅茶苦茶難しそうだけど。

「前にコーマット星系で見た移民船よりも大きいですね」

「だな。まぁあの時は確か五隻くらいいた筈だから、総人口って意味ではあの時のほうが多いと思うけど」

「あの中に何人の人が住んでいるのでしょう……」

ミミは前に移民船を見ていたから衝撃も小さく済んだようだが、クギは初めて見る超大型艦を前に感心しきっていた。ちょっと口が開いてるのが可愛い。

「暫くはあの船を拠点に動くことになるだろうな」

「そうですね」

補給母艦のシップネームは『ドーントレス』か。暫く世話になる事になりそうだな。馴染《なじ》めるように祈っておくとしよう。

#3：補給母艦ドーントレス

ケンサン星系はつい最近グラッカン帝国領として領有の主張がなされた星系である。その存在そのものはかなり前から認識されていたそうだが、実際に帝国の領土として主張され、それが国際的に――つまり他の銀河帝国にも――認められるにはそれなりの手順を踏む必要があるため、実際の編入はつい最近になったというわけだ。

「まぁ、つい最近と言っても三ヶ月くらい前の話だそうだが」

「それは最近、なのでしょうか？」

「どちらかと言えば最近に分類されるんじゃないかなぁ？」

小首を傾《かし》げるクギにウィスカも首を傾げつつ応じる。まぁ国家というスケールで見れば三ヶ月という時間はつい最近、と言っても差し支えがない程度の時間だろうと思われる。

「それで、うちらはどういう仕事をするん？」

いつものツナギのような作業スーツではなく、いかにも部屋着といった風情の気楽な格好をしているティーナがそう聞いてくる。まぁ、ブラックロータスの食堂に集まって駄弁《だべ》っているという状況なので、そういう格好でもおかしくはない。おかしくはないんだけど、上がタンクトップ一枚だけというのはちょっと気が緩みすぎというか無防備すぎんかね。

「当面は偵察と情報収集みたいね」

エルマがそう言ってストローの伸びているカップ状の容器から中身が何なのかわからない謎のドリンクを飲んでいる。いつも身体《からだ》を動かした後に飲んでいるからプロテインの類じゃないかと思っているんだが、確認したことはないな。美味《うま》いのだろうか？　後で聞いてみるか。

「具体的には宙賊狩りです。やっぱり輸送船や探索船を狙った宙賊の襲撃が多いみたいなんですよね。周辺星系に根城があるんじゃないかって帝国航宙軍は睨《にら》んでいるみたいです」

「それで、俺達傭兵《ようへい》が手分けして宙賊どもを狩って情報を引っこ抜こうってわけだ。捕虜を手に入れるか、データキャッシュを手に入れるかだな」

「なるほどなぁ」

　捕虜を取る――つまり宙賊を降伏させてコックピットブロックをパージさせた場合、基本的に宙賊はコックピットに残っている情報の類を全て消去する。そうしないと宙賊仲間を売ることになりかねないからだ。宙賊にも宙賊なりに通すスジってもんがあるらしい。どっちにしろ惨《むご》たらしく死ぬんだから役に立ってくれれば良いのにな。

　まぁ、データキャッシュが無いなら捕虜を尋問するだけの話なので、帝国航宙軍的には手間がかかるだけなんだろうけど。技術の進んだこの世界では黙秘など情報収集する上では何の妨げにもならないのだ。宙賊には半ば人権も認められてないしな。おっかねぇ世界だよ。

「つまりいつも通りっちゅうことやな」

「せやな」

　と、ティーナが納得してくれたところでコノハが手を挙げて質問を口にした。

「あの……どうしてわざわざ傭兵を使うのでしょうか？　今、この星系には帝国の軍艦が沢山いますよね？」

「補給母艦であるドーントレスは自身の防衛や固定目標の攻撃には高い能力を発揮するが、高速で襲撃と撤退を繰り返す宙賊を叩《たた》くのには全く向かない。そして対宙賊独立艦隊はそういった宙賊に対応できる船も多少はあるが、数が足りない。つまり全体的に小回りが利かないんだ。だから高速かつ打撃力の高い小型艦船を使用する傭兵を使うわけだな」

「なるほど……帝国航宙軍はその点に対応しようとは思わないのでしょうか？」

「そこは俺に聞かれてもな……ただまぁ、国家同士の戦争となるとデカい船、デカい大砲、分厚いシールドが物を言う世界だからな。小型艦艇にヒトや予算を割くのが難しいというのはわからなくはない。人材も予算も無限じゃないからな」

「むーん……なるほど」

コノハは今ひとつ納得がいかないようだが、一応は理解してくれたらしい。その辺りに関しては俺よりもセレナ大佐に聞くと良いと思うよ。彼女は大艦巨砲主義な帝国航宙軍の中で小型艦艇をかき集めて実際に運用している稀有《けう》な軍人なのだし。

「それじゃあ今までの情報を踏まえた上で、現在の状況を説明しよう。セレナ大佐から貰《もら》った情報そのままだけどな」

まず、補給母艦ドーントレスそのものの守りは全く問題はない。ドーントレス自体に多数の防衛用タレットが装備されている上に、迎撃用の戦闘機も数が揃《そろ》っているという話だ。補給母艦なんて呼称だと戦闘能力が低そうな印象を持つかもしれないが、実態は移動できる要塞《ようさい》みたいなものである。

ただ、星系を守るという話になるとドーントレス単艦ではどう考えても手が足りない。迎撃用の戦闘機は一応戦闘艦が必要とする一通りの機能を備えてはいるが、基本的に母艦から遠く離れて活動するのには向かない。なので、救援要請が入った際には戦闘機ではなく戦闘艦艇を派遣することになるわけだが、ドーントレスの護衛艦隊だけでは全く手が回らなかった。それでセレナ大佐とセレナ大佐に雇われた俺達傭兵がこのケンサン星系へと派遣されてきたわけだ。

ただ、話を聞く限りこの星系で活動している宙賊は、どうも動きが洗練されていて厄介であるらしい。襲撃は迅速で、実入りよりも身の安全を第一にしているのか、星系軍や帝国航宙軍の艦艇が駆けつけてくる前に退散してしまうのだそうだ。

宙賊も馬鹿じゃないからな。勝てないと思ったら普通に逃げる。俺達だって実際に何度も逃げられている。

「偶然だと思いますけど、グラビティジャマーを装備したアントリオンを手に入れた途端によく逃げる宙賊を相手にすることになるのってできすぎな感じがしますよね」

「言いたいことはわからないでもないけど、そもそもアントリオンのグラビティジャマーは宙賊によく刺さる装備だからな。宙賊を相手にする以上、そうなるのは必然だろう」

ウィスカの言葉にそう答えて肩を竦《すく》める。

別にセレナ大佐の仕事を受けずに宙賊狩りをしたとしても同じような感想が出てきたのだろうから、驚くようなことでもない。逃げようとする宙賊の超光速ドライブの起動を阻害して一網打尽にできる装備とか、俺達のような宙賊狩りを生業《なりわい》とする傭兵にこれほど相応《ふさわ》しいものもそうそう無いことだろう。

まぁ、クギに言わせればこういう状況も俺の悪運だか運命力だかなんだかが引き寄せたとかそういう話になるんだろうが、何にせよその時その時で判断を下しているのは俺達自身なのだから、運命論とかそういう方向の話で片付けるのはあまり好みじゃないな。

「宙賊に懸けられている賞金も高くなってるって話だからな。慎重かつ大胆に、大いに稼がせてもらうとしよう……まぁ、今日一日は休みなわけだが」

「ティーナとウィスカのお陰で機体は仕上がってるし、補給はウィンダスで済ませてきたものね。これから暫《しばら》くお世話になるドーントレスにご挨拶《あいさつ》でもしにいく？」

「お、ええね。結構年季の入っとる船やけど、中身がどんなになってるか興味あるわ」

「この大きなお船の中を見て回るのは楽しそうですね」

「私もご一緒してよろしいのでしょうか？」

「そら勿論《もちろん》そうやろ」

ティーナとクギは乗り気のようだ。自分から言い出すということは、コノハもそのようだな。なんだかんだでクギだけでなくコノハも好奇心は強いらしい。

「じゃあ皆で行くとするか」

「はい！　メイさんも呼びますね」

ミミがタブレット型端末を操作してこの場にいないメイにメッセージを送り始める。ゆっくりじっくりと休むのもこれで暫く先までお預けになりそうだし、精々興味深く拝見させて頂くとしますかね。

☆★☆

目立ってるな。いやそれはそうだろう。男が俺一人で、綺麗《きれい》どころをぞろぞろと七人も引き連れて歩いているのだ。目立たない筈《はず》がない。しかもメイはメイド服だし、クギは例の巫女《みこ》っぽい衣装だし。コノハは小振袖《こふりそで》に袴《はかま》、それに腰には日本刀っぽい湾刀と目立つ要素だらけである。

ただ、ドーントレスの内部には男しかいないのか？　というとそんなことは全然ない。やはり軍服を着ている人は多いが、男女比率は若干男性が多いかな？　くらいの印象だ。だからといって俺達が目立たないということではないのだが。なんせそこらを歩いている人の半分くらいは制服というか、揃いの地味で丈夫そうなシャツとズボンとかそんな感じの出《い》で立《た》ちだし。

「なんだか見られていますね」

「気にする必要はないでしょう」

俺達の中でも抜群に服装が浮いているクギとコノハが小声で話し合っている。メイのメイド服も目立つには目立つが、メイドロイドという存在自体はグラッカン帝国においてある程度メジャーな存在である。見たことがある人も結構多いだろう。だが、ヴェルザルス神聖帝国独自の装束というのは目立つ。それはもう完璧《かんぺき》に目立つ。この二人が特に注目されるのはある意味必然である。

「あー、なんかこの船の雰囲気落ち着くわぁ」

「天井の高さとかがドワーフ系のコロニーと似た感じで低いね。あと、適度に年季が入ってる感じがブラドプライムコロニーを思い出すかも」

ティーナとウィスカはキョロキョロと辺りを見回しながら楽しそうにしている。確かに二人の言う通り、この辺りの区画は天井が然程《さほど》高くない。一般的なコロニーの場合、メインの居住区画などに関しては結構天井が高く作られていることが多い。その方が住人の感じるストレスが格段に小さくなるからだ。一応この船は軍艦だから、その辺の事情よりも省スペースの方に力を入れているのだろう。

「船なのに滞在者用の観光情報があるのってなんだか面白いですよね」

「今回みたいにエッジワールドの前線基地として活動することも多いんでしょうね。そうなると商人や傭兵、探索者が集まるから、必要なんじゃないかしら」

観光情報と言っても普通のコロニーに比べれば慎《つつ》ましいものだ。どこに食堂があるとか、物資の取引をするならこの区画だとか、手続き関連はこの区画だとかそういったことが簡素に書かれているものであるらしい。

「船の中に歓楽街があるのは驚いたけどな」

「そりゃ兵士かて人やからな。ストレスを解消できる場所は必要やろ」

「最早《もはや》一つのコロニーみたいな感じですよね。寧《むし》ろ普通のコロニーよりも治安も良さそうです」

「それは確かに」

多くのコロニーでは所謂《いわゆる》スラムのような場所があったり、場合によってはもっとヤバい場所があったりする。しかし、この船——ドーントレスにはそういった区画はないようだ。それだけ規律が隅々まで行き届いているということなのだろう。この船の指揮官は相当なカリスマ性を持っているのだろうな。

「まずはお買い物にでも行ってみますか？」

「何か掘り出し物があるかもしれないし、そうするか。その後はメシだな」

そう方針を決めてまずはブラックロータスやアントリオンを停泊しているドッキングエリアにほど近い商業区画へと足を伸ばす。この辺りは民間の店舗が軒を連ねていて、かなり活気のあるエリアであるようだ。人の数も多い。俺達と同じような傭兵らしき格好の人々もかなりいるので、俺達と同時にこの船に到着した連中もこの辺りに繰り出してきているようだ。

「憲兵が目を光らせているわね」

「余所者《よそもの》が大挙して押し寄せてきたんだから、そういう対処をするのも当然だろうな」

特に一般的には血の気が多く、荒《すさ》んだ生活をしていると思われている傭兵達が多く来訪したとなると、こういった人が集まりやすい区画でトラブルが起きる確率は高くなる。妥当な采配《さいはい》と言えるだろう。

「あ、お兄さん。あそこのお店を見てみませんか？」

ウィスカがそう言ってクイクイと俺のジャケットの裾《すそ》を軽く引っ張ってきたので、彼女の指し示す方を見てみた。あれは……なんだろう？　何を売っている店なんだ？　見た感じ、用途不明のガラクタしか並んでいないように見えるんだが。

「行ってみるのは良いけど、何の店だあれ？」

「探索者が持ち帰ってきたアーティファクトのお店みたいです」

「アーティファクトねぇ？」

探索者が持ち帰ってくるアーティファクトというのは、つまり未知の異星文明の痕跡《こんせき》のようなものを指す。実際、ＳＯＬで探索者プレイをしていた連中というのは未探査惑星のスキャン情報やそういったアーティファクトを見つけては売り払うという感じで金を稼いでいたようだが、俺は実際にそういったものを手にしたこともなければ探したこともないので、実際にどういったものなのかというのは通り一遍の情報しか知らない。

「見るだけなら良いけど、買うのはやめときなさいよ。たまに検疫が甘くて厄介な病気を貰ったなんて話も聞くんだから」

「えぇ……怖いですねそれ」

エルマがジト目でウィスカを注意し、それを聞いたミミがドン引きしている。いやそれは初耳だわ。怖いなアーティファクト。

「病気というよりは精神に干渉してくるタイプの厄介なものもあったりするらしいから。ほら、歌う水晶の歌声とかもなんか耳というより脳に響いてくるじゃない。あんな感じで」

「なんか行くのこわくなってきたんですけど」

行こうと言っていたウィスカ自身がエルマの脅かし話に怯《おび》えてしまった。でもまぁこんな店はエッジワールド近辺でしか見られないものだし、なにか面白いものもあるかもしれないということで中を覗《のぞ》いてみることにする。

「いらっしゃい」

こぢんまりとした店の奥にあるカウンターには小柄な男性が座っていた。目をサイバネティクス化しているようで、両目の代わりに緑色のレンズが淡く光っている。うーん、胡散臭《うさんくさ》さが雰囲気出してるなぁ。

「なんか面白いフォルムしてんなぁ。これなんやろ？」

「うーん、全く想像がつかないね。置き物にしか見えないけど」

ティーナとウィスカは早速透明なショーケースに入れられているアーティファクトらしき謎の物体を鑑賞し始めている。俺もそれに倣って彼女達と同じショーケースの中身を覗いてみるが、なるほど確かに。これは何なのかよくわからないものだ。

光沢のある白い材質で形作られた薬研《やげん》のような見た目の器のような何かである。見た目で材質の推測がつかないのはこの世界ではよくあることだが、これはなんだか無機物というよりも有機物っぽい雰囲気が感じられる。見た目だけなら白い陶器のように思えるのだが、何故《なぜ》だか無機物という感じがしないのだ。確かにこれは不思議なものだな。

「わぁ、これはなんで光ってるんでしょう？」

「謎ね。内部で緑色の炎が揺らめいているように見えるけど……危険物だったりしないのかしら？」

「エネルギー反応は然程強くはないですね。エネルギーパック一個分相当です」

「なんだか綺麗ですね」

ミミ達は金色の台座の上に載った深緑色の宝玉のようなものを眺めているようだ。エネルギーパック一個分相当ねぇ？　それはそれっぽく作られた贋作《がんさく》なんじゃないのか？

「クギとコノハは何か気になるものは無いか？」

「はい、我が君。特には。ポテンシャルが異常に高い品などは見当たらないようです」

「そうですね。思念波を放出している品などもありませんし」

「なるほど」

そうなると、少なくとも俺のように異世界だかなんだかから迷い込んできたような物体だの、精神に干渉してなんか良くないことを起こすような品だのはここには無いということなのだろう。

「何か気に入ったものがあったら買っていくのも良いかもな。神秘的な置き物って俺も割と嫌いじゃないんだ」

「そういえば結晶生命体の不活性コアの一部とか飾ってあるわよね」

「キラキラしてて俺は好き」

暗闇の中でも淡く七色にきらきらと光って結構綺麗なんだよ、アレ。万が一のことがあったら怖いから、頑丈なシールドケースの中に封印してるけど。不活性だってのがわかっていても素手で触りたくはないな。

「うーん、ちょっと欲しいけど……これなんてどう？」

「どこに置くねんそんなもん。せめてもうちょっと小さいのにしいな」

ウィスカが自分と同じくらいの大きさの捻《ねじ》れた三角錐《さんかくすい》というか若干ドリルっぽい何かを指差し、ティーナが速攻でNGを出している。なんだろう、あれは。黒い金属っぽい材質でできていて、なんだか所々に発光する赤い筋が走っていて、そこはかとなく冒涜《ぼうとく》的というか禍々《まがまが》しい雰囲気が感じられるんだが。なんか魔王城とかにオブジェとして置いてありそう。

その後も散々店を冷やかし、結局何も買わないままアーティファクトショップを後にした。正直申し訳ない気持ちもあったが、流石《さすが》に然程心惹《こころひ》かれもしない用途不明のガラクタを買っていってもな……まぁ他にも同じような店はあるようだし、サクサクと覗いていくことにしようか。

☆★☆

怪しげなアーティファクトショップ巡りをした後、俺達はドーントレスの大食堂へと足を運んだ。

「ここが大食堂ですかぁ……なんだかワクワクしてきました」

ドーントレスの大食堂は大変に広かった。印象としてはめちゃくちゃ広いフードコートみたいな感じである。壁際に料理を提供する自動調理器が並んでおり、食事を摂《と》りたい人達はそこで料理を注文し、用意されているテーブルで食事をするという形式らしい。

この大食堂は他の場所と比べると天井が高く、開放的な雰囲気を感じさせる。あちこちに観葉植物や植物の繁茂するテラリウムなども設置されており、乗員達のストレスを極力緩和させようという工夫が見られるな。

「軍が提供する食事なんてそんなに期待するようなものじゃないと思うけどね」

「それはどうかな？　戦闘艦ならともかく、長期任務に当たる補給母艦ならそれなりの質を期待してもいいと思うけど」

高揚する気持ちを隠さないミミとそれに応じるエルマに俺も意見を表明しておく。精々数日から長くても数週間程度の活動が想定される戦闘艦と、短くとも数ヶ月から下手すると数年単位で活動を続けることになる補給母艦とでは提供される食事の質に差が出るのではないかと俺は思っている。

まぁ、レスタリアスの士官用の御馳走《ごちそう》なんてのは味も質も大したものだったが、普段の食事はかなり質が微妙って話だったからな。お茶関係だけは妙に充実してるって話だったけど。

「酒は無さそうやなぁ」

「艦内の生活時間的には昼間だしね。どっちにしろ軍の大食堂には置いてないんじゃないかな」

「案内に目を通してみましたが、少し離れた場所に民間の食堂や酒場などがあるようです」

「なら酒はそっちかー」

「ティーナさんは本当にお酒がお好きなんですね」

「うちだけやない。ウィーもや」

「流石にこの時間から飲もうとはしないよ。お姉ちゃんはTPOを弁《わきま》えようね」

あちらはあちらでティーナとウィスカを中心に和気あいあいとした会話をしている。クギだけでなくコノハもいつの間にかすっかり馴染《なじ》んでいるな。これもティーナとウィスカの人徳だろうか。

「それじゃあ適当に食いもん調達して集まるか。席は……空いてるとこも多いし、確保するほどじゃないかな」

ドーントレスへの到着時間やアーティファクトショップを見て回った関係で昼飯時をちょっと外しているからか、席には余裕がある。というか、テーブルの数が滅茶苦茶多いからな。空いているテーブルも探せば沢山あるのだ。

「そうですね。それじゃあ行きましょう！」

ミミがごく自然に俺の腕を取って歩き始める。エルマに視線を向けると、肩を竦《すく》めながら手を振るような仕草を返された。良いからそのまま行けということらしい。あちらではドワーフ姉妹がクギとコノハを連れて別方向に突撃している。メイがついていっているので、あちらは問題あるまい。

「沢山自動調理器がありますね！」

「テツジンと同じメーカーのもあるんかね？　流石にテツジンそのものは置いてないと思うが」

「最新型のフィフスはどうかわかりませんけど、型落ちのフォースはあるかもしれません」

「まぁ、テツジンの料理はいつも頂いてるし、他のを探してみるか」

「そうですね！」

自動調理器と一口に言ってもその特性というか、売りは様々だ。テツジンシリーズは全体的に平均以上というスペックを目指しているハイエンド機という位置づけのシリーズだが、他のメーカーだとフードカートリッジからいかに上質な肉を合成するかに心血を注いでいる機種だとか、甘いお菓子に特化した機種だとか、とにかく一口に栄養を圧縮しようという機種だとか、拘《こだわ》りの強い機種から変わり種まで色々とある。

「お、あれなんて良さそうだぞ。ファストフード系に特化した機種っぽい」

「良さそうですね。違う種類のを買っていきましょう」

ホットドッグやハンバーガー、それにタコスやピザのようなものを中心に扱っている自動調理器を見つけたので、二人で並んで食事を買い込むことにする。テツジンだと注文しないと出てこないんだよな、こういうファストフードというかジャンクフード系の食事は。なんかちゃんとした、と言うのもなんか変だが、俺の場合だと主食におかず数点みたいなメニューが出てくることが多い。

不思議なことに、お任せにしていると人によって出てくるメニューが全然違うんだよな、テツジンは。トレーニングルームの運動量とか食事時の脳波とかを計測して最適な食事を提供するってことになっている。無駄にハイテクな自動調理器だ。

俺はホットドッグのようなものを、ミミはタコスロールのようなものを注文した。注文時にシェアメニューにチェックを入れておくと、シェアできるように輪切りにしてくれるのがなかなかに親切である。

「おー、兄さんこっちこっち」

ミミと二人で料理を手にみんなはどこかしらと大食堂を彷徨《さまよ》っていると、ティーナの声が聞こえてきた。見ると、既に席を確保して料理を並べているところである。メイの姿が見えないが、恐らく人数分の飲み物でも調達しに行っているのだろう。

「ほらー、お兄さん達はやっぱりシェアできそうなメニューにしてるじゃない」

「だってこれ珍しいから食ってみたかったんやもん」

ウィスカに文句を言われたティーナがカレーうどんのようなものが入っている丼を抱えて唇を尖《とが》らせている。それは別に良いんだが、そいつを食う時には十分に注意しろよ？　服に跳ねたら悲惨だぞ。ああ、いやこの世界の洗濯機は高性能だから別に汚れても簡単に綺麗《きれい》にできるんだろうけどさ。

「ティーナのそれは伸びると美味くないだろうから、さっさと食っちまえ」

「のびる？」

「麺《めん》が汁を吸って膨らんだり食感が柔らかくなりすぎたりするんだよ、そういうのは。良いから食っちまいな」

「ほーん？　珍しい食いもんなのによう知っとるな、兄さん。あ、故郷の味ってやつ？」

「同じものではないと思うけどな。あと気をつけろよ。慎重に食わないと汁が跳ねて服が酷《ひど》いことになるから」

「はっはっは、そんなん楽勝や」

これはダメそうですね。ティーナが着ている服の冥福《めいふく》を祈っておくことにしよう。

「見てください、我が君。此《こ》の身どもの国の料理がありましたよ」

そう言ってクギがニコニコしながら見せてきたのはどう見てもいなり寿司である。狐娘《きつね》にいなり寿司とはなかなかにハマった組み合わせだが、よくそんなものがあったな？　というかヴェルザルス神聖帝国にはいなり寿司があるのか……コノハもテツジンが出した和食っぽい定食を喜んで食べていたし、和食に近い食文化だったりするのだろうか？　だとしたらエルフ料理とかは彼女達の口に合うかもしれないな。

「これもそうですよ」

コノハが持ってきたのはどう見てもおにぎりだ。自動調理器による出力品だからか、若干色合いに違和感があるが、それ以外はおにぎりにしか見えない。具は何なんだろうか？

「おいしそうだな。俺とミミは無難そうなところを選んできたぞ」

「私はドワーフ焼きを選んできました」

そう言ってウィスカが掲げたのはお好み焼きめいた見た目のドワーフ焼きである。実際、味もほぼお好み焼きだったんだよな。クギが自分の国の料理を見つけて買ってきたから、ウィスカもそれに合わせたんだろうか。

「私はこれ」

「酒のつまみかな？」

「美味《おい》しそうだから良いでしょ」

エルマが買ってきたのは大量のからあげのようなものである。何の肉かはわからない――というか多分自動調理器から出てきたものなのだから本物の肉ではないだろうが、見た目は鶏《とり》のからあげである。主食は？　本当にそれだけを大量に買ってきたのか？　なかなかに思い切ったことをするな。

「お待たせ致しました」

そう言ってメイがお盆のようなものの上に人数分のドリンクを載せて運んできた。どこから調達したんだろうか？

「それじゃあ揃《そろ》ったし食うとするか。特になにもないけど乾杯ってことで」

「かんぱーい！」

めいめいドリンクのボトルを手に取ったところで俺が音頭を取ると、口の周りをカレー汁っぽいもので黄色くしたティーナが一番に応じてボトルを掲げた。こういうのは何かと素早いな、ティーナは。

なお、味の評価としてはどれも無難というか普通に美味しかった。ただ、いなり寿司は俺以外にはあまり受け入れられなかったようだ。おにぎりの方は結構受けたんだけどな。

「美味しくないってわけじゃないんですけど、ご飯かと言われると……？」

「お酒には合わなそうね」

「単体で食うなら悪くないと思うんやけど」

「ちょっと他のメニューと合わないような……」

と割とボコボコである。俺は全然問題無いんだが、クギはしょんぼりしてしまっていた。

「美味しいと思うんですけれど……」

「俺は好きだぞ。ただ、酢飯と甘いおあげの組み合わせは食べ慣れていないと奇妙に感じるものなのかもな」

「残念です」

耳をぺったりと伏せてしょんぼりとしているクギは可哀想《かわいそう》だったが、これぱかりは好みの問題だものな。

「こっちはなんか普通ですね」

「美味しいわ。私は好きかも」

「もっとこう、工夫を凝らせそうに思うんやけど」

「シンプルなのが売りなんじゃないかな?」

対しておにぎりの方はかなり好評だ。味付けがシンプルなのもプラスに働いたのかもしれない。ちなみに、具は塩鮭《しおじゃけ》——のような何かであった。見た目は全然違うが、味と食感はそれっぽい。

「やはりおにぎりは最強です」

「滅茶苦茶ドヤ顔じゃん……」

コノハが鼻息を荒くしたりクギがしょんぼりしたりする一幕はあったが、昼食自体は満足の行くクオリティであった。

なお、ティーナの服は俺の予想を裏切らずに戦死した。

☆★☆

「うー……うちの一張羅が」

「ゴシゴシしても被害が広がるだけだよ、お姉ちゃん……」

「ああいう麺類は食べるのが難しいのですよね……」

結局カレーうどんめいた食べ物の汁が服に盛大に跳ねてしまったティーナが涙目で服をゴシゴシしているのをウィスカが呆《あき》れた様子で、コノハが憐《あわ》れむような様子で見ている。ああいうのってなかなか取れないんだよな。まぁ、この世界の全自動洗濯機なら多分問題なく取れてしまうだろう。いざとなったらメイに泣きつけばなんとかしてくれるんじゃないだろうか。

「ティーナの服もあれだし、戻る？」

「そうだなぁ。ここの娯楽関係の施設なんかも少し見てみたかったが、別に急ぐようなことでもなし。今日のところは戻るとするか」

愉快な売り物を売っている店だとか、超大型フードコートめいた食堂があることがわかっただけでも初日の収穫としては十分だろう。これからしばらくはこの補給母艦ドーントレスに厄介になるわけだし、そうすれば自然とドーントレス内部の様相もわかってくることだろうからな。

「ぱしゃりとしておきましたよ」

「おぉー……」

俺とエルマがそんな話をしている横ではミミの撮った写真を見たクギが目を輝かせていた。どうやら食事中にタブレット端末で撮っていたらしい。ミミはああやって初めて食べるものの写真を撮って収集しているのである。どうやら今回はカレーうどんめいたものを食べるティーナといなり寿司めいたものを食べるクギの写真を撮っていたようだ。あと山のように詰んだからあげめいたものを食べるエルマも。

「我が君の写真は撮らなかったのですか？」

「ヒロ様が食べてたのは普通のファストフードだったので……」

無難なメニューを選んでしまってすまない。今度は何か面白いものを選ぶから許して欲しい。

そうして俺達は大食堂を後にして再び商業区画に到達したわけなのだが。

「なんだか雰囲気が……」

「物々しいわね」

エルマの言う通り、商業区画は随分と物々しい雰囲気に満ち満ちていた。何が物々しいって、完全武装の帝国海兵達がそこらじゅうを闊歩《かっぽ》しているのだ。

先程通りかかった時にも軽装のコンバットアーマーと軽レーザーライフル——或《ある》いはレーザーカービンと呼ぶべきか——を装備した憲兵は見かけたのだが、今この辺りをうろついているのは一番軽装な者でも本格的な戦闘用のコンバットアーマーと標準仕様のレーザーライフルを装備した海兵で、半分以上は戦闘用のパワーアーマーを着込んだ重武装兵であった。

「まさか着くなり反乱とかクーデターとかじゃなかろうな……」

「兄さん、物騒なこと言わんといて……」

「お兄さんが言うと洒落《しゃれ》にならないです」

「酷い。まぁそういう感じでは無さそうだが」

彼らは重武装ではあったが、殺気立ってはいない。恐らく戦闘は発生していないのだろう。だとすればこれは一体何なのか？

「ご主人様、速やかに通り抜けるのがよろしいかと」

「それはそうだな。逸《はぐ》れないようにさっさと通り抜けよう」

そう言って俺が先陣を切って歩き出したのだが、速攻で兵隊さんに声をかけられた。

「失礼ですが、キャプテン・ヒロ殿ですね？」

「アッハイ」

一度足を止めたが最後。ガッションガッションと足音を響かせて近寄ってきたパワーアーマー装備のガチムチお兄さん達に取り囲まれる。いや、もしかしたら中身がお姉さんの人もいるかもしれないが、パワーアーマーを装着していると中身がわからないんだよな。

というか何それは。その、黒光りするメイスめいた鈍器イズ何。腰にマウントしてあるけど見るからに急造感漂ってる。しかしそれだけに威圧感が凄《すご》い。パワーアーマーの膂力《りょりょく》であんなもん振り回されたら人間なんぞ一撃で挽《ひ》き肉《にく》になりそうだ。

「一体何の用なのだろうか。こんな風に取り囲まれたり連行されたりするようなことをした覚えが――」

「丁度良いところに通りかかってくれましたね」

抗議しようとしたところでセレナ大佐が現れた。もう逃げたい。絶対に厄介事じゃんこれ。

「……何の御用で？」

「今、ちょっとした取り締まりというかガサ入れをしているところなのですよ。危険なアーティファクトの類が隠匿されていたりしないかというね」

「なるほど。それは大変ですね。頑張ってください」

「ちなみにその危険なアーティファクトというのはウィンダステルティウスコロニーで暴れたアレのことです。何のことかは勿論《もちろん》わかりますよね？」

話を切り上げて立ち去りたかったのだが、俺の言葉に被《かぶ》せるようにセレナ大佐がそう言ってにっこりと微笑《ほほえ》んだ。心当たりが有りすぎる。ちらりとコノハに視線を向けると、コノハもこちらに視線を向けてきていた。彼女にとっても無関係な話じゃないからな。

「言っておきますが、アレと生身でやり合うのとかは勘弁ですよ？」

「そうでしょうね。実際のところどうなんです？　共有されたデータは見ましたが、実際に切り結んだ貴方《あなた》の話を聞いておきたくて」

「ああ、斬った感触ですか？　硬いけど超重金属ほどではないし、感覚的には戦艦の装甲材よりは斬れたって感じですかね。レーザーとプラズマには信じられないほど耐えてたんで、熱光学兵器よりも物理的な破壊のほうが有効なんじゃないか、と対応してた兵隊連中と話しましたが」

「なるほど……役に立つと思いますか？　これ」

そう言ってセレナ大佐がパワーアーマー兵の腰部分にマウントされた粗雑な作りのメイスのような何かを指差す。

「パワーアーマーの膂力で囲んで棒で叩《たた》けば大抵のものはスクラップになるんじゃねぇかな……というか、それはどういう経緯で？」

「回収した例のモノの残骸《ざんがい》を解析した結果、即座に用意できる対抗手段としてこれを配備することになったんですよ。物理的な破壊に対する耐性はレーザー兵器やプラズマ兵器に対するそれよりは低かったので。しかし、まさか恒星間航行をするこの時代にただの金属製の棒切れを部下に支給することになるとは……」

そう言ってセレナ大佐が頭痛を堪《こら》えるかのように眉間《みけん》を揉《も》み解《ほぐ》し、周りの兵士達が乾いた笑いを漏らす。まぁそうね。レーザー兵器やプラズマ兵器を使って戦う軍隊が急拵《きゅうごしら》えとはいえ戦艦の装甲材か何かを加工した鈍器を武器として支給されたらなんじゃこりゃってなるよね。

「こいつと同じようなブレードとか支給できなかったのか？」

そう言って自分の腰にぶら下がっている剣の柄《つか》をポンと叩いてみせたのだが、セレナ大佐は首を横に振った。

「簡単に言いますが、我々の使う剣というのはこれでも最先端の技術と貴重な素材をふんだんに注ぎ込んだ一品なんですよ。数本から十数本程度であればともかく、数百から数千という数をいきなり揃えるのは不可能です。それに、振るうための剣術なくして有効に使えるものではありませんし。それは貴方も知っているでしょう？」

「それは確かに」

貴族や俺が使っている『剣』というのは紛れもない刃物なので、ちゃんと刃筋を立てなければものを斬ることはできない。凄《すさ》まじい切れ味を持つのは確かだが、ちゃんと正確に刃《やいば》を打ち込まなければ下手すれば折れるし、腹の部分で硬いものを殴打すれば砕け散る――らしい。俺はやったこと無いからわからんが。

「レーザー兵器やプラズマ兵器があれば普通は接近戦なんて起こらないもんなぁ……接近戦用の武器なんて支給されてないか」

「そうですね。パワーアーマーは相手が生身であれば武器すら必要としませんし」

分厚い装甲で覆われた手足が人間の限界を大幅に超える膂力で振り回されたらもうそれだけで人は死ぬからな。タックルなんぞ食らった日には自動車に激突されるようなもんだし。

「俺から言えることはこれくらいだから。それじゃあ俺達はこの辺で」

「手伝っていきませんか？」

「いきません」

笑顔で戯言《たわごと》をのたまうセレナ大佐にこちらも笑顔で対応する。あんな殺人鉄蜘蛛《てつぐも》と好き好んでエンカウントしたいと思うわけがないだろう。お前は何を言っているんだ。しかも今の俺はニンジャスーツすら装備していない完全な生身である。生身でもアレ相手に勝てるとは思うが、そんなリスクを冒すつもりは更々無い。俺の珠《たま》のお肌に傷がついたらどうしてくれるんだ。

「チッ……まぁ、良いでしょう。明日からは宙賊対策に動いてもらいますので、そのつもりで」

「アイアイマム」

ビシッと敬礼をしておく。舌打ちは聞こえなかったことにしよう。というか、絶対にお断りだっつうの。今回の傭兵《ようへい》契約は宙賊その他に対する航宙戦に限ったもので、未知のアーティファクトだかエイリアンだかとチャンバラするのは契約外だ。

「それじゃあお達者で――」

と、そう言ってこの場を辞そうとした瞬間、商業区画の一画――俺達がいる場所からほど近い場所で赤と緑の光が瞬いた。それと同時に高出力レーザーが着弾地点で発生させる炸裂音《さくれつ》と、密閉空間でプラズマ兵器が使われた時特有の熱気が押し寄せてくる。

「クソが」

「お下品ですよ、キャプテン・ヒロ」

「そいつは失礼」

誰かの悲鳴と破砕音が鳴り響き、少し先の店舗から見覚えのある殺人鉄蜘蛛が姿を現す。その数、なんと三体。

「クソが」

「お下品ですよ、セレナ大佐」

「それは失礼」

セレナ大佐とそんなやり取りをしつつ、腰の二本一対の剣を抜き放つ。こんなのは契約外も良いところだが、これでセレナ大佐を見捨てて行くのは仁義にもとるし、何より寝覚めが悪い。

「メイとエルマは皆を頼む。メイ、いざとなれば援護してくれ」

「承知致しました」

「了解」

俺の出る幕が無いと良いなぁ。無理だよなぁ。セレナ大佐との遭遇、それに別れて去ろうとした瞬間のこの事態。相変わらず俺の運命力は捻《ね》じ曲がってやがる。

☆★☆

「メイ、援護をするにしても前には出るなよ」

最辺境領域には流石にメイの製造元であるオリエント・インダストリーの店舗はない。通常のメンテナンスはメンテナンスポッドで何とかなるが、大きな損傷を受けると修理が難しいのだ。軍用戦闘ボットならある程度どうにかなるんだけどな。メイは超高級カスタム機なので、こういう部分には気を遣う必要がある。

「はい、ご主人様」

「一体は私が受け持ちましょう」

そう言いながらコノハが腰の日本刀のような湾刀をスラリと抜き放って俺の隣に並ぶ。

「この前みたいな派手なのは駄目だぞ？　ここはコロニーよりも脆《もろ》いし狭いから」

「わかっていますよ」

そう言いながら気楽な様子でコノハが三体のうち一体に向かって歩を進めていく。本当に大丈夫なんだろうな？

『EEEEEEEEEEEEEEEIK！』

「うおおおぉぉ!?」

殺人鉄蜘蛛が甲高い叫び声のようなものを上げて暴れ回り、それに巻き込まれそうになった帝国航宙軍の海兵達が必死にその攻撃を避《よ》ける。パワーアーマー装備の連中はなんとか踏み留《とど》まって応戦しているが、やはりレーザー兵器やプラズマ兵器は効きが悪いようだ。

「一体はコノハが受け持ってくれるそうだ。大佐は真正面のと右の、どっちをやる？」

「良いのですか？」

剣を抜いている俺を見てセレナ大佐が片眉《まゆ》を上げて聞いてくる。彼女も抜剣済みだ。

「良くはない。だが見捨てて逃げるほど腐ってもいない」

「好きですよ。貴方のそういうところ」

「そいつはどうも」

まぁ、ここで見捨てて逃げたらセレナ大佐からの信頼は失うことになるだろう。それはあまりよろしくない。傭兵として。

結局のところ傭兵も信用商売なので、お得意様であるセレナ大佐や帝国航宙軍の信用を失うというのは大変な痛手であるのだ。逆にこういう場所で踏み留まって助ければ、大いに信用を稼げる。ここで逃げるという手はない。

何より、ここで逃げると傭兵達の間でも舐《な》められることになるからな。あいつはいざという時には逃げるチキン野郎だと言われて舐められるのは御免だ。まぁ、本当に駄目そうなら逃げるけど。命あっての物種と言うしな。勝算もなく危険に突っ込んでいって死ぬのは勇敢というよりは蛮勇である。

「引きつけるからタイミングを合わせてメイスで一気に叩け！」

大声で周りの連中にそう言いながら飛び出し、滅茶苦茶に暴れている殺人鉄蜘蛛のうちの一体に躍りかかる。殺人鉄蜘蛛の方もパワーアーマーどころかコンバットアーマーすら着込んでいない俺を与《くみ》し易《やす》い相手と判断したのか、それとも明らかに接近戦武器に見える二本一対の剣を脅威と見たのか、俺へと向き直って突進してきた。

「おおっと！」

咄嗟《とっさ》にその突進を横っ飛びに避ける。

殺人鉄蜘蛛は然程デカくはないが、それでもフォークリフトとかゴルフカートくらいの大きさはある。しかも全身未知の金属でできているので、見た目以上に重量もありそうだ。突進なんぞを食らった日には骨がバッキバキに折れるんじゃなかろうか。

『ＥＥＥＥＥＥＥＩＧ！』

突進を避けられたのが気に入らなかったのか、殺人鉄蜘蛛が六本足のうち一番後ろの二本だけで立ち上がり、残りの四本の腕――いや足？　で滅茶苦茶に斬りつけてきた。その斬撃を両手の剣で弾《はじ》き、いなしながら考える。足が六本なら蜘蛛というより昆虫では？　まぁどうでも良いか。

というか思ったより硬いな？　あれ、こんなに硬かったっけ。ああ、パワーアーマーの筋力アシストが無いから硬く感じるのか？　セレナ大佐に適当なこと言っちまったな。

『ＯＯＯＯＹＧ⁉』

ガォン！　と物凄い音が鳴り響き、殺人鉄蜘蛛の身体が傾《かし》いだ。なんだかわからんがチャンスなので、素早く殺人鉄蜘蛛の足に刃を走らせて三本ほど付け根からざっくりと斬り落としてやる。

ああ、付け根の部分はそうでもないな。この部分とブレードとか装甲の部分をごっちゃにしてたか。

流石にこれには殺人鉄蜘蛛もたまらなかったのか、明らかに注意が散漫になった。眼前の脅威を排除すべきか、どこからか飛んできたらしき遠距離攻撃を警戒するか迷ったのだろう。うん、こうやって迷いを見せる辺りは生き物っぽいな。クギはこいつを生き物だと言っていたが、やっぱりそれは本当なのかもしれない。

『AAAYIG⁉』

ガォン！　と再度轟音《ごうおん》が鳴り響き、殺人鉄蜘蛛が横倒しになった。何かと思って殺人鉄蜘蛛を見てみれば、横っ腹に黒い金属の棒のようなものが突き立っている。飛んできた方向に視線を向けると、黒い金属製の杭《くい》のようなものを手にしたメイの姿があった。ああ、メイの投擲杭《とうてきくい》か。そりゃ効くわ。

「かかれ！」

「おぉぉ！」

「くたばれ！」

殺人鉄蜘蛛が転倒したのを好機と見た帝国航宙軍のパワーアーマー兵が床の上でもがく殺人鉄蜘蛛に殺到し、粗雑な作りのメイスで滅多打ちにし始める。うん、これはひどい。みるみるうちに殺人鉄蜘蛛のボディが拉《ひしや》げ、足が叩き折られて不気味な紫の液体を垂れ流すスクラップになってしまった。やはり囲んで棒で叩くのは強い。

再びメイに視線を向けると、ちょうど例の投擲杭を構えたところだった。構えた、と思ったら既に投擲杭が投げ放たれており、セレナ大佐が切り結んでいた殺人鉄蜘蛛が轟音と共にたたらを踏む。うん、あんなの食らったら身体に大穴が空きそうだ。メイは強いなぁ。

「はぁっ！」

裂帛《れっぱく》の気合を込めて振るわれたセレナ大佐の剣が殺人鉄蜘蛛の本体前半分程を両断し、殺人鉄蜘蛛が動かなくなる。あの装甲を真正面から叩《たた》き切るとかゴリラか何かかな？　まぁ、力任せに叩きつけるだけでは斬れそうも無いほど奴《やつ》の外殻は硬かったので、技術もあってのことなのだろうが。

「お見事」

ぱちぱちぱちと場違いな拍手が聞こえた方向に視線を向けると、既に真っ二つになって動かなくなっている殺人鉄蜘蛛と、それに腰掛けて能天気に拍手をしているコノハの姿があった。手に持っていた湾刀も既に腰の鞘《さや》に収まっている。いつの間に始末したんだよ……交戦音も殆《ほとん》ど聞こえなかったぞオイ。

「キャプテン・ヒロ。聞いていたよりも硬く感じたのですが」

戦闘を終えたセレナ大佐が腰の鞘に剣を収めながらこちらへと歩いてくる。

「足の付根あたりは柔らかかったんだが、ブレード部分とか装甲部分は記憶よりも硬かったな。すまん。何せ切り結んだ時はパワーアーマーを着ていたから、感覚に誤差が生じたのかもしれん」

「それなら仕方ありませんね。ああ、援護は助かりました。貴方のメイドにお礼を言っておいてください」

「わかった。それと……」

俺とセレナ大佐が揃《そろ》ってコノハへと視線を向ける。視線を向けられた本人はきょとんとした顔で俺達の顔を見上げ返してきているが――。

「強すぎませんか……？」

「怒らせるなよ。俺達全員まとめてグシャッとするだけの実力があるぞ」

コソコソと耳打ちしてきたセレナ大佐に俺も小声で忠告しておく。

「聞こえてますが」

コノハがジト目で俺達を見上げながら頭の上の丸耳をピクピクとさせている。あの耳は飾り物というわけでなく、ちゃんと大きいだけの性能を秘めているらしい。

「ハハハハハ……しかしなんでまた大佐がこんなことを？　大佐が自らガサ入れだのなんだのをするのはおかしくないか？」

話題を逸らすためにセレナ大佐にそう聞くと、彼女はなんとも言えない表情を浮かべた。

「私達の目的は宙賊への対策と、帝国の治安を乱しかねない要因の調査、そしてその解決なので」

「なるほど」

主な目的は宙賊対策だが、その他にこの殺人鉄蜘蛛関連の仕事も振られたわけか。コノハが今回の件に同行しているのも正にそっち関連なわけだし。

「俺は宙賊対策でしっかり活躍するから。できればそっち方面には巻き込まないでくれ」

「コノハ殿と行動を共にしている以上は諦《あきら》めてください」

「クソが」

「お下品ですよ、キャプテン・ヒロ」

謝る気にもならない。つまりコノハをうちで預かることを決めた時点で手遅れだったってことじゃないか。今からでも返品できませんかね、このタヌキ娘。だめ？　そう。

もし仮にコノハをうちで預かっていなかったとしても、セレナ大佐は限定的ながら雇用主として俺達に対する指揮権を持っている。なので、彼女の権限でそれっぽい場所に配置されてしまうとどちらにせよ殺人鉄蜘蛛《てつぐも》関連の仕事からは逃げられない。つまり最初から詰んでいるということだ。

「ご主人様」

「ああ、メイ。ナイスサポートだった。身体におかしいところはないか？」

嫌な結論を頭から追い払いながら的確な援護攻撃をしてくれたメイを労《いたわ》る。見たところ特に調子が悪そうなところはないが、あれだけの攻撃を放つとなると身体にかかる負担も小さくはないだろうからな。心配だ。

「はい。心配してくださりありがとうございます。ご主人様もお怪我《けが》などはありませんか？」

「大丈夫だ。とにかく今日のところはもう船に帰って休もう」

「はい」

そうして俺はメイと一緒にミミやエルマ達と合流し、自分で真っ二つにした殺人鉄蜘蛛を何やら検分していたコノハを回収して船に戻ることにした。初日からこうだと先が思いやられるな、まったく。

☆★☆

セレナ大佐達と別れ、ブラックロータスに戻ってきた俺達は解散してそれぞれ思いのままに過ごすことにした。今日一日というか、ドーントレスの艦内時間で明日の朝八時までは自由休憩時間としたのである。

投擲のみとはいえ戦闘に参加したメイは、念のためメンテナンスポッドに入ると言って半ば彼女の私室と化しているコックピットへと戻っていった。

「ヒロ様はこの後どうするんですか？」

「俺？　休憩スペースでケンサン星系の星系地図を眺めながら明日どうやって動くか考えようかと思ってた」

「相変わらず真面目ねぇ……私はもうお酒飲むわ」

「うちも飲むー」

「まだ昼間だよ、お姉ちゃん」

「ええやん。明日から忙しいんやし」

「オフの時はしっかり休めばいいのよ。ウィスカも飲みましょう？　とっておきの出すわよ」

小言を言うウィスカを飲兵衛《のんべえ》二人が篭絡《ろうらく》しようとしている。流石に二対一ではウィスカもひとたまりもあるまい。こりゃ早々にへべれけ三人組ができあがりそうだな。

「ミミはどうするんだ？」

「そうですねー……ヒロ様と一緒にいても良いですか？」

「良いぞ。クギは――」

「クギはこっち」

「一緒に飲もうなー。コノハんもなー」

「ちょ、私はこんな時間からは――力強っ⁉」

「おい、無理矢理飲ませるんじゃないぞ」

クギとコノハは飲兵衛達に連れ去られてしまった。クギは酒を飲めるんだろうか？　まぁ無茶な飲み方をしないように気をつけてくれれば良いけど。

というか、ドワーフのパワーならコノハを引きずっていけるんだな。もしかしてコノハの戦闘能力や身体能力はサイオニック能力ありきのものなのだろうか。

「メイ、メンテナンス中のところすまんが、皆の様子を注意して見ておいてくれ」

『はい、ご主人様』

メンテナンス中でもメイはブラックロータスを完全に掌握している。当然ながら、艦内の様子はメイは全てまるっとお見通しだ。メイに見ていてもらえればクギもきっと大丈夫だろう。

「それじゃあ始めるか」

「はいっ！」

食堂の方に歩き去った五人を見送り、ミミと一緒に休憩スペースのソファに腰掛けてホロディスプレイを起動する。

「通常の星系であれば気にするべきはどこにコロニーがあって、どこに身を潜めやすい小惑星があって、交易船や採掘船がどういうルートで航行するかってところだが、エッジワールドだともう少し見方は単純になる」

「はい」

まずは星系地図上にドーントレスの停泊宙域をマークする。

「これがドーントレス。んで、このケンサン星系のハイパースペース突入口はここと、ここと、ここだな」

「そうですね」

一つはグラッカン帝国の辺境へと接続しているハイパースペース突入口で、他の二つは未探査星系へのハイパースペース突入口である。

「で、まずはこの三つのルートがメインのルートだな」

ドーントレスと三つのハイパースペース突入口を結ぶラインを星系地図上に引く。商船の類は基本的にドーントレスと辺境へのハイパースペース突入口を行き来することになる。冒険者や探索者が未探査星系から持ち帰ってきたアーティファクト等の戦利品はドーントレスに集まっているし、他にコロニーの類が無いのだから、持ち込んだ商品を卸す先もドーントレスしかないからな。

そして未探査星系に向かうルートは探索者と呼ばれる連中が『仕事』へと向かうルートだ。彼らは未探査星系へと向かい、マッピングデータや資源情報を持ち帰ってグラッカン帝国政府へと売《う》り捌《さば》く。その他にも惑星などに降下を行って地表の探査や、アーティファクトの探索などを行うわけだな。

尤《もっと》も、アーティファクトとは言っても大半はちょっとめずらしい形の鉱石だとか、そういったものが大半で、未知のエイリアンの手による未知のテクノロジーでできた本物の遺物なんてものはそうそう見つかるものではない。もし見つかれば物凄《ものすご》い値がつくらしいけどな。

「探索者って宙賊に襲われるんですか？」

「他に獲物がいないか、狙いづらい場合は襲われることがある。ただ、連中の船は交易に使われる輸送艦に比べれば重武装だから、宙賊にとってはリスキーな相手だろうな。何せ基本的には帝国航宙軍や星系軍の庇護《ひご》下にない場所で活動する連中だから、自衛手段はしっかりと持っている」

場合によっては宙賊だけでなく宇宙怪獣なんかも相手にすることがある連中だ。駆け出しの傭兵《ようへい》よりも装備も戦闘技術も上、なんて手合いもゴロゴロいる。

「ただ、そういう連中を狩って装備を剥《は》ぎ取って自分のものにしている宙賊も最辺境領域にはいる。最辺境領域の宙賊は今までに戦った連中と比べると『質』が高いのが多いから、注意が必要だ」

「なるほど。あと、増援に注意、でしたよね？」

「お、覚えてたな？　そうだ。最辺境領域では戦闘が長引いても帝国航宙軍や星系軍が来る可能性が低い。だから最辺境領域の宙賊は傭兵とかの強い敵を相手にする場合に仲間を呼んで獲物を数で押《お》し潰《つぶ》そうとしてくることがある」

　これがセキュリティレベルの高い星系だと帝国航宙軍や星系軍が駆けつけてきて一網打尽なのだが、最辺境領域ではそうもいかない。

「だとすると、今までに比べてかなり危ないですね？」

「俺達だけでやるならな。ただ、今回はセレナ大佐の対宙賊独立艦隊と、俺達以外にも大量の傭兵がこの星系に来てる。数で押し潰される心配はあまりしなくてもいいだろう」

「なるほど。そうすると、私達はどう動くのが良いんでしょうか？」

「いつもなら小惑星帯でブラックロータスを囮《おとり》にして釣りをするんだけどな。今回はハイパースペース突入口近くで網を張るのもアリかなと思ってる」

　そう言って俺は未探査星系へと繋《つな》がっているハイパースペース突入口周辺をマークした。

「ハイパードライブの不調を装って宙賊を誘《おび》き寄《よ》せて、宙賊が寄ってきたところをブラックロータスから出撃して叩くわけだな」

「いないいないばあ！　作戦、ってわけですね」

「良いね、いないいないばあ作戦。んで、逃げようとしてもアントリオンが邪魔をするってわけだな」

味方の増援が来る前に敵の増援が大量に押し寄せてくると危ないかもしれないが、そこはクリシュナとブラックロータスの火力でなんとかなるだろう。ただ、宙賊連中が対艦反応魚雷なんかを装備していた場合にはブラックロータスに危険が及ぶから、メイには十分に注意してもらう必要があるな。尤も、いくら若干宙賊の質が良くても、ブラックロータス相手に真正面から魚雷を捻じ込むのは難しいと思うが。

「ミミは何か作戦を思いつかないか？」

「私ですか？　うーん……」

ミミが頬に手を当てて考え込む。こうして宙賊をどう倒すか考えるってのはオペレーターというか、傭兵としてステップアップするのに重要なことだからな。ミミにも是非考えてもらうとしよう。

離れた場所から微《かす》かに聞こえるエルマ達の酒盛りの音を聞きながら、俺は暫くの間ミミと一緒に星系地図とにらめっこを続けるのであった。

#4：最辺境領域の宙賊狩り

　翌日。俺達はドーントレスから出撃することにした。艦内時間における朝に起き、身支度や食事、運動などいつものルーチンを済ませてからの優雅な出撃だ。

「酒は残っていないようで何よりだ」

「大変ご迷惑をおかけしました……」

　サブパイロットシートに座るクギのテンションはどん底である。飲兵衛《のんべえ》どものペースに付き合う事になった結果、彼女は結構早い段階でべろんべろんに酔っ払って気持ちよくダウンした。そしてスヤスヤと朝まで眠ったわけだが、そこで彼女に二日酔いが襲いかかったのだ。

　朝、いつもなら真っ先に起きてきているクギが起きてこないことに気付いたミミがクギの様子を見に行くと、ベッドの上でクギがうんうんと唸《うな》っていたらしい。彼女はミミの介助でなんとか医務室まで辿《たど》り着《つ》き、朝から簡易医療ポッドのお世話になったというわけだ。

「もうお酒は懲り懲りです」

「下戸仲間ができて俺は嬉《うれ》しいよ」

　ミミもそこまで酒に強いわけではないが、普通に飲めるクチだ。クギは俺と同じでアルコールにあまり強くないらしい。俺としては若干肩身が狭かったから、下戸仲間ができて嬉しい限りである。そのうち炭酸飲料の沼に引きずり込んでやろう。

ちなみに、コノハはいざ飲み始めたらドワーフ姉妹に迫るほどの酒豪であったらしい。しかも今日はちゃんと朝一人で起きてきたし、二日酔いになっている素振りも見せなかった。つよい。

そんな彼女はブラックロータスに乗ったままである。一応は他国のＶＩＰで護衛対象なのだから、宙賊相手とはいえ戦場に連れていくのは論外だと言ったのだが。

「ヴェルザルス神聖帝国の武官として可能な限り他国における軍事行動を観戦する任がありますので。大丈夫です、万が一この船に宙賊が乗り込んできたりした場合には助太刀しますよ」

などと言って彼女はブラックロータスから降りるのを頑として拒否した。力尽くで船から降ろすのも不可能なので、仕方なくそのまま乗ってもらっている。

『それで、今日のプランは？』

メインスクリーン越しにエルマがそう聞いてくる。これに関しては昨日のうちにミミと話し合って方針を既に決めてあった。

「テスカロープ星系に繋がってるハイパーレーン突入口とドーントレスの間に小惑星帯が被《かぶ》っているポイントがある。そこでいつもの待ち伏せ作戦だ。アントリオンはパワーをカットして小惑星の陰で潜伏、宙賊どもが罠《わな》にかかったらクリシュナがブラックロータスから飛び出すから、タイミングを見計らってグラビティジャマーを展開しつつ参戦してくれ」

『了解』

エルマが神妙な顔でそう言って頷《うなず》く。テスカロープ星系というのは俺達が今いるケンサン星系に隣接する二つの未探査星系のうちの一つだ。まだ調査中だが、現時点で既にそこそこ有用なガス資源が採取できそうなガス惑星が確認されているらしい。その先の星系は名前だけはつけられているが、絶賛探索中とのことである。

『ご主人様、出撃許可が下りました。まもなく発進致します』

「わかった。安全運転で頼む」

俺達以外の傭兵も続々と出撃しているみたいだからな。ぶつけてくるヘボもいるかもしれないから気をつけないといけない。まぁ、ブラックロータスに突っ込んできても損傷するのは向こうだろうと思うが。シールドも装甲も分厚いからな、ブラックロータスは。

「メイさん、目的地の座標を送っておきますね」

『はい、ミミ様。ありがとうございます』

ミミとメイのやり取りを聞きながらクリシュナの状態をチェックしておく。ティーナとウィスカの仕事を疑うわけじゃないが、こういうチェックは何度しておいても良い。横着して『二人がちゃんとやってるから絶対ヨシ！』とかやっていると思わぬところで足を掬《すく》われるかもしれないからな。

「クギ、一緒に機体の状態をチェックするぞ」

「はい、我が君」

メインスクリーンに機体の情報を表示し、セルフチェックプログラムを走らせて各項目を二人で確認していく。これもサブパイロットとしての修練だ。チェック項目は多岐にわたるが、特にサブパイロットが注意すべきなのはチャフやフレア、緊急冷却装置、シールドセルなどのサブシステムが正常に動作するかどうかと、ジェネレーターの出力振り分けが正常に作動するかどうかだ。

サブシステム関係は残弾というか使用回数がちゃんと最大になっているかどうかもチェックするべきだな。可能であれば実弾兵器の残弾チェックや各種スラスターの動作チェックなどもしたほうが良い。

「当然俺もチェックはするし、その前にティーナとウィスカがチェックしてる。それでも絶対にこの辺りのチェックは怠っちゃならない。万が一サブシステム周りとかジェネレーター周り、スラスター周りに不調があったらそれだけで命取りになるからな」

「はい、我が君」

武装に不調があってもサブシステムと足回りが生きていれば逃げる事はできる。だがその逆は難しい。基本的にこの辺りのサブシステムを利用する瞬間ってのはある程度追い詰められた時というか、防御的な行動を取る時だからな。いざという時に使えないとそれが致命傷になりかねん。

ということをクギに説明すると、彼女は素直にコクコクと頷いて聞いてくれる。ついでにその隣に座っているミミもウンウンと頷いている。この辺はオペレーターの心得でもあるからな。つまりコックピットにいる全員が各々で何度でもチェックする項目なのだ。命に関わることなので効率性なんぞ度外視して誰が何度チェックしても良い。

そうこうしている間にブラックロータスはドーントレスから発進し、エルマの乗るアントリオンもブラックロータスにドッキングした。

『ご主人様、指定座標へ移動を開始します』

「了解。いつも通りパッシブレーダーの感度は最大にして、もし応援要請や救難信号を拾ったらそっちを優先してくれ」

『アイアイサー』

俺達が宙賊を狩るために使う能動的な手は『釣り』だが、既に宙賊と戦闘が発生している地点があるのであればそちらを美味《おい》しく頂くほうが効率が良い。釣りはどのタイミングでも始められるが、宙賊との突発的な遭遇は一期一会だからな。俺達なら取り逸《はぐ》れることもない。

☆★☆

事が起こったのは間もなく目的地へ到着しようかというタイミングだった。

『ご主人様、救難要請を受信しました。発信元はスクリーチ・オウルズ――探索者船団のようです』

「おっと、もう少しってところで。それじゃあそっちに転舵《てんだ》してくれ」

『承知致しました。到着まで凡《およ》そ百二十秒』

「だそうだ。良いな?」

『アイアイサー。アントリオンの初陣を華々しく飾ってやるわ』

「違う意味で華々しくなってくれるなよ」

勢い込むエルマにそう言ってミミとクギにも視線を向ける。クギは初の実戦にかなり緊張しているようだが、ミミは落ち着いたものだ。

「ジェネレーター出力を戦闘モードに。ウェポンシステム起動」

「はい。ジェネレーター出力、戦闘モード。ウェポンシステム起動致します」

俺の指示に従ってクギが慎重にサブシステムを操作し始める。うん、速さはないが正確で結構。まぁこれくらいでドジられても困るが、仕事が丁寧なのは良いことだ。慣れれば黙ってても速度は上がるだろうしな。

「ミミ、脅威度の振り分けは火力順だ」

「わかりました！」

アントリオンがいるなら足が速くて逃げられるというのはあまり警戒しなくて良い。単純に火力の高い艦を脅威と考えれば良いから楽なもんだ。

『間もなく接敵します。即座に射出致しますが、それでよろしいですね？』

「勿論《もちろん》だ」

俺の返事が終わるか終わらないかというタイミングでブラックロータスが轟音《ごうおん》を響かせ、通常空間へとワープアウトする。

『後部ハッチ開放。カタパルト作動、射出致します』

「オーケー。行くぞ！」

「「はい！」」

ミミとクギ、二人の返事と同時に電磁カタパルトが作動し、ブラックロータスのハンガーから宇宙空間へとクリシュナが射出される。さて、久々のドンパチだ。派手に行こうじゃないか。

☆★☆

「こちら傭兵《ようへい》ギルド所属艦、クリシュナだ。今から援護する。持《も》ち堪《こた》えろ」

『助かる！　くそっ！　しつこい奴《やつ》らだ！』

ハンガーから飛び出すと同時に転舵し、戦闘が発生しているエリアへと向かう。ザッと見た感じ、襲われている側は中型艦二隻と、小型艦が……うーん、三、四隻か？　乱戦になっててわかりにくいな。

「ヒロ様、敵味方識別信号を受信。反映します」

「了解」

メインスクリーンに映る船のうち、探索者船団に所属する船が緑色のフレームで友軍としてハイライトされる。それ以外の船は敵艦として赤いフレームでハイライトされた。

「とりあえず数を減らして敵を引き付けよう。エルマは援護に回ってくれ。グラビティジャマーの展開タイミングは任せる……ああ、でも食えそうなのはどんどん食っていって良いからな。採算は取れるだろうし補給の心配もいらないだろうから派手に行け」

『アイアイサー。久々に暴れさせてもらうわよ』

そう返事しつつ、エルマの操艦するアントリオンがクリシュナから離れていく。こっちは真《ま》っ直《す》ぐ突っ込むつもりだが、エルマは戦場を回り込むつもりらしい。恐らくクリシュナの攻撃で戦場から距離を取って様子見をしようとする宙賊艦を食うつもりだろう。激しい攻撃に動揺して一旦《いったん》安全地帯に逃げようとしたところを叩《たた》くわけだ。

「小物が多いな。ブラックロータスも攻撃に参加してくれ。魚雷持ちには注意しろよ」

『はい、ご主人様』

ブラックロータスの総火力はクリシュナを大きく上回っている。当然ながら同格の純粋な戦闘艦と殴り合いをするのは分が悪いが、格下の小型艦を相手にした場合の制圧力は圧倒的だ。こういう場面ではブラックロータスにも前に出てもらって殲滅《せんめつ》速度を上げたほうが良い。

「我が君、接敵します」

とはいえ、アントリオンの参戦にもブラックロータスの参戦にもまだ今少しの時間がかかる。まずは俺達が乗るクリシュナの出番だ。

「よし、突っ込むぞ！」

探索者船団の小型戦闘艦と宙賊艦が入り乱れて戦っている戦場へと突入する。おっと、早速探索者の小型艦が一隻ピンチだ。三隻の宙賊艦から集中砲火を受けて今にも落ちそうな船の援護に入ることにする。

「そぉいっ！」

『うおぉあぁぁぁぁぁぁっ⁉』

『なッ――……』

「ひゃーっ⁉」

「わーっ⁉」

探索者艦のケツにチクチクとレーザー砲を浴びせている三隻の小型宙賊艦のうち一隻に戦場に突入した速度そのままの体当たりを仕掛け、ついでにもう一隻には重レーザー砲と散弾砲の一斉射撃をお見舞いしてやった――のだが、体当たりを食らった艦と射撃を食らった艦だけでなくクギとミミまで叫んでいる。ああ、そういやここまで荒っぽい手を使ってみせるのは初めてだったか？

「クギ、シールドセル起動。ミミは集中しろ」

「は、はひっ！」

「わ、わかりました！」

あたふたしながらも二人が指示通りに動き始める。クリシュナの体当たりを食らった宙賊艦はシールドが完全に飽和した上に半壊して行動不能に陥り、近距離で全力射撃を食らった宙賊艦は一撃で爆発四散したようだ。残された一隻が逃げようとしているので、そのケツを追いかけて重レーザー砲を連続で浴びせてやる。

衝突によってかなり減衰していたクリシュナのシールドは急速に回復を始めているし、狙われていた探索者艦はなんとか危機を脱してシールドを再起動できたようだ。それじゃあ目の前の宙賊艦にトドメを——と思ったところで横合いから何かが飛んできて宙賊艦の横っ腹に突き刺さり、宙賊艦が爆散した。

『ごめん、逃げるだろうと思って撃ってたのよ』

「気にすんな。その調子だ」

どうやらエルマのアントリオンが先にシーカーミサイルを撃っていたらしい。流石《さすが》のエルマもまさか体当たりで一隻航行不能にするってのは予想外だったのかね。ミミに見せてないってことはエルマにも見せてないもんな。その可能性はあるか。

「選《よ》り取《ど》り見取りだ。片っ端から食うぞ」

探索者艦への攻撃に夢中になっている宙賊どもの船を片っ端から食い散らかしていく。エッジワールドの宙賊艦の性能が他の中域の宙賊艦より多少マシとはいえ、殆《ほとん》どの船が残骸《ざんがい》から無理矢理でっち上げたキメラ艦であるということに変わりはない。シールドさえ破ってしまえばいとも容易《たやす》く船体が崩壊していく。

『畜生が！　他の奴らはまだか⁉』

「増援が来るよりお前達が全滅する方が早そうだな？」

『スカしてんじゃねぇぞてめぇぇぇ！』

宇宙賊艦の攻撃がクリシュナに集中し始める。ああ、いけませんお客様。ああ、お客様お客様お客様。あー、いけませんお客様。

俺だけに集中すると大変なことになるぞ？

『アラート⁉　うわぁぁぁぁっ⁉』

『げぇっ⁉　いつの間にデカブツが⁉』

『うわっ！　やめ、やめぇ――――⁉』

大量のシーカーミサイルとレーザー砲撃の弾幕がクリシュナを避けて飛来し、宙賊艦に突き刺さって大爆発を起こす。

『制圧完了です』

俺が宙賊艦を引き付けて暴れている間に戦闘エリアへと接近したブラックロータスの一斉射撃によって宙賊艦が文字通り一網打尽にされた。うん、やっぱりデカい機体は手数が多いな。

「ヒロ様、所属不明艦が接近中です。間もなく戦域にワープアウトしてきます」

「了解。敵増援の可能性も高いから各自臨戦態勢で」

「はい、我が君」

「はい！」

『アイアイサー』

ドォン！　という轟音を立てて多数の艦船がワープアウトしてくる。その艦影には一つとして同じものはなく、意味があるのかどうかわからない攻撃的な装飾がふんだんに取り付けられ、ドクロマークのペイントやらなにやらがゴテゴテと塗りたくられ……まぁ、つまりワープアウトしてきた艦はどう見ても宙賊艦であった。

その数、僅《わず》か五隻。


「エルマ、逃がすな」

『当然。グラビティジャマー起動』

腹の底に響くような重低音のようなものが鳴り響いた。それ以外に何か変わったことが起きた様子は無かったが、超光速ドライブの起動は確かに阻害されているようだ。超光速ドライブの起動スイッチが一瞬で暗くなって使用不能になった。セーフティロックがかかったようだ。

『な、なんだ⁉　超光速ドライブが起動できねぇ⁉』

『セーフティロックが外れねぇ！　おいやめろ、こっちに来るな！』

「ははは、どこへ行こうと言うのかね？」

転舵して蜘蛛《くも》の子を散らすように逃げようとし始める宙賊艦のケツに食らいついて一隻ずつ撃破していく。俺達で四隻、残りの一隻は探索者艦が仕留めたようだ。

『はっはぁ！　やってやったぜ！　クソどもが！』

『い、生き残った……今回ばかりは駄目かと』

探索者達は興奮したり安堵《あんど》したりと大変なようだ。こっちはそれどころじゃないというか、ここからがお仕事の本番なんだが。

「よーし、ブラックロータスは回収作業に入ってくれ。クリシュナとアントリオンは警戒を続けよう」

『承知致しました』

『アイアイサー』

テキパキと仕事をしていこう、テキパキと。こうして回収している間に他の宙賊が遅れて到着してくれたらラッキーなんだがな。おっと、探索者艦を放置しておくわけにもいかんか。

「改めて挨拶《あいさつ》しとこう。俺はキャプテン・ヒロ。傭兵ギルド所属の傭兵だ。そっちはえーと……スクリーチ・オウルズだったか？」

『ああ、そうだ。救援感謝する。俺は代表者のキャプテン・ソウルズだ。謝礼に関してはすまんがドーントレスに戻ってからの手続きになる』

探索者の中型艦二隻のうち一隻から応答があった。男の声だな。歳《とし》はそこそこいってそうだ。

「構わんよ。それにしても救援が間に合ってラッキーだったな」

『クソどもに襲われてラッキーなものか。まぁ不幸中の幸いではあるかもな』

キャプテン・ソウルズが嘆息混じりに返事をする。確かに集中攻撃を受けていた小型艦は今にも落ちそうなくらいにダメージを負っていたし、修理費を考えると頭が痛くなるのも無理はないか？

完全に他人事《ひとごと》だからご愁傷さまという感想しか湧いて出てこないけど。

「なら少しでも元を取っていけ。そっちが撃破した分はそっちの取り分なわけだしな。あと、こっから先の護衛料はサービスしてやるよ」

『嬉《うれ》しくて涙が出そうだ。何にせよそうさせてもらおう。おい、回収ドローンを出せ。ヘクトルの船はトラブる前に着艦させろ』

向こうは向こうで戦後処理にかかったようなので、こちらも作業に入ってもらうとしよう。俺達とエルマは警戒を続けるけどな。

☆★☆

あの後傭兵の船団が遅れて到着してきたが、既に宙賊が撃退されているのを確認するなり去っていった。俺達でもそうするので、何もおかしいことはない。こういうのは早いもの勝ちだからな。

「なるほどー。小惑星帯に引っかかって強制的に超光速航行状態から弾《はじ》き出されちゃったんですか」

『そうなんだけどそうじゃないんだよね。俺はミスってないんだよ。まだこの星系の星系地図は精度が甘くてさぁ』

ミミがスクリーチ・オウルズのオペレーターの兄ちゃんに愚痴られている。思いっきり聞き流してるけど。向こうは若い女の子とお話ができてご満悦のようだ。でもやらんぞ。ミミは俺のだから。

「ティーナ、回収作業の進捗《しんちょく》はどうだ？」

『ぼちぼちってところやね。やっぱ兄さんの言ってた通り、パーツの質は若干ええわ。整備がガタガタやけど』

「いくら良い装備でもメンテナンスがしっかりしてないと本来の性能がなぁ……」

『レーザー砲は弾薬を気にせず撃てるのが強みですけど、メンテナンスフリーってわけじゃないですからね』

『問題はその質の良い装備も一手間かけないと買い叩かれるし、そもそも需要が微妙ってとこよね』

「それな」

エルマの発言に心から同意する。確かにここらの宙賊の装備は若干良い。他の星系の宙賊に比べれば整備状態はアレとしても高品質だ。しかしこの星系に仕事で来るような傭兵《ようへい》にとっては物足りない品質だし、探索者にとっては自分達が使っている装備とさして変わらない性能のものである。

そしてドーントレスに交易に来るような民間輸送船にとっては無用の長物だ。まぁ、空荷で帰るのも何だし、整備状態はともかく質はそこそこだからジャンク品として積んで帰っても良いかな？くらいの品である。

『買い叩かれるんやろなぁ』

「いっそじっくり整備してもらって、高く売れそうな場所に持っていくってのも手だけどな」

『そこらへんは兄さん達で考えといてや。とりあえずうちらはジャンク品一歩手前の装備をピッカピカに磨き上げることにしとくわ。今回は船はでっち上げなくてええんよね？』

「ああ、今回はいい。船の需要がないからな」

どんな船でも短距離の輸送ができるなら大歓迎、みたいな特殊な特需環境でもなければ宙賊艦の残骸からでっち上げたキメラ艦なんてそうそう売れるものじゃないからな。ただ荷物を運ぶだけならそれでも構わないんだろうが、そういう船に正規の高度な火器管制システムやサブシステムを組み込むのは大変に手間というか、無理をして組み込んでも信頼性が今一つらしい。肝心なところでエラーを吐いて武器が使えないとか、サブシステムが作動しないだとか、そんなことが起こったら戦闘艦や探索艦としてはあまりに致命的だ。だから、キメラ艦を使うのは宙賊か駆け出しの交易商人と相場が決まっている。

で、このケンサン星系には駆け出し商人なんてものはいない。今回助けた探索者連中はもちろんのこと、交易商人達もしっかりと護衛を付けていたり、そもそも交易商人自体が重武装の武装商船団だったりする。そして交易商人と傭兵と探索者以外でこの星系にいるのは基本的に軍人、軍属である。急拵《きゅうごしら》えのキメラ艦の需要などゼロなのだ。

『わかったわ。もう少しで回収は終わるで』

「はいよ。終わったら連絡してくれ」

ティーナ達との通信を終え、すぐ隣のサブパイロットシートに目をやる。サブパイロットとして座っているクギは何をしているのかというと、何やら目を瞑《つぶ》って瞑想《めいそう》のようなことをしているようであった。別に寝ているとかそういうわけではないらしく、頭の上の獣耳はぴくぴくと動いている。うーん、そうやって動かされるとついつい手を伸ばしてしまいそうになるな。しかしこれは何なのだろうか？　彼女なりのイメージトレーニングか何かなのかね。

と、ピコピコと動くクギの耳を眺めていたらその頭越しにミミと目が合った。いつの間にか向こうのオペレーターの兄ちゃんとの話は終わっていたらしい。ミミもクギの耳が気になっているようだが……なんとなく悪戯心《いたずらごころ》が湧いてきたぞ。

そっと気配を気取られないようにクギの頭に顔を近づけ、ピコピコと動く獣耳にそっと息を吹きかけてみる。

「ひゃぁあんっ⁉」

クギが今までに聞いたことが無いような悲鳴を上げてブルブルと頭を振った。よほどくすぐったかったのか、息を吹きかけられた耳を手でぐしぐしとやりながら俺に真っ赤になった顔を向けてくる。

「わ、我が君……？」

「いや、なんかピコピコ動いてるのが可愛《かわい》くて悪戯心が……すまん」

「私も！　私もふーってしたいです！」

「だ、だめです！　敏感なんです、耳は！」

迫るミミをクギが遠慮気味に、しかし断固として押し留《とど》める。耳が駄目なら尻尾《しっぽ》は……と手を伸ばそうとしたらシュルッとなかなかのスピードで尻尾が逃げた。完全にミミに注意がいっていると思ったんだが、なかなかの超反応を見せてくれるな。

「し、しっぽも……！　いえ、わ、我が君なら……」

「いや、うん。なんかごめん。無理矢理どうこうしようってわけじゃないから」

ミミを押し留めながらも尻尾を俺に差し出してきたクギに謝っておく。そんなに勇気というか決断が必要な事柄だとは思っていなかったんだよ。気軽に触ろうとしてすまない。

「なんというか、耳とか尻尾はセンシティブな部位なんだな」

「せ、せんしてぃぶ……まぁ、その、はい。少し敏感というか、不意に触られるとゾクゾクゾワゾワするというか」

「いつか触らせてくれ。手触りがとても良さそうで気になっていたんだ」

「わたしもです。是非」

「お、お望みであれば今度時間がある時に……」

今度触らせてくれるらしい。やったぜ。ちゃっかりミミも触らせてもらうことになっているが、クギはちゃんとわかっているのだろうか？　その時になってやっぱ無理って言われるかもしれないから落ち込まないように覚悟しておこう。

「さて……回収が終わったら彼らをドーントレスまで送り届けるぞ」

一応それくらいのアフターサービスはしても良いだろう。それに、ティーナ達がデータストレージの回収に成功していたら再出撃せずにまずそっちの分析をメイにしてもらうのが良いかもしれん。ワンチャン有用な——奴らの襲撃ポイントや合流ポイント、本拠地の座標など——情報があるかもしれないからな。そういうのがあれば釣りをするよりも効率よく宙賊どもを狩ることができる。

「わかりました！」

「はい、我が君」

後続の宙賊が来る気配も無いし、後は待つだけだな。もうちょっとバンバン入れ食いで来てくれれば儲《もう》かって大層よろしいんだが、なかなか上手《うま》くはいかないもんだ。

☆★☆

スクリーチ・オウルズの船を護衛しながらドーントレスに帰還した俺達はとりあえずセレナ大佐と連絡を取ることにした。

『……もう一度言ってもらえますか？』

ブラックロータスの休憩スペースにセレナ大佐の頭の痛そうな声が響く。

「撃破した宙賊艦から引っこ抜いたデータストレージから宙賊の拠点の座標特定に繋《つな》がりそうなデータキャッシュを複数獲得した。まだメイが分析している最中だが、そっちが望むなら解析途中のデータと判明している暗号鍵《かぎ》、あとデータストレージそのものを現時点で引き渡す」

スクリーチ・オウルズを助け、宙賊艦の残骸《ざんがい》から戦利品を引きあげた結果、ジャンク品一歩手前の各種装備の他に複数のデータストレージを回収することに成功した。そしてそのデータストレージを帰りがてらメイが精査した結果、今セレナ大佐に説明したようなものが見つかったわけである。

『……実は宙賊と繋がっていたりしませんか？　討伐開始初日――それも昼前に普通そんなクリティカルな情報を持ってきます？』

「そんなわけないだろ、常識的に考えて……とにかく手に入ったもんは仕方ない。俺は悪くねぇ」

これも俺の悪運というか妙な運命力の為《な》せる業なのだろうが、どうにもそういうスピリチュアルな方向での解釈はしっくりこない。とはいえ、俺が妙な運命というかトラブルを引き寄せるのは目を背けがたい現実なので、ある程度は認めなければいけないのだろうが。

『はぁ……まぁ良いです。仕事が進むのは良いことですからね。宙賊どもを一分一秒でも早く滅ぼせるならそれに越したことはありませんし』

「さっすが大佐殿。話がわかる」

『こちらにデータストレージを送ってください。ポート番号を転送しておきますので』

「アイアイマム」

敬礼をしながら通信を終える。すぐに艦内物資輸送システムで使用するポート番号が送られてきたので、それをメイに転送しておいた。これでメイがデータストレージと解析途中のデータをセレナ大佐宛《あて》に送ってくれることだろう。

「どうしましょうか？」

「恐らく軍から本拠地襲撃の仕事が来るだろうから、それまで待つのもアリだな」

「それで良いのですか？　ちゃんと働かなければ我が君がセレナ様からお叱りを受けるのでは？」

「データストレージの発見と引き渡しでこれ以上なく仕事は果たしたわけだし、本拠地襲撃時に撃破数と賞金は一気に稼げるからな」

ティーナとウィスカもしばらくは鹵獲《ろかく》した装備品の整備に忙しいだろうし、ブラックロータスの格納庫もそこそこに満たされている。意外と嵩張《かさば》るからな、レーザー砲だのなんだのって装備類は。

「真面目に働くのは勿論《もちろん》大事だが、不要なリスクを避けるのも大事だ。最終的に多額の賞金を稼ぐことさえできるなら良いのさ」

俺達は悪を討つ正義の戦士ではなく、宙賊どもを叩《たた》き潰《つぶ》して賞金を得る傭兵だ。最終的に金を稼げるならそれだけで良いのである。何か目的があって勲功というか、戦果を稼ぎたいわけでもないしな。既に傭兵としては最上位のプラチナランカーになっているわけだから、傭兵ギルドに対する貢献度云々《うんぬん》に関しても気にする必要はない。

「どうせリスクを避けても向こうから寄ってくるしね」

「それは言うな……何はともあれお疲れ」

「はいはい、ありがと」

ブラックロータスのシャワーでさっぱりしてきたと思《おぼ》しきエルマに拳《こぶし》を突き出すと、彼女はそれに自らの拳を軽く合わせて俺達が座っているソファに並んで座る。俺の左右はミミとクギが固めているので、エルマはクギの隣だ。

「どうだった？　久々の単独での戦場は」

「やっぱ一人は寂しいというか、不安があるわね。全部一人でやらなきゃならないし、負担が大きいわ。戦闘中何回かミミを呼んじゃったし」

「ふむ。暫《しばら》くミミと二人で乗るか？　ミミにとっても良い経験になりそうだし」

「んー、やめとくわ。とりあえず今の環境に慣れてからにする」

「そっか。まぁミミの訓練にもなりそうだし、そのうちな」

エルマがチラリとミミに視線を向けたのとか、左頬に突き刺さる圧力の強い視線とかは気づかないことにしておく。スキルアップには必要なことだと思うんだけどな——などと考えていると、俺の端末からコール音が鳴り始めた。相手はスクリーチ・オウルズのキャプテン・ソウルズか。さっき話した時に一応連絡先を交換しておいたんだよな。

「ヒロだ。何かあったか？」

『ソウルズだ。いやなに、うちの連中をメシに連れていくんだが、一緒にどうかとな。助けてもらった礼もあるし、一杯奢《おご》らせてくれ』

「そりゃいい。俺は下戸なんで飲めないが、うちには大酒飲みが三人……いや四人いるんだ。高く付くぞ？」

『構わんさ。宙賊どもから頂戴《ちょうだい》した戦利品だけでも釣りが出るし、俺達も手ぶらで帰ってきたわけじゃないんでね』

つまり、スクリーチ・オウルズは未探査星系で何らかの戦利品を獲得してきたってことか……あ、今凄《すご》く嫌な予感が。気のせいであってくれ。とにかくスクリーチ・オウルズの連中をその『積荷』から早急に引き離したほうが良い気がしてきた。

「それじゃあ遠慮なくご馳走《ちそう》になる。こっちは八……いや、飲み食いするのは七人だな。一人は飲み食いはしないんでね」

『飲み食いしない……？　まぁ良い。合流ポイントを送るぞ』

ソウルズからドーントレス艦内にある飲食店の情報が送られてくる。ふん？　まぁ怪しい店ではないようだな。友好的なふりをして何か企《たくら》んでいる可能性もゼロじゃないから、用心だけはしておかないといけない。何せ俺はキャプテンとしてクルー達の身の安全に責任がある立場だからな。

「オーケー、では現地で。準備をしてから向かうから少し時間を貰《もら》うぞ」

『そうだな。一時間後でどうだ？』

「それでいこう……というわけで、スクリーチ・オウルズの連中とメシに行くぞ」

「うーん……ちょっと不安なんですけど」

ミミが若干難色を示す。

「ああ、なんか向こうのオペレーターに絡まれてたもんな。俺の側《そば》から離れなきゃ大丈夫だ」

「それじゃあ私たちは皆ヒロの側から離れないほうが良さそうね」

「べったりくっついていきましょう。べったり。クギちゃんもべったりです」

「べ、べったり？　こうですか？」

ミミとクギが左右から俺にくっついてくる。うん、とっても嬉《うれ》しいけど流石にここまでベッタリは目立ちすぎるというか、ちょっと度を越した感じがするぞ？

「ヒロは大変ね。その状態で私とティーナとウィスカの面倒も見なきゃならないんだから。ああ、八人ってことはコノハも連れてくのね？　ならもっと大変なんじゃない？」

「酒飲み勢はある程度自衛というか自重してくれ……」

ただでさえ連中の積荷から嫌な予感をビンビンに感じているんだから、これ以上俺の心労を増やさないでくれ。頼むから。

☆★☆

「おぉ、こうして対面で会うのは初めて——いや、なんというかスゲェな、お前さん」

ホロスクリーン越しではなく、直接顔を合わせたキャプテン・ソウルズは俺を……というか俺達を見るなり頬を引き攣《つ》らせた。ミミとクギは予告通り俺の腕を抱え込んでべったり。エルマはすました顔で俺の近くを歩いていて、それにティーナとウィスカ、コノハ、それにメイも同行している形である。

「男の夢ってやつか？　いや、大したもんだ。さすがはプラチナランカーだな。大物だ」

うん？　俺のランクについては話していない筈《はず》だが……まぁ、少し調べればわかることか。ドーントレスには傭兵《ようへい》ギルドの出張所もあるしな。

「事情があるんだ、色々と……改めてどうも、ヒロだ」

「ソウルズだ。お嬢さん達もどうぞよろしく」

ミミとクギに腕を解放してもらってキャプテン・ソウルズと握手を交わす。

彼は壮年の男性で、男の俺から見てもなかなかのハンサム……所謂《いわゆる》イケオジというやつだった。グレイの瞳《ひとみ》に同じくグレイがかった短髪。服装に取り立てて特異な面は無いが、長身でスタイルも良い。筋肉質すぎず、弛《たる》んでもいない。かといってひ弱にも見えない。バランスの良い体つきだな。

「立ち話もなんだ。席は取ってある」

キャプテン・ソウルズに促されて彼のクルーと一緒に店に入る。事前にミミが調べたところによると、ここはドーントレスの正規の食堂ではなく所謂娯楽施設として運営されている酒場の一種であるのだそうだ。分隊、小隊単位で親睦《しんぼく》を深めるのに利用されるのを目的としているそうで、十人から数十人くらいの人数で飲み食いができるようになっているらしい。

「こういうののセッティングが得意な奴には事欠かなくてな。今日はだいぶ張り切ってたんだが……」

そう言ってキャプテン・ソウルズがちらりと視線を向けた先にはチベットスナギツネみたいな顔になっている若めの男性クルーがいた。なんか負のオーラが溢《あふ》れ出しそうになっているぞ。大丈夫かあいつ。

「ハッ、まぁあの勘違い野郎には良い薬だろう。せいぜい格の違いってのを見せつけてやってくれ」

「面倒臭いのは御免だぞ、俺は……」

キャプテン・ソウルズに背中をバシバシと叩かれながら席に着く。珍しいことに、どうやらここはビュッフェ形式でメシを食うようになっているようだ。大量に用意されている料理を自分で皿に取り分けて、適当な場所で話しながら食うか用意された席で食うかを自由に選べるらしい。酒もセルフなのか？　いや、酒はセルフでも良いが、給仕ロボットに注文もできるようだな。酔っ払いがいちいちサーバーに酒を取りに行くのは危ないもんな。

☆★☆

そうして始まった食事会だが、早々に険悪な雰囲気に——はならなかった。

「嫉妬《しっと》とかそういう感情が一周回って尊敬っすわ」

「いやなんかもう……ほんともう。ヒロさんパネェっす」

「お、おう」

何故《なぜ》かミミやクギではなく俺が若い男性クルー達に囲まれていた。彼ら的にはメイドロイドであるメイは別としても六人も女性を囲っている俺はリスペクトの対象であるらしい。コノハは違うんだが……まぁ言い訳をしても聞いてくれそうに無いし良いか。

「例のしきたりというかアレも半ばカビの生えかけた古いやつだけど、こうまで見事にハーレムを作ってるのは初めて見たわ」

「つーかよくもまぁあんな可愛い子ばかり……秘訣《ひけつ》、教えてもらって良いすか？」

通信でミミに絡んでいたちょっとチャラそうな男性クルーが姿勢を正し、真顔で聞いてくる。

「そんなもんはねぇよ……流れだ、流れ。敢《あ》えて言うならタイミングを逃さないことと、どういう結末になるかは別として関わる以上は最後まで責任を持つ覚悟をするくらいか」

実際に狙って船に引き込んだのはエルマだけなので、俺の言っていることは嘘《うそ》ではない。ミミは衝動的に助けて、その結果として船に乗せる他無かっただけだからな。明確にクルーにするつもりで俺が能動的に船に引き込んだのはエルマただ一人である。

「僕としては可愛い女の子を六人も囲っているのに更にメイドロイドにまで手を出しているのが信じられないんだけど……しかもあのメイドロイドさん、とんでもなくハイスペックですよね？」

今度は少しヒョロい感じの眼鏡の青年が声をかけてくる。うん、見るからにナードっぽい。ステレオタイプだな！　まぁ、眼鏡と言っても妙にメカニカルだし、何らかのウェアラブルデバイスなんだろうけど。

「そうだな。うちのメイと同じ仕様でメイドロイドを作るとなると軽く数十万エネルはかかるな」

「数十万！　船よりは安いとはいえ……いや、なんつぅか……保《も》つんすか？」

そう言ってチャラい船員がカクカクと腰を前後に動かす。

「まぁ……鍛えてるし？　それにうちの『シェフ』は有能だからな」

そう言って腹筋に力を込めて拳でドンドンを自分の腹を叩いておく。実際、うちの船に搭載している自動調理器のテツジン・フィフスは俺の運動データなどを観測して最適な食事を提供してくれている――らしい。定期的に簡易医療ポッドでスキャンしているデータや俺の小型情報端末、トレーニングルームのマシン、それだけでなくメイからもデータを受け取って俺に必要な栄養素なんかを決定しているとかなんとか。高性能が過ぎる。

「毎日のように宙賊とドンパチしたり、貴族の陰謀に巻き込まれたり、結晶生命体の群れに突っ込んだり、パワーアーマーを着たり着なかったりして生物兵器と切った張ったしたり、お貴族様に剣で斬りかかられたり、乗っていた飛行機械が墜落したりしていれば俺みたいな出会いが向こうから転がり込んでくるかもな」

「いや無理でしょ」

「普通死にますよそれ」

「そういうトラブルに巻き込まれた結果として今があるんだ。察してくれ」

こうして羅列するととんでもねぇな。なんで生きてるんだろう、俺。

「でも、トラブルって意味じゃそっちも不自由はしてないだろ？　今日のとか」

「いや、今日のはマジでヤバかったわ」

「ヒロさん達が来てくれてなかったら少なくとも僕は死んでたね……シールドも剥《は》げて装甲も抜かれて死を覚悟してたよ」

おや？　どうやらこの眼鏡くんは探索者が出していた護衛の小型戦闘機のパイロットだったらしい。見るからにヒョロいナードって感じなんだが、意外だな。

「なるほど。ということはやはり今日の出会いは俺達にとってのチャンス……？」

「お？　なんだ？　挑戦か？　処す？　処す？」

「冗談っす。無理っす」

「でもメイドロイドは良いなぁ……戦闘のサポートもしてくれるんですよね？」

「ああ、陽電子頭脳に金をかけて戦闘能力をオミットすれば10万行くか行かないかくらいでいけるんじゃないか？」

「それくらいならなんとか……うーん」

眼鏡くん――確かヘクトルとか呼ばれていたか――は食事もそっちのけで考えに没頭し始めてしまった。そろそろ良いか？　仕掛けてみよう。

「そういやそっちのキャプテンが言っていたが、未探査星系で何かお宝を発掘してきたって？」

「お？　聞いたんすか？　そうなんすよ、これがなかなか――あ、言って良いのかな？」

「聞いたところで俺は傭兵で探索者じゃないからな。別に手に入れた場所とかそんなのは興味ないし。ただお宝って言われたらワクワクするだろ？」

「それはそう。オフレコっすよ？　こういうのなんすけど」

そう言って彼は自分の小型情報端末を使って探索者向けの多機能パワーアーマーと、その横に鎮座している謎の真球のホロを映し出した。

「こんな感じのタマなんすけどね。こいつがレーザーも撥《は》ね返す上にかなり丈夫で、明らかに自然物には見えない。しかもあった場所も明らかに人工物っていうか、自然にできた地形じゃないっぽい感じで。こいつはアーティファクトかもしれないってことでちょっと期待してるんすよ」

「あぁ……そう。ちなみに、船には誰かクルーは残ってるのか？」

「いや、全員出払ってここに来てるっすね」

そう言ってチャラい感じの若い船員が会場内に視線を向ける。ああ、なんかあっちでキャプテン・ソウルズとうちの飲兵衛どもが飲んでるな。ミミとクギはメイに付き添われて俺の周りにいるよりもう少し年齢層の高い船員達と楽しく話をしているようだ。

「ちょっと悪いな」

「うっす」

俺は小型情報端末を取り出し、アドレス帳からセレナ大佐を選択して通信を開始する。すると、程なくしてセレナ大佐が通話に応じた。

『どうしました？　データストレージなら先程こちらに到着――』

「大佐殿、例のタマを見つけた。スクリーチ・オウルズに積み込まれていて、今クルーは全員出払ってる」

『……』

「あー、大佐殿？」

『ちょっと黙ってください。今、全精神力を感情のコントロールに向けているので』

「……滅茶苦茶に苛《いら》ついてるみたいだが、俺に悪意は無いからな。本当に。天地神明にかけて」

『わかってますから黙ってもらえます？』

「はい」

絶対キレてるやつじゃん！　こえぇよ！　俺は悪くねぇ！

☆★☆

「で、ヒロ。キャプテン・ファ◯キン・ヒロさんよ。こいつぁ一体全体どういうこった？」

俺がセレナ大佐に連絡――というか通報してから凡そ三十分後。俺達とスクリーチ・オウルズのクルー達は揃《そろ》ってスクリーチ・オウルズの船が停泊しているドーントレスのドックエリアへと足を運んでいた。

スクリーチ・オウルズの母船となっている中型艦二隻は既に軍の海兵部隊による包囲――というか強制捜査が実行されており、貨物を搬入・搬出するための大型ハッチが開け放たれてその内部から続々とコンテナが運び出されている。

「俺の目が確かなら、俺の大事な船に兵隊どもが押し入って積荷を運び出しているように見えるんだがな？　本当にこいつぁ一体全体どういう事態だってんだ？　えぇ？」

酒のせいか、怒りのせいか――或《ある》いはその両方か。キャプテン・ソウルズの顔は真っ赤になっていた。今にも爆発寸前、といった様子だが……さて、どうしたものか。俺が愛煙家ならここで一本煙草《たばこ》をふかすところなんだろうが、俺はあいにく酒も煙草もやらないんだよな。

そもそも、コロニーや宇宙船で空気を汚染する煙草は厳禁なので、基本この世界に愛煙家などというものは殆《ほとん》ど見当たらないのだが。

「話せば長くなる」

「話さねぇならてめぇの顔の風通しを良くしてやるぞ。このレーザーガンでな」

キャプテン・ソウルズが指先で自分の腰のレーザーガンを指す。やめろやめろ。この距離でそんな物騒なことをすると俺はともかくメイがあんたを叩《たた》きのめすぞ。

「別に話さないとは言ってないだろ。話せば長くなるって言っただけだ。あー、事の起こりはウィンダス星系だ。知っているよな？」

「帝国最大のシップヤードだな。それで？」

「俺はこの星系に来る前は野暮用でそこに滞在してた。で、ある日のことちょっとした事件に巻き込まれた。人間を切り刻んで殺す殺人マシンみたいな奴に襲われたわけだ。幸い俺は腕に多少覚えがあったからなんとかその場は凌《しの》いだ。だがそいつは俺に遭遇する前に何人も切り刻んでいてな。軍が出動する大騒ぎになったたんだよ」

「話が見えねぇな。その話とうちの船が帝国軍の連中に家探しされているのと何の関係がある？」

顔を真っ赤にしたままキャプテン・ソウルズが腕を組んで先を促してくる。流石に歴戦の探索者は冷静だな。いや、単に俺相手に暴力をちらつかせての恫喝《どうかつ》は意味が無いと判断しただけか？

「話せば長くなるって言ったろ？　つまり、その犠牲者と殺人ロボットみたいな『何か』が問題なんだよ。死んだのはウィンダステルティウスコロニーで珍品を扱っていた店の店員と、その場に居合わせた客で、その殺人マシンみたいな『何か』は元々まんまるのタマだったんだ。謎のな。で、軍の調査でどうもこのエッジワールド方面から運ばれてきたらしいってことがわかった。あんたらは知らないだろうが、このドーントレスに増援の帝国軍艦隊と傭兵達が到着して程なくこの船で営業しているアーティファクトショップにガサ入れが入ったんだ。そのガサ入れの最中に例のタマが発見されて、また大暴れした」

その場に俺がいたことは……まぁ言っても仕方がないか。黙っとこう。

「あのままスルーして明日の朝、あんた達が全員例の殺人マシンみたいなモンにズタズタに切り裂かれていたなんてニュースを見るのは御免だからな。だから通報したんだ。善意だと言い張るつもりはないが、悪意があってのことじゃないってのは信じてほしいね」

「俺達だってド素人じゃねぇ。危険な橋だっていくつも渡ってるんだぞ」

「相手が悪い。致死威力のレーザーどころかプラズマランチャーの直撃を食らってもピンピンしているような殺人マシンに対処できるのか？　パワーアーマーを着込んでレーザーランチャーやプラズマランチャーで重武装した帝国海兵でも手こずるような相手だぞ。俺だってこれが使えなかったら死んでたさ」

そう言って俺は腰の二本一対の剣の柄《つか》を叩く。帝国海兵の皆様が即席のメイスをぶん回してたのは彼らの名誉のために黙っておこう。

「……クソ。お前さんの言い分に納得したところでうちの船が土足で荒らされてる現実は変わんねぇな。クソが」

「あー、船長？　この分だと今回の儲《もう》けはどうなるんですかね？」

「軍の皆様が持ち出しちまってるからどうにもなんねぇよ。まぁ、持ち出した以上は奴《やっこ》さんどもにお買い上げ頂く他ねぇな。あとはうちの船に土足で上がり込んで荒らした分はきっちりふんだくってやる。行くぞ、野郎ども」

「「アイアイサー！」」

キャプテン・ソウルズはクルー達を引き連れて今まさにガサ入れされているスクリーチ・オウルズの船へと向かっていった。

「で、私たちはどうするの？」

「ついていってもやれることはないしな。俺達の船に帰るとしよう。黙っててもセレナ大佐から連絡は――」

「にーさーん。うち飲みたりなーい」

帰ろうという話でまとめようとしたら駄々っ子（のんだくれ）が不満げな顔で俺の腕を引っ張ってきた。痛い痛い。腕が抜ける。見た目が小さいのに力が強い。ウィスカも控えめに俺のジャケットの裾《すそ》を摘《つま》んで引っ張ってる。こっちは控えめで可愛いもんだな。

「船に帰ってから飲んだら良いのではないか？」

「っかー！　ちゃうねん！　船で宅飲みすんのとお店で上《あ》げ膳《ぜん》据《す》え膳《ぜん》で飲むのはちゃうねん！」

「えぇ……？」

ダンダンとなかなか勇ましい音を立てて地団駄を踏むティーナ。それ、俺の足踏むのやめてね？　なんか骨折れそうだから。ウィスカやエルマ、それにミミとクギ、ついでにコノハの顔を順に見回していく。

うーん、確かに通報騒ぎで途中で切り上げてきちゃったし、若干不完全燃焼感はあるけれども。

「ミミ、高くても良いからもう少し良いとこあるか？」

「お任せください！」

ミミが笑顔で胸を張る。うん、何がとは言わんがヨシ！　ミミを見ていると俺の気分も少しだけ上がってきたな。クギは自分の胸元を擦《さす》って深刻そうな表情をしなくていいからな。大きいのも小さいのも普通のも全ての乳は等しく尊いから。おっと、言ってしまった。まぁ良いか。

「それじゃあ内輪で飲み直し、食い直しといこう。どうせ明日からまた厄介事だろうしな。今日はパーッと行こう。パーッと」

たまには一般的な傭兵《ようへい》みたいに宵越しの銭は持たないみたいな金の使い方をしても良いだろう。

まぁ、流石に今日稼いだ分を全て使い尽くす程に飲み食いするのは無理だろうけど。

☆★☆

翌日、セレナ大佐からドーントレスのブリッジに来るようにと連絡を受けた。出頭命令である。

「実際のところ今回の直接の雇い主みたいなもんだし、軍の任務を受けている傭兵としては従わざるをえないんだよな、これが」

「そういうものなのですね」

俺の隣を歩くクギが納得したように頷《うなず》く。こうして歩いている間にも周囲に意識を向けているのか、ぴこぴこと頭の上の獣耳が動いているのが可愛い。

「それでも普通は帝国航宙軍の大佐だとか少将に呼び出されることは無いけどね……」

俺を挟んでクギの反対側を歩いているエルマがそう言って肩を竦《すく》める。

「ヒロ殿ほどの立場であればそういうことも多いのでしょうね」

クギの隣を歩いているコノハは何故か納得顔である。昨日の戦闘とスクリーチ・オウルズへの対応を経てからというもの、ほんの少しだけだが彼女から敬意のようなものを向けられているような気がするんだよな。何か彼女の琴線に触れるようなことがあったのかね。

今日の俺のお供はエルマとクギ、それにコノハの三名であった。正確にはコノハは俺のお供ではなく、例のタマ——不活性状態の殺人鉄蜘蛛《てつぐも》への対応に関するアドバイザーとして同行しているのだが。

ミミにはティーナ達と一緒にドーントレスで売《う》り捌《さば》けそうな戦利品を売り捌いてもらったり、補給品の手配などをしてもらったりしている。

今まではそういう仕事は主にミミだけに任せていたのだが、ティーナとウィスカもそっちの仕事ができるようになるとミミが身軽になるからな。ミミも傭兵の仕事について本格的に教える側の立場になったというわけだ。メイにもその様子を監督してもらっている。本当はこっちに来てもらっても良かったんだが、万が一何かの手違いで例のタマがブラックロータスを襲ったりした場合、メイがいれば対応は可能だからな。我ながら警戒しすぎだと思うが、こういう……なんというか、厄介事期間に入った場合には一切の油断をしないほうが良い。どこからどんなトラブルが舞い込んでくるかわかったものじゃないからな。

「流石我が君です」

「流石って言われてもこれ厄介事だからなぁ……出頭命令受けるのが名誉とも思えんし」

「お偉いさんと顔繋《かおつな》ぎできるのはそんなに悪いことじゃ……まぁ良い事ばかりでもないわね」

「これも力を持つ者の定めですよ。実績を出してもいるのですから、尚更《なおさら》です」

クギがヨイショしてくれたり、エルマが同意してくれたりするのはあまり違和感が無いんだが、コノハまで慰めるような言動をしてくるのはやっぱりなんか違和感があるな。ほら、エルマもなんか変な顔してる——と思ったら俺にジト目を向けてきた。

「何を考えているのかなんとなくわかるが、俺は無実だ」

「どうだか……」

俺とエルマのやり取りを見てクギとコノハが首を傾《かし》げていた。なんでもないから気にしないでくれ。

「あとでじっくり話を聞くわ。両方に」

「好きにしてくれ……おっと、セキュリティゲートだな」

話しているうちに通常区画と機密区画を隔てるゲートへと到着したので、状況に集中する。まぁ、機密区画だと言っても俺にはちゃんと通行用のＩＤが付与されているし、同行者三名という点も先方には伝えてあるので何の問題もない。守衛が守っているゲートを何事もなく通過し、案内役として同行してくれた帝国軍人――セレナ大佐の部下ではなく、ドーントレス所属の軍人だ――の後ろについてブリッジへと向かう。

「へぇ、広いな」

「そうですね」

暫く歩いて辿《たど》り着《つ》いたドーントレスのブリッジはとにかく広かった。ブラックロータスのコックピットというかブリッジもそこそこ広いが、全く比べ物にならない大きさだ。大型オフィスビルのワンフロア分くらいの面積があるのではないだろうか？　ブリッジの中央部分が一段高くなっており、その周りには多数のホロスクリーンが展開されている。あの部分が中央管制区だろうか？　ああ、セレナ大佐がいるから多分そうだな。あの人は遠くからでもよく目立つ。

「あそこだな」

「はい。ご案内します」

マッチョな身体《からだ》をピッチピチの軍服で包んだ帝国軍人がブリッジの中央管制区へと俺達を先導していく。その後ろについて歩きながらそこらのホロスクリーンに映っている情報に目を向けるが、なんだかよくわからんな。そもそもドーントレス自体が超巨大な艦船——コロニー級の超巨大艦だから、ブリッジで扱う情報も俺が乗るような戦闘艦とは全く性質の違うものなのだろう。じっくりと腰を据えて観察して、操作もしてみれば把握もできるかもしれないが、歩きながら流し読みした情報じゃなんともならんな。

「来ましたか」

階段を登り、一段高い中央管制区に姿を現した俺達を見てセレナ大佐が目を細める。なんというか、セレナ大佐はお疲れのようだな。微妙に声に張りがない。

「紹介します。こちらは補給母艦ドーントレスの艦長で、アンゼルム・エスレーベン少将です。エスレーベン少将、こちらはキャプテン・ヒロ。傭兵ギルドのプラチナランカーで、どっちの案件においてもキーとなる情報を拾ってきてくれたトラブルメーカーです」

「俺の紹介内容が酷《ひど》いな……お初にお目にかかります、少将閣下。キャプテン・ヒロです。この二人はうちのクルーで、エルマとクギです。あと、もう一人はヴェルザルス神聖帝国の武官で、今回の遺物の件についてのオブザーバーを務めているコノハ殿です」

「アンゼルム・エスレーベン少将だ」

エスレーベン少将が握手のために手を差し出してきたので、こちらも素直に応じる。

鋭い銀灰色の瞳《ひとみ》が印象的な中年男性だ。スクリーチ・オウルズの船団長であったキャプテン・グレイよりもより銀色がかった瞳で、鋭い目つきからは冷たさすら感じられる。髪の毛の色も瞳と同じく銀灰色で、少し長めの髪の毛を頭の後ろで結っている。かなりの美丈夫だな。腰にはセレナ大佐と同じく剣を差しているし、雰囲気からしてこの少将も貴族の血筋なのだろう。

「それで、俺は何故呼び出しを食らったので？」

「それは私が頼んだからだ」

そう言ってエスレーベン少将が銀灰色の瞳でジロジロと俺の顔を見てくる。

「ふむ……」

次いで、エルマとクギにも視線を向ける。エルマはそれに対して何か文句でもあるのかと言わんばかりに視線を返し、クギは微笑を浮かべて受け流した。

「偶然にしてはあまりにできすぎだが、大佐の言う通り彼らに後ろめたいことは何も無いようだな」

「それはよかった」

「えっ、何それは。今の一瞬で何がわかった——というか疑われていたのか」

「大佐は何も疑ってなどいなかったよ。裏は取ったようだが。疑っていたのは私だ。残念ながら、私の方は君を信じるに足るものが何もなかったのでね」

銀灰色の瞳が再び俺を見据えてくる。なんだろうな、この何でもお見通しだとでも言いたげな視線は。その目には嘘発見器でも仕込まれているのかね？

「人間、後ろめたいことがあると否《いや》が応《おう》でも何かしら反応が出るものなのだよ。脈拍、血圧、呼吸、表情筋、その他にも色々だな。少なくとも、君や君の仲間にはそういったものは認められなかった。そういう話だ」

「なるほどー……おっかねぇな、貴族」

つまり、この少将殿はそういったものを一目で判別して判断できるだけのスペックがあるのだろう。視覚や聴覚、嗅覚《きゅうかく》などの五感や脳の処理能力をガチガチに強化しているのかね。生きづらそうだなぁ。

「そう心配せずとも意識的にオンオフを切り替えられるようになっている」

「なるほど……って、えぇ？」

「そういうのも『わかる』ものだよ」

エスレーベン少将が小さく肩を竦めてみせる。つまり、俺の同情だか憐憫《れんびん》だかの感情か何かを読み取ったってわけか？　とんでもねぇな。

「挨拶《あいさつ》も済んだということで、話を進めましょう。さしあたっては宙賊対策です」

頃合いを見計らっていたのか、セレナ大佐が良いタイミングで次の話を振ってくれた。いや、うん、助かったが……本当に貴族連中ってのは底が見えんな。今後もできるだけ関わらないようにしよう。

☆
★
☆

「貴方《あなた》が宙賊艦から引きあげたデータストレージから宙賊の拠点の位置が判明しました。位置はここ。ドーントレスからは恒星を挟んで反対側に近い場所ですね。小惑星帯の外縁部、未探査星系へのハイパーレーン突入口に近い場所です」

セレナ大佐がホロスクリーンに表示された星系地図の一点を指差す。なるほど、この位置じゃ恒星と小惑星帯が邪魔でドーントレスからは探知が難しいし、未探査星系から戻ってきた探索艦の動きをキャッチしやすいな。元からここにあったのか、それともドーントレスの停泊空間を考えてここに急造したのかはわからんが、なかなかに考えられた位置取りだ。

「既に斥候により詳細な座標も装備も割れている。どうも連中は既に逃げ出す準備を始めているようだ。攻略を急ぐ必要がある」

エスレーベン少将の怜悧《れいり》な顔がホロスクリーンの光で照らされる。うーん、イケメンってか雰囲気があるな。これが将器を感じるというやつか。

「なるほど。出ようと思えば俺はすぐに出られますが、他の戦力はどういう感じで？」

「ドーントレスの戦闘機隊はいつでも発進可能だ」

「幸いなことに対宙賊独立艦隊もすぐに出られます。整備と補給を終えて出撃しようというタイミングで色々あったので。傭兵は既に狩りに出ているのもいますから勢揃《せいぞろ》いとはいきませんが、ドーントレスの戦闘機隊の参戦があるならば問題にはならないでしょう」

セレナ大佐が色々あったので、というタイミングで俺にチラリと視線を向けてくる。だからごめんて。悪意はなかったんだって。

「それじゃあササッと行ってササッと撃破して終わらせるのが良さそうだ。こちらの戦力規模を考えると一気に押し寄せて力押しで潰《つぶ》すのが正解だと思うが、宙賊の逃亡をケアするなら対宙賊独立艦隊の主力は外縁部から火力押しして、傭兵、戦闘機隊は内縁部から接近して小惑星帯内で宙賊を狩るのが良いんじゃないか。あとはグラビティジャマー持ちを護衛機と一緒に内縁部に配置して退路を塞《ふさ》げば良い」

そう言って俺はホロスクリーンを操作して二方面から宙賊基地を挟み撃ちにするように戦力のア

イコンを配置した。ドーントレスの戦闘機隊の練度が低いなら小惑星帯の中で戦うのはちょっと危ないかもしれないが、小型戦闘艦よりも更に小さい艦載戦闘機は本来こういった小惑星帯内での戦闘や数で押す乱戦に強い。特性を活《い》かすなら十分アリな選択だ。

「どうして貴方がＧＪの存在を、と思いましたが……そういえば、イデアル製の中型艦が増えていましたね」

「やっぱ大佐のところに配備されてたか。そうじゃないかとは思ったよ」

そう言って肩を竦めておく。用途が限られているから、そうなんじゃないかとエルマと話してたんだよな。とはいえ用途が限られていると言っても、星系軍や対宙賊独立艦隊にしてみれば使い勝手の良い装備であることは確かだ。民間船が宙賊に襲われているところに駆けつけた瞬間に展開すれば宙賊を逃さず捕らえるなり撃破するなりが容易になるからな。

「キャプテン・ヒロの戦術案は参考にさせてもらおう。詳細は我々で詰める」

「アイアイサー。それじゃあ俺達は出撃準備を整えるってことで」

「そうしてください。言うまでもないと思いますが……」

「はい、発令までは他言無用ね。承知しておりますとも。三人とも良いな？」

「勿論《もちろん》」

「はい、我が君」

「承知」

俺が視線を向けるとエルマとクギ、それにコノハも頷《うなず》いた。今から漏れても然程《さほど》大勢に影響は無いだろうが、無論漏れないならそれに越したことがないに決まっている。重々気をつけるとしよう。

「ああ、そうだ。大佐、例のタマの件は？」

「そっちはとりあえず保留です。事情聴取や『交渉』は進めていますが、宙賊の件ほど喫緊の問題ではないので。現物も確保、収容できましたしね」

「……収容違反とか起こさないでくださいよ」

「何を心配しているのかわかりませんが、スキャンを透過する硬化剤で固めてシールド容器に収納していますから。ああなるとタイタン級の戦闘ボットでも抜け出すのは無理ですよ。今はうちの臨時研究チームに解析してもらっています。解析が進んだらコノハ殿にもご意見を頂ければと」

「わかりました。アレとコミュニケーションを取るなら、クギ殿も一緒の方が良いと思いますよ。クギ殿は第二法力――テレパスの名手なので」

「なるほど。キャプテン・ヒロ？」

セレナ大佐が視線を向けてきたので、頷きながら俺もクギに視線を向ける。

「協力を惜しむつもりはないよ。クギも良いよな？」

「はい、我が君。此《こ》の身で良ければいくらでもお手伝い致します」

クギも耳をピンと立てて了承してくれたので、とりあえずは解散ということになった。はてさて、物事が順調に進んでくれれば良いんだが。

それにしても臨時研究チームね？　セレナ大佐の部下にそんな研究ができるような人材がいたのだろうか？　それとも臨時というだけあって臨時雇いの人材を迎え入れてるのかね？　なんだか気になるな。

☆★☆

お行儀よく機密区画を抜け、船に帰る。いつ作戦が発令されるかわからないから寄り道もナシだ。

「ただいま」

「おかえりなさい、ヒロ様。早かったですね？」

ブラックロータスに戻ると、ミミと整備士姉妹は格納庫区画で揃ってタブレットを覗《のぞ》き込んでいた。物資のチェックでもしていたのかな？

「話が早かったからな、色々な意味で」

付き合いの長いセレナ大佐は言わずもがな、エスレーベン少将も単刀直入な人だったからな。俺に対して一定の信用を置くのにも時間がかからなかったし。

「出撃準備だ。緊急発進するかもしれないから、納品に時間がかかるような物資があるなら金だけ払って取り置きにしておいてもらってくれ」

「急やなぁ。でもそれは大丈夫、補充する物資の量もそんなになかったからすぐ終わるで」

「出撃ってことは、宙賊ですか？」

「そういうこと。データストレージが早速活躍したわけだな」

「なるほどぉ……タマの方はどうなったんです？」

「そっちは一時保留だと。ブツは確保したから、スクリーチ・オウルズの連中への事情聴取とかをじっくりと進めていくらしい。ブツさえ確保してしまえば緊急性は下がるからな」

「それはそうやな。それにしてもセレナ大佐はどういう決着を想定しとるんやろね？」

「目的はなんとなくわかるけど、どうするつもりなのかはなんとも見えてこないよね」

「それは確かにそうだな」

ティーナとウィスカが揃って首を傾げる。俺も首を傾げる。

確かにどういう形での決着を望んでいるのかは俺も今ひとつ想像がつかんな。目的としては有用な装甲材となりうるあのタマの装甲だか甲殻だかを自由に加工、生産するってのが一番なんだろうが、宙賊対策に特化したセレナ大佐の艦隊がその目的を達成するのに適切なのかと言うと、俺としては甚だ疑問である。彼女の艦隊はあくまでも宙賊を狩るのに特化した艦隊であって、未探査星系の探査や研究となると畑違いも甚だしいと思うのだ。

だが、今の対宙賊独立艦隊には臨時研究チームとやらが発足しているらしい。レスタリアスは大きな船だから、どこかの区画を改造して研究区画にしているのかもしれない。

「そっちに関しては宙賊問題が片付き次第セレナ大佐がなんとかするだろう。何にせよ俺達が関わるのはほぼ避けられないから、心の準備だけしておこう」

「はい、我が君」

「それが良いでしょうね」

ヴェルザルス神聖帝国出身の二人が俺の言葉に同意して頷く。俺が言ったように、この二人がブラックロータスに乗っている時点であのタマ——殺人鉄蜘蛛《てつぐも》関連に関わるのは避けられない。なら無駄な抵抗をするよりも心の準備をしておく方が合理的だ。

しかしそれはそれとして嫌だなぁ……最悪、何があるかもわからない——少なくとも変形して襲ってくる恐れのあるタマは転がっている——未探査惑星に降下することになるのか？　絶対に嫌なんだが。攻撃的なエイリアンだか戦闘メカが潜んでいる謎の惑星に降下とか絶対ＳＦアクションホラーになるやつじゃん。

「兎《と》にも角《かく》にもまずは目の前の宙賊対策だ。恐らくブラックロータスは正面からの艦砲射撃、クリシュナは小惑星帯での乱戦、アントリオンは小惑星帯内縁部で逃亡しようとする宙賊の足止めをすることになるだろうから、そのつもりでな。多分アントリオンには護衛機がつくだろうし、対宙賊独立艦隊のグラビティジャマー機も近い場所に配置されるだろうから大丈夫だろうと思うが、エルマは特に気をつけろよ。ブラックロータスの支援もクリシュナの支援もすぐには受けられない可能性が高い。出し惜しみはするな」

「わかってたことだけど、ヒロは過保護よね」

「当たり前だ。何にせよ船はぶっ壊してもいいから絶対に死ぬなよ。死なにゃいくらでもやり直しはきくんだからな」

「はいはい、わかったわよ。安全第一、出し惜しみはなしね」

「わかってくれて何よりだ。しかし、そうなると今回はアントリオンはあまり稼げんな……特別報酬を請求するか」

実際のところ、クリシュナとアントリオンは組んで戦わないとコンセプトが成立しないからな。特殊装備を使って他にはできない仕事をする以上、多少は請求してもバチは当たるまい。

「ガメつくいくやん。どういう心境の変化なん？」

「心境の変化は別にないぞ。単にスキルと装備の安売りはしないってだけだ。方針は一貫してる。

前に二人の整備の腕をあちらさんの要望で役立てた時にもしっかり請求しただろ？」

「あぁ……確かにそうですね」

結晶生命体と戦った際に損傷を受けた傭兵艦《ようへいかん》の修理を請け負って大変に忙しい目に遭ったのを思い出したのか、ウィスカが遠い目をする。あれだって二人のスキルとブラックロータスの設備をタダで提供はせずにちゃんと金を取ったってことだからな。今回のアントリオンも同じようにするだけの話だ。

「ということで、出撃準備だ。方針はとにかく『ご安全に！』だ。いいな？」

「「「アイアイサー」」」

クルー達が揃って声を上げる。クギだけちょっと遅れるのが可愛いな。

俺の準備は……ニンジャアーマーのチェックだけしとくかな。今日使うことはないだろうが、近いうちに使うことになりそうだし。あぁ、やだなぁ。

☆★☆

補給母艦ドーントレスは小型戦闘艦から大型戦闘艦、もしくはそれ以上の大きさの巡洋艦や戦艦サイズの船まで、おおよそ航宙戦闘艦と呼べるものであればあらゆる艦種に補給や整備を提供できる船である。その役割から戦略艦とも呼ばれる立ち位置にある船だ。

防衛戦力も相当のものを有している。わかりやすいのは近づく敵艦を火力の投射量で押し潰す膨大な数のタレットだが、それ以上に恐ろしいのはドーントレスに配備されている防衛戦闘機隊だ。

航宙戦闘機というのは非常に小型で、その大きさは傭兵が使う小型戦闘艦の半分程度か、それ以下である。それでいて火力そのものは小型戦闘艦と殆《ほとん》ど変わらず、機動性は大きく上回る。流石に大きさの関係上強力なシールドジェネレーターを搭載することができないのと、装甲らしい装甲を持つことができないので耐久性に関しては小型戦闘艦の方が大きく上回るが、それを差し引いても戦闘能力は小型戦闘艦とどっこいどっこいと言えるだろう。

そんな航宙戦闘機がドーントレスには大量に配備されている。流石に総数はわからないが。

「何機いる？」

「ええと……合計で百八十機ですね」

「物凄《ものすご》い数ですね、我が君。これで全部なのでしょうか？」

「いや、防衛戦力を残してはいるだろうから……もしかしたらこれで半分くらいかもな」

先にドーントレスから発進していた俺達はクリシュナの中からドーントレスの戦闘機隊発進の様子を観察していた。ドーントレスには戦闘機用のカタパルト——というか発進チューブが六箇所あるようで、戦闘機が六機ずつ、短い間隔でどんどん発進してくるのはなかなかに見応えのある光景だった。百八十機が発進するのに一分もかかっていない。とんでもない展開能力である。

「傭兵の皆様が運用しているのは小型戦闘艦ばかりのようですが、何故戦闘機を使わないのでしょうか？」

「居住性の問題と恒星間航行能力の有無の問題、それに戦利品などを積み込むスペースの問題、生存性の問題、他にはマルチキャノンみたいな実弾兵器だとか、シーカーミサイルみたいな兵器を使う際の弾薬積載量の問題が大きいからだな。ブラックロータスみたいな母艦と一緒に運用するならアリっちゃアリなんだが、それでも傭兵が使う分には小型戦闘艦の方が使い勝手が良いと思う」

「戦闘機って本当に戦闘だけしかできませんからね。小さい分、センサー類も弱いですし」

『傭兵業をするにはそれだけじゃあちょっと能力が足りないのよね』

通信越しにエルマも会話に参加してくる。

傭兵をやる以上は恒星間を渡り歩く必要があるし、船の中が自分の家のようなものになる。宙賊を撃破しても賞金だけでは稼ぎが足りないから、戦利品を回収する必要だってある。場合によっては連続で、長時間戦闘をすることもあるから継戦能力だって必要だ。当然、生きて帰らないと何にもならないから、何よりも防御力や生存性を重視しなければならない。

というか、航宙戦闘機というのは戦闘が起こる場所、起こっている場所に投入するものなのだ。星系内のどこにいるかもわからない敵を探し出し、追い詰めて狩るための能力が欠如しているか、物凄く弱いのである。ミミの言う通り、基本的に戦闘だけしかできない機体ってことだな。

「なるほど……」

俺とミミの説明を聞いてクギは考え込むような仕草をする。なんだろう、もしかして将来的に戦闘機に乗ろうとか思っているんだろうか？　確かにブラックロータスの小型ハンガーには一つ空きがあるから、戦闘機を運用することは可能だけれども――と考えていると、ドーントレスから作戦開始の通信が入ってきた。音声通信ではなく、文面による通達だ。作戦開始時間と星系内の座標データが添付されている。

「作戦開始みたいだな」

『アイアイサー。落とされるんじゃないわよ』

「そっちもな」

エルマが通信を切断する。さて、俺達も動くか。

「ミミ、ナビの設定を頼む」

「はい。到着時間も設定しますね」

ミミが作戦開始時間ぴったりに指定座標でワープアウトできるように自動航行システムにデータを入力していく。

超光速航行状態からワープアウト時には必ず強烈なエネルギー反応を引き起こしてしまうので、存在そのものを全く気づかれずに奇襲をかけるというのは不可能だ。なので、こういった大規模な奇襲――というか強襲をかける場合には、事前に座標とワープアウト時間を示し合わせて一斉に敵の直近にワープアウトし、すぐさま攻撃に移るという手法が使われる。

一応敵拠点のレーダー範囲外にワープアウトして時間をかけてこっそりと近づくって方法もあるが、物量と火力で押《お》し潰《つぶ》す今回の作戦にはマッチしないな。

「行くか」

「「はい！」」

ミミとクギの元気のよい返事を聞きながら、自動航行システムをオンにする。さて、始めるとしよう。

☆★☆

光の矢のように後方へと飛んでいく恒星の光。それが突如停止し、同時にワープアウトの轟音《ごうおん》が鳴り響く。

『クソが！　後ろに大量に湧きやがったぞ⁉』

『内縁部に出るな！　押し潰されるぞ！』

『どうしろってんだ⁉　小惑星帯の中をずっと飛んでけってか⁉　そんなんで逃げられるわけねぇだろうが！』

「大盛況だな」

「そうですね」

既にレスタリアスを始めとした対宙賊独立艦隊の艦艇やブラックロータスによる宙賊基地への艦砲射撃は始まっており、運良く発着場を艦砲射撃で潰される前に外へと脱出できた宙賊どもが小惑星帯内に入ってきたところだったようだ。完璧《かんぺき》に作戦通りだな。

「データリンク開始……これは丸見えですね」

「ドーントレスの偵察機は良い仕事するなぁ」

クリシュナのレーダーには小惑星帯内を右往左往している宙賊艦の反応がバッチリ映っていた。

ドーントレスの偵察機が斥候としてこの辺りの調査に来た時に、高度なレーダー機能を持つ情報人工衛星をこの辺りに設置していたのだそうだ。戦闘が始まると同時にその情報人工衛星を起動した結果、こうして宙賊艦の動きが丸見えになっているということだな。

「我が君、サブシステムの起動準備も完了しました」

「よし。それじゃあ始めるぞ」

ウェポンシステムを起動し、小惑星帯の中に飛び込む。

既にドーントレスの戦闘機隊も小惑星帯内へと突入しており、宙賊艦との戦闘が始まっているようだ。少し出遅れたか？

「どこを狙いますか？」

「ど真ん中だな。バチバチやっていこう」

ドーントレスの戦闘機隊の実力の程はわからないが、レーダーの反応を見る限りは順調に宙賊どもを仕留めているようである。なら、同じように端から狩っていったのでは大した戦果は上げられない。ここはど真ん中に突っ込んで大暴れしてやるのが良いだろう。

スラスターを噴かして加速し、空間を漂う大小の小惑星の間を縫うようにクリシュナを疾駆させる。

「……」

クギが静かになってしまっているが大丈夫だろうか？　と一瞬だけ視線をクギに向けたら、頭の上の耳をぺたりと伏せて顔を青くしていた。ミミも小惑星帯内の高速航行に関しては慣れるのに時間がかかってたからなぁ。

「接敵します」

「はいよ」

クリシュナの三倍以上は大きな小惑星の陰から飛び出し、低速で航行している四隻の宙賊艦のうち一隻に狙いを絞って四門の重レーザー砲を斉射する。

『うおぉ!?　なんだ!?』

斉射を食らった宙賊艦のシールドが一瞬で飽和し、艦体の中央部に近い部分が爆発を起こした。一撃では沈まなかったか。やっぱここらの宙賊は少し装備が良いな。

『敵だ！　傭兵艦！』

『クソが！　叩《たた》き潰せ！』

意外と反応が早い。中破した宙賊艦以外の三隻がレーザータレットやマルチキャノンタレットで反撃してくる。

「ほい」

攻撃したそのままの勢いで宙賊達が潜伏していた小惑星と小惑星の間にできていた空間を通過し、別の小惑星の陰に入って反撃をやり過ごす。ふん？　少し食らったが、これくらいならいけるか。

「クギ、シールドセル用意」

「は、はいっ！」

再び小惑星の陰から飛び出し、今度は真正面から宙賊艦に突っ込んで四門の重レーザー砲と二門の散弾砲をぶっ放していく。当然ながら真正面から突っ込んでいるので被弾は避けられないが、こちらのシールドが削り切られるよりもこちらが向こうを叩き潰すほうが早い。

『こいつ火力が……うわぁぁぁっ!?』

『ぎッ――――！』

四門の重レーザー砲の二斉射で一隻が爆散し、散弾砲の至近距離射撃でもう一隻のコックピットブロックが粉砕される。

『待て、こうふ――――』

『やめっ、やめろォッ⁉　俺の船はもう動け――――』

一瞬で仲間が二隻撃破されたのを見て攻撃を止めた最後の一隻と、初撃で中破していた一隻も容赦なく撃破する。悪いな、そもそもお前ら宙賊に対する慈悲は持ち合わせていないし、今はドーントレスの戦闘機隊と競争中なんだ。七面倒臭い降伏やら何やらを受けている暇はない。

「次だ」

「はい！」

最後の一隻が攻撃を途中でやめたからシールドセルを使うまでもなかったな。チラリと再びクギの様子を窺《うかが》うが、耳も顔色も相変わらずのままだ。慣れるまでは大変だろうが、慣れてくれ。

☆★☆

『バラバラに動くんじゃねぇ！　集まれ！　一点突破するぞ！』

『この状況でどうやって集まるってんだ⁉　あぁ⁉』

『とにかく逃げろ！　奴らに構うな！　小惑星を盾にしてひたすら進め！』

宙賊どものやりとりが通信越しに聞こえてくる。奴らはアホなのでたいてい暗号化されてすらいない回線で通信しているのだが、今回はちゃんと暗号化されているな。それだけでこいつらの装備が他の星系の宙賊のものよりも多少まともだということがわかる。尤《もっと》も、暗号強度が低すぎて聞いての通り全て筒抜けなのだが。

「ヒロ様、このままだと結構な数が抜けちゃいます」

「仕方ないね。俺の腕とクリシュナの火力なら小惑星帯でガン逃げされようとも追いかけて落とせるけど、軍の機体とはいえ戦闘機の火力じゃ落としきれないやつも出る。機動性とシールドがマシな宙賊なら抜けもするさ」

だからこそ、それを想定した布陣をしているわけだしな。

『超光速ドライブが起動しねぇぞ！　セーフティが解けねぇ！』

『クソどもの待ち伏せだ！　うわぁぁぁぁっ――――！』

小惑星帯を抜けた宙賊どもがグラビティジャマーを装備した妨害艦とその護衛の戦闘機隊に捕捉《ほそく》されたようだ。小惑星帯内で宙賊どもを追いかけ回している俺達の活躍によって図らずも宙賊側は戦力の逐次投入のような形になってしまっている。

二十隻の宙賊艦が一斉に押し寄せてくれれば小惑星帯内縁部に配置されている妨害艦とその護衛機だけでは迎撃が間に合わないかもしれないが、二隻がバラバラに十回抜けていくなら迎撃は容易だ。

『ちょっと？　結構抜けてきてるんだけど？』

「思ったより数が多いんだよ。というか俺は頑張ってる。戦闘機隊の連中にもっと頑張るように言え」

『彼らにヒロと同じくらい働けって言うのはちょっと酷ってものよね……よし、撃破』

エルマも小惑星帯の内縁部で戦闘に入っているようだ。エルマのアントリオンが戦ってるってことはそこそこ多く抜けてるのか？　いや、エルマが率先して賞金を稼いでいるだけかもしれんが。

「何にせよ状況をよりマシにするべく動くしか無いな。追撃するぞ」

「はいっ！」

小惑星をギリギリの距離ですり抜けながら宙賊艦をバンバン狩っていく。

これで一部が殿《しんがり》として抵抗し、一部が逃げに徹するとかやられると厄介なのだが、宙賊が自己犠牲の精神なんぞを持ち合わせている筈《はず》もないので。

「逃げに徹する宙賊艦のケツを撃ち抜いていくのは最早《もはや》作業だよな」

「ここまで一方的だと微妙に罪悪感を覚えますね」

「とはいえ宙賊だしな」

有無を言わさず生死不問で爆発四散させるのはどうなのだ？　と思ったことがないわけではない。だが、奴らの所業を一度でも見てしまうとな。そういう同情心は消し飛ぶ。

「我が君、小惑星帯を抜けますが」

「そろそろ応援が必要かと思ってな」

宙賊のケツを撃ちながら情報人工衛星から送られてくるデータを確認していたのだが、そろそろ小惑星帯内での戦闘は終わりだ。基地から逃げた宙賊は小惑星帯から脱出しつつあり、グラビティジャマーを装備した妨害艦の妨害範囲内に殺到しつつある。

「うわ、大乱戦ですね」

「突っ込むぞ」

小惑星帯を抜けると、妨害艦の護衛として配置されていたドーントレスの戦闘機隊と宙賊が盛大にやりあっていた。流石にこの乱戦では目視でアントリオンを見つけるのは難しいな。

「アントリオンの援護に向かうぞ。ナビ設定を頼む」

「はい！」

「クギはいつでもサブシステムを動かせるようにな」

「はい、我が君」

アントリオンに向かう途中で接近した宙賊艦を辻斬《つじぎ》りのように撃破していく。こういう時には射角の広いアーム型のウェポンマウントが大変に使いやすい。いきなりクリシュナの重レーザー砲をぶち込まれた宙賊艦は何が起こったか理解することもできなかっただろうな。

「あ、いたいた」

そうして少し進むと、前方に激しい光を放っている宙賊艦が見えてきた。あれはアントリオンの高出力レーザービームエミッターで焼かれてるな。キャパシターのエネルギーを垂れ流すとかそういう意味でゲロビーム、ゲロビなんて俗に呼ばれたりするが、あれは撃たれると滅茶苦茶鬱陶《うっとう》しいんだ。シールドと装甲が弱い機体だと即致命傷になるし。

『やめろぉぉぉぉっ⁉　降伏！　降伏する！』

多分現在進行系で焼かれている宙賊艦のパイロットが叫んでいるんだろうが、エルマは無言で宙賊艦を焼いた。ついにビームが宙賊艦のジェネレーターに到達したのか、それとも生命維持装置の酸素供給システムにでも引火したのか、焼かれていた宙賊艦が爆発四散する。

「容赦ないな」

『あら？　来たのね。あいつらに容赦する必要なんてないでしょ』

「違いない。シーカーばら撒《ま》きで牽制《けんせい》してくれ」

『アイアイサー』

アントリオンが二門のシーカーミサイルポッドからミサイルを発射する。これで奴らはシーカーミサイルの回避を優先するために真っ直ぐ逃げるのが難しくなるわけだ。宙賊艦が出せるような速度では普通に真っ直ぐ飛んでもシーカーミサイルに追いつかれるからな。

「どんどんやっていくぞ」

『オーケー。競争ね』

「競争は無理じゃないかな」

『言うじゃない』

機動性と総火力が違うからな。まぁ、本人はやる気のようだしお手並み拝見と行こうか。

□■□

作戦全体の進捗《しんちょく》は順調だ。既に出撃済みで呼び戻せなかった傭兵《ようへい》の戦力以上にドーントレスから戦闘機隊を出してもらえたので、航宙戦では危なげなく勝利を掴《つか》み取ることができた。エッジワールドの宙賊だからと警戒していたのだが、被害も軽微に収まったようだ。

「制圧作戦の進捗は？」

「敵主力の排除は完了。後は細かいところを制圧していく段階です」

「毎回のことながら面倒ですね……海兵のメンタルケアはしっかりするとしましょう」

海兵達の大半は宙賊基地の中で見たくもないものを目にすることになる。奴らの『休憩所』程度ならまだマシな方で『加工場』だの『商品倉庫』だのといった施設となると……思い出しただけで気が滅入《めい》る。

「新装備の使い勝手は良さそうですね」

「はい。ドーントレスの戦闘機隊の働きもありますが、やはり超光速ドライブの起動を阻害できるのは有利ですね」

副官のロビットソンの返事を聞きながら、ヒロ達の戦果を確認する。やはり頭一つどころか二つ三つは抜けていますね、彼は。エルマさんもちゃんと戦果を上げているようですし。これだけの戦果があれば多少の融通はできそうです。知り合いだからと依怙贔屓《えこひいき》するのは私の矜持《きょうじ》が許しませんが、正当な評価をする分には何の問題もありません。

「あとは制圧が問題なく完了すれば――」

「大佐、問題発生です」

「――内容は？」

「例のタマが発見されたようです。未起動状態ですが」

「面倒な……予備戦力と収容班を向かわせなさい」

どうにもこのところ物事がスムーズに動きませんね。彼の影響――いや考えすぎか。彼がいると事態がとんでもない方向に進むことがありますから……前のマザーの情報のように何か知っているかもしれませんね。ちょっと直接会って締め上げ――お行儀よく聞き出してみましょうか。

□■□

「それでは、作戦の成功を祝して乾杯」

「「「かんぱーい！」」」

飲兵衛四人――いやセレナ大佐を入れて五人が杯を掲げてその中身を呷《あお》る。スコール！　とか言えば良いのか？　いやや、それは北欧のヴァイキング的なアレだから今ひとつこの場には合わないか。どっちかというと俺達は海賊を倒す方の立場だからな。

「どうしました？　キャプテン・ヒロ。あまり飲み物が進んでいないようですが」

一杯目を豪快に飲み干したセレナ大佐が早速絡んでくる。

今が一体どういう状況なのかと言うと、要は打ち上げである。滞りなく宙賊の拠点を破壊し、多くの宙賊をスペースデブリに変えてやった祝いとして、新進気鋭の大佐殿が酒と食い物を用意して作戦参加者達に振る舞ってくださっているというわけだ。

当然、一つの店に収まるような人数ではないので、いくつもの店を貸し切ったり、酒や食い物を対宙賊独立艦隊の船にデリバリーさせて臨時の会場としたりすることで今回の大宴会を実現した。

このマネジメント能力には目を瞠《みは》ったね。貴族の能力を無駄遣いしてねぇか？　と思わなくもなかったが、セレナ大佐が無駄なことをする筈もない。彼女の中でこうする必要があると判断したからこの催しは実行されたのだろう。

「そっちは盛大にやっているようだが、あまり羽目を外しすぎるなよ。今日は何かやらかしても庇《かば》えないぞ」

ちなみに、俺とクルー達が招待されたのは対宙賊独立艦隊の旗艦であるレスタリアスである。この会場は特に活躍した連中が集められている場所で、うちのクルーは全員こちらに招待された。

「わかってます」

そう言って金髪紅眼の美貌《びぼう》の大佐殿が少しだけ頬を膨らませてみせた。なんだろう、これは。まるで狙ったかのようにあざとい仕草である。何か企んでいないか？　俺は内心でセレナ大佐に対する警戒度のレベルを二段階ほど引き上げた。

そもそも、俺は参加を断ろうとしたのだ。俺達は俺達で慎《つつ》ましく身内だけでやりますって感じでな。しかし参加した傭兵の中で勲功第一の貴方が参加しないのは私の沽券《こけん》に関わる。そこをなんとか頼むとセレナ大佐に言われてしまっては断りづらい。結局俺が折れてこうして参加することになったわけだが、セレナ大佐の態度がどうにも妙だ。

「……なんだか警戒していませんか？」

「どうかな」

そう言って俺は甘いお茶のような飲み物をストローで吸い上げる。うーん、これはアレだな。所謂《いわゆる》スウィートティーってやつだな。レモンというか柑橘《かんきつ》系の風味も利いている。尤も、本物の果汁が使われているとは思えないが。

「今日は私の部下もいますし、滅多なことにはなりませんよ。警戒する要素はないですから安心してください」

「理詰めで考えるとそうなんだが、こういう時こそ危ないって俺は思うんだよな。何を企んでる？」

「何も企んでません。ちょっと猜疑心《さいぎしん》が強すぎませんか？」

ほんとぉ？　なんか嘘くさいんだけど。今の俺に権力を使った無理押しはそうそう効かないが、この人策士タイプに見えて脳筋タイプだから。下手な対応をすると予想もしないような力業を使ってきかねない。

「オーケーわかった。腹を割って話そう。俺は嘘を吐《つ》かない。大佐も嘘を吐かない。フェアに行こう」

「人の話聞いてます？」

「だって絶対何か企んでるじゃん。俺も命は惜しいしクルー達を養う責任もあるからさ」

「私が知りたいことを話し合う前に、貴方の私に対する認識について話し合いたくなってきました」

「その点についてはまたの機会にしよう。それで？」

デリバリーで運ばれてきたチキンナゲットのような何かを摘みつつ、セレナ大佐に話を促す。どうせ大佐のことだから仕事＝宙賊か例のタマ関係の話だろうけど。

「いつものことと言えばいつものことですが、貴方が関わると事態の展開が速すぎます。実は貴方が全て仕組んでいるとかそういうことはありませんね？」

「エッジワールドの宙賊は俺が関わるまでもなくこの辺にいたし、例のタマだって探索者が未探査領域から持ってきたモンだろ……俺がどうやって仕組むんだよ」

「そうですよね。わかっています。わかっていてもなお聞きたくなるくらい貴方が関わるとこういう感じになるので」

「それについてはクギ曰《いわ》く、俺の才能みたいなもんらしいけどな」

「ああ、前に言っていた要領を得ない話ですか。確かに貴方はそうそういない傑物の類でしょうが……」

セレナ大佐がジロジロと俺に視線を向けてくる。

「……まぁ、その話は横におきましょう。私が聞きたいのは例のタマについてです。何か知りませんか？」

「何かってなんだよ……俺だってあんなのを見たのはアーマーを取りに行って突然襲われた時が初めてだし、直接刃を交えて知っている以上の情報はないぞ。寧《むし》ろ、アレの残骸《ざんがい》やら現物やらを確保して分析している軍の方がアレについては詳しいだろ？」

そもそもどうして俺が知っていると思ったのか。ああ、アレか？　前に結晶生命体のマザークリスタルの情報を話したからか？　今回も同じように『出処《でどころ》不明』のコア情報を持っているんじゃないかと思ったんだな。

「マザーの件と違って今回は本当に何も知らないぞ。アレはたまたま知ってただけだ」

「たまたま、ねぇ……？」

セレナ大佐が疑っていますといわんばかりの視線を向けてくる。いや、実際疑っているんだろうが。結晶生命体のマザークリスタルの件だって、出処不明とはいえこの世界の誰もまだ知らない筈の情報を俺は持っていたんだから、今回の殺人兵器に変形する謎のタマについても何か知っているんじゃないかと疑うのは仕方のない話だ。

「本当だからな？　ああ、でも何か知っている可能性があるとすれば……おーい、クギ、コノハ。ちょっと来てくれ」

俺がクギとコノハを呼ぶと、セレナ大佐の顔に若干だが緊張の色が走った。やはり他国の人間となると帝国軍人としては手放しに歓迎できる存在ではないらしい。

「はい、我が君。セレナ閣下もご機嫌麗しゅう」

「はい、ヒロ殿。セレナ大佐、この度はこのような宴《うたげ》にお招き頂きかたじけなく思います」

俺に呼ばれたクギとコノハがトテトテと俺達のもとへと歩み寄ってきて二人揃《そろ》ってセレナ大佐にペコリとお辞儀をした。その様子を見たセレナ大佐が片手で口元を隠す。うん、狐耳《きつね》と丸耳可愛いよな。口元がニヨニヨしてしまう気持ちはよく分かるよ。

「ここに座ってくれ。セレナ大佐が例のタマについて知っている限りのことを教えて欲しいって言っててな。すまんが、知りうる限りのことを教えてやってくれないか」

「はい、我が君。此《こ》の身から言えるのはあれは間違いなく生き物であるという事と、個体同士の意思疎通に第二法力――つまりテレパシーを使っているということですね。ただ、言語というよりは恐怖などの感情や、危険信号のようなものを直接やり取りしているように感じられましたので、言い方は少々悪いですが、あまり高等な知性を持つ存在ではないと思います」

「サラッとテレパシーという言葉が出てきましたね……その、ヴェルザルス神聖帝国の方というのは全員が他人の思考を読んだりできてしまうのでしょうか？」

セレナ大佐が珍しく狼狽《うろた》えた様子で少し身を引いている。なんだ？　思考を読まれるとやましいことでもあるのか？　まぁ全くない人の方が珍しいか。誰だって後ろめたいことの一つや二つ抱えてるものだよな。

「いいえ。他人の思考を読むというのは能動的な術なのです。相手の心の防壁を破るか、或《ある》いはすり抜けて接触する必要がありますから。そのような術を相手に気づかれず、また直接の身体接触もなくできる法術士は此の身共の国にも数えるほどしかおりません」

「な、なるほど……？」

クギの説明を聞いたセレナ大佐が微妙な表情をしている。クギはそんなことをできる人は殆《ほとん》どいない、とは言っているが自分ができないとは一言も言っていないからな。俺が気づくのだから、セレナ大佐が気づかないわけがない。

「勿論《もちろん》、此の身もそのような力は持ち合わせておりません。直接触れ合い、相手が心を開いてくれればできなくもありませんが」

そう言ってクギはにっこりとした笑顔を見せた。うーん……俺は信じるが、セレナ大佐はクギを信じられるかな？　難しいだろうな。

「話が本筋からずれているのでは？」

「そうだな。あのタマの話が本筋だものな。コノハは何かわかるか？」

「現状では何も。状況から考えればかなり古い、法力技術を扱う文明の遺物だろうとしか。あれと全く同じものではありませんが、似たような生体端末を使っていた古代文明について本国の資料で見た覚えがあります」

「ほぉ……古代文明ね。ちなみに、その古代文明とやらはどうして『古代文明』になってしまったんだ？」

俺がそう聞くと、コノハは首を横に振った。

「決定的な証拠は見つかっていないので、なんとも。ただ、その古代文明人の遺体が一つも見つからないことから、何らかの上位存在との間にトラブルを起こしたのではないかと」

「上位存在とトラブル……？」

セレナ大佐が理解できないという表情をしている。感覚的には俺もセレナ大佐寄りなんだが、地球ではそういう存在を扱ったサブカルチャーに事欠かなかったからなぁ……ハイパーレーンとかサイオニック能力とかを実際に目の当たりにした上でクギやコノハの話を聞いて、そんなのは与太話だろうと笑い飛ばしたりするのはちょっと難しいんだよな。

「それって種族そのものが残らずその上位存在とやらに駆逐されたとかそういう話か？」

「はい。どうもかの古代文明はそういった存在との契約によって、或いはそういった存在を捕らえるか何かして莫大《ばくだい》なエネルギーを得ていたのではないかと考えられていまして」

「その契約を反故《ほご》にしたか、或いは捕らえていたものに逃げられるか何かして逆襲を受けて滅びたと？」

セレナ大佐の質問にコノハが神妙な様子で頷《うなず》く。それを見たセレナ大佐が俺に視線を向けてきた。

「最悪、そんなモノと遭遇する可能性があると……？」

「本当に最悪の最悪、という場合な。サイコロを二つ振って三回か四回連続で二の目が出るようなことでも起こらない限りはそんな事態には陥らないんじゃないか」

「貴方が関わるとそういう事態に陥りそうなんですが」

それを言われると弱い。俺はそういうトラブルを引き寄せがちだからな。

「もしそんなのが出てきたら大口径レーザー砲と反応弾頭をありったけ撃ち込んでやればいいんじゃないかな」

「……頭が痛くなってきました」

俺の提案を聞いたセレナ大佐が頭を抱えて呻《うめ》く。まぁ気持ちはわかる。謎の異星生命体の遺物が下手をすると帝国の消滅に繋《つな》がりかねない厄ネタかもしれない、とか恐ろしいことを聞かされたら俺も同じ反応をすると思う。

「それよりも気にするべきは例の遺物を統括しているユニットそのものかと。恐らくは自己判断能力と高度な知能を有する生体ユニットなので、現行の銀河法上においてはほぼ確実に知的生命体扱いになると思います」

「もうやめてください……お腹《なか》いっぱいですよ……」

セレナ大佐がテーブルに向かってガクリと俯《うつむ》き、ブラックホール並に重たい溜息《ためいき》を吐く。未開の星系で知的生命体を発見したという話になると、それはそれで面倒な話になるって話を小耳に挟んだことがあるなぁ。

まぁ飲め、嫌なことを一時的に忘れるくらいのことはできるぞ。きっと。

#5：意想外の再会

翌日。

「むむ、本当にまだ寝ていますね」

誰かが部屋に入ってきた気配で微睡《まどろ》みの中から意識が覚醒《かくせい》する。なんだ、こんな時間に。

「ほら、起きてください。もう朝で――？」

「さむっ……なんだよ？」

「んんー……？　なによぉ？」

布団を剥《は》ぎ取られ、一気に目が覚めた。

「朝っぱらからなんだよ……返してくれ」

剥ぎ取られた布団を取り返し、隣でまだむにゃむにゃと微睡んでいるエルマにかけてやる。完全に目が覚めることはなかったようだ。良かった。

「お、わ……はわ……ッ⁉」

両手で真っ赤になった顔を覆い――指の隙間が開いてるのはバッチリバレてるが――狼狽えている犯人を放置してベッドの脇に落ちていた布切れを手に取り、あくびをひとつ。まだちょっと眠い。

「ああ、はいはい。失礼。いまパンツ穿《は》くから」

ベッドサイドに降りてパンツを穿く。普段はパンイチ派だが、流石《さすが》にこういう時はなぁ。ついついそのまま寝ちゃうんだよ。

「んんー……？」

「まだ寝てな」

「んー……」

俺が起きた気配を察してエルマが起きかけるが、しっかりと布団をかけ直してやって寝かしつけておく。昨日はいいだけ酒を飲んだ後に頑張ったので、彼女も疲れている筈《はず》だ。

「おら、出るぞ」

「ふぁ、ふぁい……」

着替えを引《ひ》っ掴《つか》み、今度こそ完全に手で顔を覆って固まっている布団強奪犯――コノハを部屋の外に追い立てていく。軽く背中に触れるだけで大げさにビクッとしないで欲しい。別に脅かすつもりはないので。

「はぁ……ねむ。なんだよ、朝っぱらから。もう少し寝たかったんだが」

部屋から出たところで溜息を吐《つ》きながらそう聞くと、コノハは素早い身のこなしで俺から距離を取り、何故《なぜ》か壁にピッタリと張り付きながら真っ赤になった顔を半分だけこちらに向けてきた。隠れているつもりなのか、それは。まぁ隠れられる出っ張りとかないからな、この通路。

「ふけつです……ふらちです……！」

コノハの尻尾《しっぽ》が今までになくボンッと膨らんでいる。アレは警戒しているサインなのか？　それとも別の意味なのか？　真相はわからないが、昂《たかぶ》って尻尾が膨らむのはタヌキではなくネコではないのか？　実はタヌキではなく丸耳のネコ系少女だったのだろうか。

「いやそう言われても……俺とエルマー――というかうちのクルーがそういう関係だってのは言ってあったよな？　あと、船に乗る時に警告したよな？　俺の船に乗るってことは、実態はどうあれコノハも俺とああいう関係になったと見られるって」

「……！」

俺の言葉を聞いた瞬間、コノハが飛んだ。比喩《ひゆ》表現でもなんでもなく、ほぼ予備動作なしでスポーンと軽く10メートル以上飛んだ。後ろ向きに。なんだあの気持ち悪い動き。

「遠い遠い。普通に会話するのが難しい距離まで飛ぶのはやめろ」

「がるるるる」

「野生に戻ってる……もういいや」

俺は威嚇するコノハを放置して着替えを持ったままシャワーを浴びに行くことにした。いきなり叩《たた》き起《お》こされてこの反応はもう付き合ってられんわ。

☆★☆

シャワーを浴びてさっぱりしてから食堂へと足を運ぶと、そこには目を疑うような光景が広がっていた。

「軽挙妄動が過ぎると思いませんか？　此の身どもの使命を軽んじてはいませんか？」

「はい、それは本当に申し訳なく……いえ、そんなことは……」

「本当に申し訳なく思っていますか？　我が君がどのような運命を背負って此の世へと落ち、何を永遠に失い、何を成し、何を勝ち取ってきたのか、貴女《あなた》はちゃんと理解していらっしゃるのでしょうか？　いくら聖堂護衛官とはいえ、して良いことと悪いことがあるとは思いませんか？　貴女は過去の過ちに何も学んではいないのでしょうか？　そのような為体《ていたらく》で聖堂護衛官の任を全うできるのですか？」

「はい……はい……私の不徳の致すところです。申し訳ありません……」

クギがコノハを床に正座させ、その真正面に自分も正座をしてコノハを懇々と説教していた。俺が今までに見たことがない程の厳しい表情である。

「何がどうしてこうなった？」

ハラハラした様子で二人の様子を見守っているミミに近づき、小声で聞いてみる。

「あの、興奮した様子のコノハさんが食堂に来て、ヒロ様がふしだらだとか、このような場所に貴女はいるべきではないとか、色々言って……最初はクギさんも黙って聞いていたんですけど、突然そこに正座なさい、って……」

「それからずっとあの調子か」

「はい……」

あの暴力の権化であるコノハを気迫だけで屈服させているクギ、とてもつよい……クギは俺に対しては絶対に怒ったりしなそうだが、それでも絶対に怒らせないように気をつけよう。

「あー……クギ？　なんというか、その辺でだな……？」

「ですが我が君、コノハ殿は我が君に酷《ひど》い態度を取ったとコノハ殿自身から聞いています。こればかりは巫女《みこ》として決して看過できません」

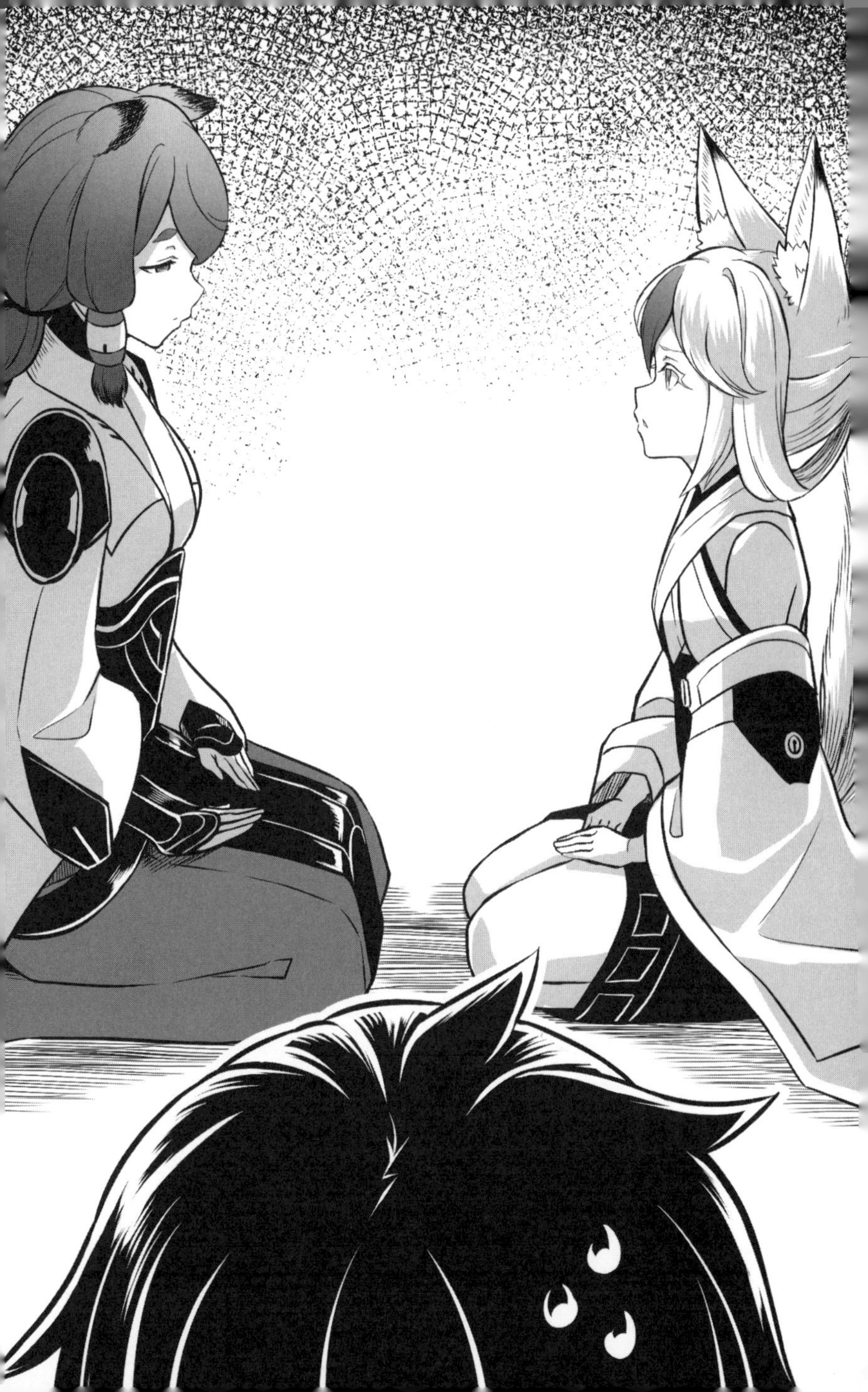

「いや、まぁ、いきなり布団を剥ぎ取られたけど、一般的な倫理観というものを考えるとふしだらと言われても反論はできない身の上だしな？　敢《あ》えて何か無礼なことをされたと言うなら、プライベートな時間と空間を侵害されたくらいの話だし……コノハも反省しているようだから、ここは一つ俺の顔を立てて穏便にな？」

「……我が君がそこまで仰《おっしゃ》るなら。ですがコノハ殿、次はありませんよ。次があれば此《こ》の身は全身全霊を以《もっ》てお手向かい致しますので、そのつもりで」

「ひぇ……は、はい。ヒロ殿、此の度は御恩情賜りありがとうございます」

クギに視線を向けられたコノハが蛇に睨《にら》まれた蛙《かえる》のように震え上がり、そのまま深く深く頭を下げた。完璧《かんぺき》なる土下座である。

しかし、コノハがここまで怯《おび》えるというのが不思議だな……どう考えても戦闘能力はコノハの方が上だと思うんだが。いや、コノハの反応を見る限り、俺の評価が間違っているのか？　コノハですら震え上がるほどの何らかの要素——恐らくサイオニック能力をクギは持っている？　クギの得意とする能力は第二法力、つまり精神に関する分野だから……もしかして、クギって本気を出すとコノハすら制圧できるほどのテレパシーを操れるのか？　そう考えるのが妥当か。

「それよりもご飯が食べたいな。コノハと仲直りしておくから、すまないが用意してくれないか？」

「はい、我が君。コノハ殿、わかっていますね？」

「も、勿論です」

クギがにこやかな笑顔で俺に応え、次の瞬間には一転して感情の見えない瞳《ひとみ》でコノハを見据えてからしずしずとテツジン・フィフスが設置されている食堂の奥へと向かっていく。

「俺はそんなに怒ってないから……もしかして危機一髪だったか？」

そう言いながら手を差し出すと、コノハはコクリと一つ頷いて俺の手を取り、立ち上がった。正座に慣れているからか、特に足が痺《しび》れたりしている様子はない。

「危機一髪、正に崖《がけ》っぷちでした……あまりわかってらっしゃらないようなので言っておきますが、クギ殿が本気を出したら私なんかひとたまりもありませんから」

「え……？　クギさんが？　本当ですか？」

コノハの意外な言葉にミミが驚いている。俺も驚いている。例の殺人鉄蜘蛛《てつぐも》を一蹴《いっしゅう》するコノハをクギが圧倒する姿が全く想像できない。

「本当です。どのような距離であろうとも私に勝ち目は有りません。極まった第二法力の遣い手というのはそういうものなんです。そして第二法力による攻性法術というのは、それはもう……恐ろしいもので……」

よほど嫌なことを思い出したのか、コノハが涙目になってガタガタと震え始める。頭の上の丸耳がぺたりと伏せられ、股《また》の間に尻尾を引っ込ませて怯える様には庇護《ひご》欲を掻《か》き立てられるな……。

「仲直りは、できましたか？」

「ぴっ⁉」

後ろからクギに声をかけられたコノハが文字通り飛び上がって驚く。わざと驚かせるとはクギもなかなか人が悪いというかなんというか……本当に怒ってるんだな。

「俺はもう許して仲直りしたから、クギも許してやってくれ」

「はい、我が君」

にっこりと微笑《ほほえ》みながらクギが食事のトレーをテーブルの上に置いてくれたので、内心で溜息を吐きながら席に着く。

「それでええと……そう、そもそもなんであんな朝っぱらから俺を起こしに来たんだ？」

「あ、それはですね……ああ、どうしましょう」

俺が聞くと、コノハは何かを思い出したような表情をして、その直後に明らかに『やらかした』という表情をした。今度はなんだよ――と思っていると、珍しくメイが食堂に顔を出した。

「おはようございます、ご主人様。お客様をお連れ致しました」

「客？」

来客の予定なんて無い筈だが？　と思っていたらメイの後ろから金髪紅眼の美女が現れた。何故かどんよりとした表情の。

「大佐？　どうしたんだ？」

「どうしたもこうしたも……コノハ殿？」

「す、すみません、セレナ大佐、少々トラブルがありまして……連絡を取ることができませんでした」

セレナ大佐に声をかけられたコノハが恐縮しきっている。ははぁ、なるほど？　セレナ大佐から連絡があって、俺に何かを伝えようと突撃してきた結果、今朝の騒動に繋がったというわけか？

「コノハの言ってることは本当だ。今しがたそのトラブルが解決したところでな。ご足労頂いて申し訳ない」

「左様ですか……座っても？」

「どうぞ。朝食は？」

「結構です、食欲があまりなくて……お茶を頂けますか？」

「勿論《もちろん》。メイ、頼む」

「はい、ご主人様」

メイがキビキビとお茶の用意を始めるのを横目に捉《とら》えつつ、セレナ大佐を観察する。どうにも、かなり弱っているようだが……昨日コノハから聞いた話のせいかね。まぁ、少々スケールのでかい話だったものな。どちらにせよ知的生命体の発見ということで面倒なことにはなりそうな感じだったし。

「お待たせ致しました」

「ありがとう」

メイがセレナ大佐のお茶を運んできてくれる。

ちなみに、クギが運んできてくれた俺の今日の朝食は大盛りの白米——のようなものを主食として、肉野菜炒《いた》めのようなもの、卵焼きのようなもの、葉野菜のお浸しのようなもの、といった感じで汁物が無い以外はボリュームたっぷりの定食のような感じである。朝からなかなか重いメニューだが、昨晩はエルマと張り切ったからな。

「朝から凄《すご》い食欲ですね……」

「これからしっかり運動もするんでな。そうでなくとも朝飯はちゃんと食った方が一日を通したパフォーマンスは上がるってものさ。それで？　コノハを通じて俺に何か言おうとしてたんだよな？」

　コノハが俺の部屋を訪ねてきてから今までの時間を考えると、余程急ぎの用事だったのであろうということは鈍い俺でも察せられる。俺がシャワーを浴びていた時間を考えると一時間も経《た》っていない筈だ。

「……クギさんを貸してください」

　絞り出すような声でセレナ大佐はそう言った。

　ええ……？　どういうこと？

「いきなりそんなことを言われても、ちゃんと説明してくれないと返事はできないぞ」

「ちゃんと説明しますよ……まず昨日一日、うちの臨時研究チームが例の物体を調べたんです。材料工学的な意味での研究の進展は多少あったようですが、コミュニケーション方面に関しては糸口すら掴めませんでした」

「そりゃ帝国の科学者にとってサイオニックテクノロジーはほぼ未知の分野だろうしなぁ……一朝一夕で成果を出せって方が無茶じゃないか？」

「そうなんですが、これから例の統括ユニットとやらと接触するというのにコミュニケーションを取る目処《めど》すら立ってないというのは頭の痛い事態でして。そこでアドバイザーのコノハ殿に相談したところ、そういった能力の専門家であるクギさんに協力を仰ぐのが良いだろう、という話でして。それでコノハ殿にお話を伝えてもらうということになってたのですが……」

　そう言ってセレナ大佐がチラリと視線を俺に向けてくる。それでコノハが朝っぱらから俺の部屋に突撃してきたわけか。いやまぁ、良いと言えば良いんだけどな。

「クギに相応の対価がちゃんと支払われるなら構わないぞ。ただし、安全上の観点から俺かメイが必ず同伴する。この二点を確約してくれた上で、クギにその気があるならって感じだな。クギとしてはどうだ？」

「そうですね……我が君がこう言ってくださっているので、此の身としてもセレナ様に力をお貸しすることに否やはありません。ただ、此の身はあくまでも術者であって技術者ではありませんから、どこまでお役に立てるかはわかりません。それでも良いのであれば」

「勿論良いに決まっていますとも。その返事が聞けただけで肩の荷が下りた気分です」

そう言ってセレナ大佐が本当に微《かす》かな笑みを浮かべる。ストレスで笑みや安堵《あんど》の表情すら浮かべられないのはシンプルに不憫《ふびん》だな。

「報酬については全額クギの口座に振り込んでもらうとして……とりあえず俺も同行するからメシ食い終わるまで待ってもらって良いか？　サービスでテクノロジーに詳しいうちのエンジニア二名も同行させるから」

「そっちのギャラは払いませんからね」

「ギャラを払いたくなるような展開になるような気がしてならないんだけどな」

そう言いながら俺は小型情報端末を操作してティーナとウィスカにメッセージを送り始める。ああ、ついでにアレも持ってきてもらうか。何かの役に立つかもしれんし。

☆★☆

「外からは何度も見とったけど、遂《つい》に足を踏み入れることになったなぁ」

「機関室とか見せてもらえないかな？」

セレナ大佐との話し合いから凡《およ》そ一時間後。俺とクギ、コノハ、それにティーナとウィスカの五人は対宙賊独立艦隊の旗艦であるレスタリアスへと向かっていた。俺達はいつも通りの格好だが、ティーナとウィスカはそれぞれフル装備の上に大荷物を背負っている。

尤《もっと》も、フル装備とは言ってもそれはエンジニアとしてのフル装備なので、いつもの作業用ジャンプスーツに各種工具、データタブレット、それと俺が持ってくるように言っておいた荷物や彼女達が厳選した資材といった感じだ。決して戦闘用とかそういう感じではない。そもそも二人は非戦闘員だが。

「クギもセレナ大佐の急な申し出に付き合ってもらって悪いな」

「いいえ、我が君。此の身が御役《おやく》に立てるのであればそれ以上の名誉はありません」

そう言ってクギは耳をピンと立ててふんすと鼻息を荒くしている。三本のふさふさ尻尾《しっぽ》もゆったりふわふわと振られている。本当に健気《けなげ》な良い子だなぁ。

コノハはクギの横で大人しくしている。まだクギの説教が効いているのだろうか。

そうして歩いているうちにレスタリアスが停泊している特大型ドッキングベイエリアに着いたので、小型情報端末でＩＤを提示してセキュリティゲートを通らせてもらう。当然ながらこの辺りは高セキュリティエリアなので、許可を得ずにうろつくだけで容赦なく逮捕される。抵抗すればレーザーライフルで撃たれるし、もし歩哨《ほしょう》をなんとかしてもあちこちからパワーアーマーと重火器で武装したガチムチのお兄さんお姉さん達という強力極まりない増援が来ることになる。

当然だが、最悪の場合は停泊しているレスタリアスやその他の軍用艦の艦砲で狙われる可能性すらある。どんなに高額のエネルを積まれてもこんな場所に殴り込むのだけは絶対に御免だな。

「どうも、キャプテン・ヒロ。お手間をお掛けします」

「ああ、ロビットソン大尉。こっちこそわざわざ案内をしてもらって済まないな」

レスタリアスのタラップではセレナ大佐の副官であるロビットソン大尉が俺達を待っていた。朝、ブラックロータスに足を運んでいたセレナ大佐はとっくに船に戻っている筈《はず》だ。今頃は別件で忙しくしているのだろう。

「今日はどうもよろしくしゅう」

「よろしくお願いします」

ティーナとウィスカがそう言って挨拶《あいさつ》し、クギとコノハも静かに頭を下げる。

挨拶も済んだところでロビットソン大尉は早速俺達をレスタリアスの内部へと誘《いざな》った。

「船倉の方に行くのは初めてだな」

「艦橋や応接室、士官食堂にミーティングスペースなどは中央ブロックに集中しているので、今まで来る機会が無かったのでしょうな。下部ブロックには主にクルーの居住区画や物資格納庫などが配置されているので」

「そりゃ確かに用がないな」

レスタリアスのクルーとはまぁ、それなりに仲良くなっている連中もいる。俺は暫《しば》くの間ミミやエルマと一緒にレスタリアスに通って宙賊狩りの方法を指南していたことがあるからな。ただ、居住区画にある彼ら彼女らのプライベートなスペースにまでお邪魔するような関係には流石に至っていない。

アレだからな。個人のスペースってのは一種の聖域だからな。航宙艦の内部然《しか》り、コロニーを始めとした宇宙空間構造物然り、個人用のスペースというものはある種の贅沢品《ぜいたくひん》なのである。そこに他者を招き入れるというのは親しい仲でもそうそうあることではないらしい。俺の感覚では正直よくわからんところもあるんだが。

そういう意味でクルー達に広大な休憩スペースやトレーニングルーム、それにそれなりの大きさの個室を大盤振る舞いする俺は世間的に見ると超高待遇をクルーに与える太っ腹キャプテンなのだそうだ。

「この先です。今日は爆発してないと良いんですがね」

「ちょっと待って今なんか不穏なワードが聞こえたんだが？」

俺がそう言うのと、ロビットソン大尉が研究区画のエアロックを開けるのと、エアロックの先から炸裂《さくれつ》音と圧力が押し寄せてくるのは寸分違《たが》わず同時であった。

「ぶおっ⁉」

「うおぅ⁉」

「おっと」

「わわっ」

俺とロビットソン大尉は爆圧を受けてたたらを踏むことになり、ティーナとウィスカは大荷物のお陰で逆に安定していたようで、少し驚いた声を出しただけだった。クギとコノハはコノハが何かをしたのか、平然と立っている。

「またか……」

「なんか耳が変な感じに……あーあー」

俺もロビットソン大尉も怪我《けが》らしい怪我はしていないが、俺はなんか耳の調子が変になった。閉鎖環境で急な圧力の変化に晒《さら》されたからだろうか？　致命的なことにならなかったのはレスタリアスの空調設備を含めた生命維持システムか、ダメージコントロールシステムのおかげだろうな。

「いつもこんな調子なのか？」

「残念ながら」

研究区画から押し寄せてきた圧力を一番前でモロに食らったロビットソン大尉が埃《ほこり》っぽくなった自身の軍服と髪の毛を軽く払い、溜息《ためいき》を吐く。どうもアレだな？　さてはここにいる科学者だか研究者だかは相当エキセントリックな連中なんだな？

俺の中でエキセントリックな科学者となると長髪に眼鏡の似合うショーコ先生くらいしか頭に浮かんで来ないんだが……元気にしてるかな、あの人は。意外とドジっ子というか抜けてるところがありそうだから、トラブルに巻き込まれたりしていないか若干心配だ。

「だからシールド強度の見積もりが甘いと言ったじゃないか。見たまえ、この惨状を。セレナ大佐やロビットソン大尉に見つかったら大目玉だよ？」

「確かに見積もりが甘かったことは認める。だが誰も怪我をしていないし、機器もそんなには壊れていないじゃないか。それに有意なデータは手に入ったんだからヨシってやつだ」

荒れ果てた——そう表現するしかないほどに色々なものが散らばっている——研究室で二人の研究者らしき人物が話し合っている。その周りではあちこちにへこみや傷があるロボットアーム付きの宙に浮かぶ球体達がせこせこと掃除をしていた。多分助手ロボットか何かだろう。

「だそうだよ、ロビットソン大尉？」

「説明をしてください。今、私は冷静さを欠こうとしています」

女性科学者に話を振られたロビットソン大尉の背中越しに荒ぶる熊のオーラが見える気がする。これは下手なことを言うと剛腕で一発ノックアウトになりそうだなぁ……などと考えていると、ロビットソン大尉に話を振っていた女性科学者が俺の方をジッと見ていることに気がついた。

実験用のものなのか、フルフェイスの奇妙なマスクをしているので彼女の人相は全くわからない。背が結構高め――俺と同じくらい――で、女性特有の膨らみが実験着の胸部をこれでもかと押し上げていたから彼女が『彼女』であることがわかっただけで、それ以外の要素では個人を特定することすらできそうにない格好なのである。

「まさかここで会うとはねぇ。久しぶ――なんだか連れている女性の顔ぶれが違わないかい？」

スタスタと俺のもとへと歩み寄ってきた女性科学者がジッと俺に顔を向けてくる。なんだろう。マスク越しだからよくわからないんだが、これは睨《にら》まれているんだろうか？

「いや、誰……いやまさか。もしかして本当にショーコ先生か？」

まさかとは思いつつも、彼女の声はつい先程脳裏に浮かべた人物とあまりにも似すぎていた。

「そうだよ。ひと目見てわからないなんて薄情……そうか、マスクをつけていたね」

そう言って女性科学者が被《かぶ》っていたマスクを外す。奇妙なマスクの下から出てきたのは紛れもなくアレイン星系でお世話になったショーコ先生であった。濃い茶色の長髪も、少し野暮ったい眼鏡も、その奥の少し眠たげな目も俺の記憶通りだ。

「久しぶりだねぇ。ヒロ君。風の噂《うわさ》で活躍は耳にしていたよ」

「本当に久しぶりだけど……何故ここに？」

本当に意味がわからない。何故彼女が軍の科学者としてこんなところにいるのだろうか？

彼女は以前立ち寄ったアレイン星系で偶然関わることになったイナガワテクノロジーの女性医師だ。元々研究畑の人間なのだと聞いたような気はするが、それにしてもこんな場所で例のタマを研究するためにレスタリアスに搭乗しているとは思わなかったし、どれだけ考えても彼女がこの船に乗っている理由の想像がつかない。

「まぁ、それはアレだよ。ええと、キャリアアップってやつさ。それで軍に出向したら、何の因果かエッジワールドくんだりまで来ることになってしまってね……と、私の話は横においていて、質問に答えてもらっていいかな？」

「ああ。ミミとエルマは船でお留守番だよ。技術的な話となると俺を含めて三人ともお手上げだから。俺は単純にキャプテンとしてクルーの彼女達の付き添いで来たのさ」

「ふぅん、なるほどねぇ……」

納得してくれたのか、ショーコ先生はそう呟《つぶや》いて整備士姉妹とクギ、それにコノハに視線を向け、再度俺に視線を向けてきた。

「君は相変わらずみたいだね」

「どういう意味で言っているのかはわかりかねるが、俺は俺のままだよ。いてっ」

ショーコ先生がにやりと笑って俺の尻《しり》を叩《たた》く。やめてくれ。ショーコ先生に尻を触られると嫌な記憶を思い出しそうになるから。

「……紹介は不要のようですな」

俺とショーコ先生のやり取りを興味深そうに観察していたロビットソン大尉が呟く。

「ヒロ君にはね。そちらのお嬢さん達には必要だろうから、自分で名乗らせてもらうよ。私の名前はショーコ。イナガワテクノロジーの科学者で、以前ヒロ君にはアレイン星系で色々とお世話になったのさ。で、今は軍属としてこのレスタリアスで研究職に就いている。よろしくね」

そう言ってショーコ先生が掴《つか》みどころのないニマニマとした笑みを浮かべてみせた。

☆★☆

「私の事情については横において、まずは仕事の話をしよう。お互い暇な身ってわけでもないだろうしねぇ」

「それはそうだな」

「ああ、ちなみにあっちでロビットソン大尉に絞られているのはウェルズだよ。彼も私と同じく民間の科学者でね。イーグルダイナミクスのボット設計者さ」

「へぇ、イーグルダイナミクスの。あそこの戦闘ボットはうちでも使ってるんだよな」

普段はティーナとウィスカが即席のメンテナンスボットとしても使っていたりする。同じイーグルダイナミクス製のメンテナンスボットのデータを流用しているから互換性が高いとかなんとか。

「ヒロ君のことだから高いのを買っていそうだねぇ」

「メンテナンスシステム込みでまるまる一ユニット、全装備付き」

「それは高そうだ」

人差し指を立てて俺がそう言うと、ショーコ先生は口元に手をやってくふふ、と笑った。笑うのを堪《こら》えたのかね、それは。

「それで、私はサイオニック能力者が来るって話を聞いていたんだけど、まさか？」

「いや、俺は違う……わけでもないけど、今日の主役はこっち。うちのクルーのクギだ。ヴェルザルス神聖帝国の出身でね、テレパシーの専門家だ。で、こっちがコノハ。同じくヴェルザルス神聖帝国出身で、こっちの専門はサイコキネシスとか力を発生させる系……だと思う。彼女は俺のクルーじゃなく、ヴェルザルス神聖帝国の武官だ」

第一法力とか第二法力とか言っても伝わらないので適当に紹介しておく。コノハの能力に関しては、第一法力の使い手でとんでもない身体能力とか破壊能力とか切断能力を持っているということ以外知らないから、若干適当な紹介になってるが。

「へぇ、神聖帝国の……なるほど。ところでその耳とか尻尾とか触っていいかな？」

ショーコ先生が早速クギに近寄り、その周りをグルグルと歩き回りながらクギの全身を観察し——めっちゃ気軽に距離を詰めてくるじゃん。

「ええと……耳だけなら」

「ありがとう。ふむ……骨格は一般的なヒューマノイドに近いけど、頭蓋骨《ずがいこつ》の形は結構違いそうだね。クギさんの種族は所謂《いわゆる》人間《ヒューマンレース》との交配も可能なのかな？」

「はぅ、で、できますぅ」

かなり遠慮なく頭の上の獣耳を触られているクギが頬を赤くして震えながら答える。その質問の意図は一体何なんだ。

「興味深い。ヴェルザルス神聖帝国の人は皆こんな感じなのかな？　当然サイオニック能力者も多いんだよね。後でＤＮＡのサンプルを採らせてもらっても？」

ショーコ先生がコノハにもチラリと視線を向けながらクギの手を取って物騒なことを言い始める。

「はい、終わり。下がって下がって。お客様、過度なお触りは困りますよ」

「ああっ、人類進化の鍵《かぎ》が」

いかにも残念そうにしているけど、半分ふざけてるな。いや、半分本気ってことなんだけど。放っておいたら本当にＤＮＡを採取し始めそうなので止めておこう。

「まずは仕事の話って言ったのはショーコ先生だろう？　脱線してるぞ」

「おっと、そうだった。すまないね、あまりに興味深くて……とりあえず、検体のところに行こうか。ついてきてくれ」

そう言ってショーコ先生が踵《きびす》を返し、先に歩き始める。ロビットソン大尉に監視されながらタブレットに何か入力しているウェルズ氏が恨めしそうな視線を送ってきていたが、無視しておいた。大人なんだから自分でやったことのツケはちゃんと自分で払わないとな。

「暫くの間『彼ら』とのコミュニケーションを試みていたんだけど、手詰まりでね。音声は勿論《もちろん》のこと、あらゆる種類の通信波にも応答してくれなくて困ってたんだよ」

シールドによる二重の封鎖を通過し、広大な空間に出る。

「おぉ……こりゃすごい」

「贅沢にスペースを使わせてもらっているよ。機材もなかなかでね。さすがは帝国航宙軍。お金を持ってるよね」

広大な空間には二十個を超える数のタマが一つ一つ別のシールドに隔離されて収容されていた。球体のまま鎮座しているものもあれば、殺人鉄蜘蛛《てつぐも》フォームに変形してじっとしているのもあるし、一心不乱にシールドに鎌のような刃物を叩きつけ続けているのもいる。

「じっとしてるのはともかく、ガンガンシールド叩いてるのは迫力あんなぁ」

「そうだね、お姉ちゃん。いくら叩いてもシールドは突破できないだろうけど」

「あの材質は実に興味深いね。特にエネルギー兵器全般に対する耐性が並外れているよ。分析したところ、他に見ない結晶構造をしていてね。エネルギーの伝搬効率が非常に高いんだよ。高出力のレーザーやプラズマの熱に晒されても蒸発や崩壊を起こす前に全体にエネルギーを伝搬、拡散して威力を低下させてしまうんだ」

「……つまり？」

「エネルギー兵器っちゅうのは基本的に膨大な熱量を一点に集中させて照射点を一瞬で蒸発、爆発させて破壊を引き起こすって感じやん？　例えるならこのタマの構造材はある一点に受けた百の熱量を一ずつの熱量に分解して構造体全体で受け止めるようになってるってことやね」

「なんとなくイメージができたかもしれない」

点の攻撃を強制的に面の攻撃に変換して受け止める、みたいなイメージでいいのかな。

「まるで物理的なシールドみたいだな」

「その表現は実に的を射ているね。問題は、この構造材を船の装甲材として使った場合、エネルギー兵器に対して驚異的な耐久力を発揮する代わりに、許容量を超えると一斉に崩壊する可能性が高いという点かな。シールドが飽和してダウンするみたいにね」

「それでも有用そうに思えるけどな」

もし装甲材として使わないとしても、この性質そのものはいくらでも利用価値がありそうだ。機械にとって熱問題ってのはどんな時にもついて回るものだろうからな。

「人工的に合成できるようになればあらゆる分野で使い途《みち》があるのは確かだろうね。装甲材として見ると硬度や靭《じん》性は現行の装甲材に比べれば劣るけれど、それを補ってあまりある有用な特性を有していると私も思うよ」

話しながらショーコ先生は殺人機械モードに変形したままじっとしているタマの下へと俺達を連れてきた。

「この個体が検体の中では一番大人しい個体でね。尤《もっと》も、大人しいばかりで全く対話に応じてくれる気配がないんだけど」

青白いシールドの向こうにでジッとしている殺人機械モードのタマを眺める。こうしてじっくり見るのは初めてだな。足の数は六本で、全体的に黒い色をしている。装甲だか甲殻だかわからんが、とにかく体表はつるりとしており、光沢を放っている。

「そういえばこいつ、戦闘時に叫び声みたいなものを上げてた気がするんだが。やっぱり音声で情報をやり取りするんじゃないのか？」

「ああ、その報告は実際にコレと戦った帝国航宙軍の海兵からもあったね。スキャンの結果、彼らに退化した発声器官と思《おぼ》しきものは発見できたよ。ただ、今のところ同族同士でそういったものを使ってコミュニケーションを取っている様子は見られないね」

と、俺とショーコ先生が話している横でクギは殺人機械モードのタマをジッと見つめ、整備士姉妹は隔離シールドの周りを回って様々な角度からタマを観察し始めた。

「コミュニケーションは取れそうか？」

「……申し訳ありません、我が君。拒否されてしまいました。此《こ》の身は彼らではない、と」

「拒否されたってことは、応答はあったわけだね。これは進展と言っても良いねぇ。うんうん」

耳をペタンと伏せて謝るクギであったが、ショーコ先生はその横で満足げに頷《うなず》いていた。クギが落ち込むのはわかるけど、何故この人はこんなに満足げなのだろうか。これがわからない。

「進展してなくない？」

「いやいや、彼らのコミュニケーションの様式がサイオニック能力者が扱うものと同じ思念波であるということがわかっただけでも十分な成果だよ。しかし困ったな、そうなると精神増幅素材が無いと、サイオニック能力の無い我々ではコミュニケーションの取りようがないということになるね」

「ああ、それなら用意してきた。おーい、ティーナ」

「ほいほい。あ、兄さんは触ったらあかんで？」

「はい」

俺が触れると粉々に砕け散っちゃうんだよな、精霊銀。なんか俺の力が強すぎるとかで。そのせいで美術館の展示品を破壊してしまったことがあった。あまり相性がよろしくないいんだ。

「用意してきたって……えぇ？　どういうことだい？」

「前にリーフィル星系に行く機会があってな。ほら、エルマはエルフだろ？」

「ああ、そうだったね。それでエルフの故郷に？　でも、確かこの手の素材の持ち出しは厳しいんじゃなかったかな？」

「まぁそこは色々あってな……あの星系のエルフとは仲良くなったんだよ」

「ははぁ……まぁ、今は事情は聞かないでおくよ。今度機会があったら聞かせてくれ」

「オーケー」

そうして話しているうちにティーナが背負っていたハードケースを床に下ろし、開封した。

「おぉ？」

「おやおや？」

その瞬間、今までじっとしていたタマが物凄《ものすご》い勢いでこちらへと近寄ってきた。シールドに触れないギリギリまで接近してこちらの様子――というかティーナが開封したシールドケースの中身に興味を示しているように見える。よく見れば、他の個体もこちらに明らかに興味を向けているようだ。一心不乱にシールドに鎌を叩きつけていた個体ですらその作業を止めてこちらに興味を示している。

「これは面白いことになったねぇ」

その様子を見たショーコ先生がニヤニヤとした笑みを浮かべた。悪そうな笑顔だなぁ。

☆★☆

精神増幅素材に対するタマの反応を確認した俺達は、とりあえず一度腰を落ち着けて情報を整理、交換することにした。何にせよまずは行動方針を決めるのが物事を効率よく進めることに繋《つな》がるだろうという判断である。

「とりあえず、現時点ではっきりしたのはあのタマ達がテレパシーで情報のやり取りをしていることと、精神増幅素材に著しく興味を示すことの二点だねぇ」

「せやな。めっちゃ興味示してたけど、どうするつもりなんかな？　食うんやろか？」

「アレってものを食べるようなモノなのかなぁ……？」

整備士姉妹が揃《そろ》って首を傾《かし》げている。俺もそれは気になったな。あいつら目とかの感覚器に相当するものが見当たらないし、どこかに口とかがあるようにも思えないんだよな。まぁ、元々は黒い金属の真球にしか見えない物体があそこまで変形するんだから、そういう器官も隠れているのかもしれないけど。

「クギ達は何かわからないか？」

「あの手の素材は希少で、採掘できる場所は限られています。あの端末は十中八九採掘などの雑務用の個体群だと思うので、希少な素材に反応したのでしょう。もしかしたら彼らを統括するユニットが何らかの理由で素材を欲しているのかもしれません」

俺の質問にコノハが答えた。なるほど、コノハの言うことは実に単純明快である。

「なら、交渉材料として使えるかもしれないってことだな。こいつは朗報だ」

「それじゃあ交渉をするためにまずはコミュニケーションを取れるようにしないと駄目だねぇ」

「問題はそこだよ。自分で言うのも情けないが、サイオニックテクノロジーなんて専門外も良いところだ。しかもいきなり通信、翻訳を同時に行う翻訳機《コミュニケーター》作りなんてどこから手を付けたら良いのやら」

　ロビットソン大尉に怒られていたウェルズ氏がそう言って大げさに肩を竦《すく》める。つい先程まで始末書を書かされていたのだが、どうやらそれを終えてきたらしい。なかなかにユニークな髪型をしたそばかす顔の若い男性である。

「私は本職の関係上、多少はサイオニック能力に関する知識はあるんだけどねぇ。ただ、私の専門はあくまでも強化遺伝子工学とナノマシン工学だから。材料工学の知識はある程度あるけど、機械系の工学知識なんて持ち合わせていないからね。機器の設計なんてのは無理だよ？」

「私も専攻は材料工学だからなぁ。そちらのお嬢さん達はエンジニアだよね？　機器の設計なんかもできるのかな？」

「モノにもよるなぁ。ある程度の方向性がわかればできなくもないと思うで」

「精神増幅素材に関してはある程度調べてあるので、加工そのものはなんとかなると思います。ただ、思念波を使った通信用のプロトコルを一から作るのは大変そうですよ？」

「その辺りはなんとかなると思うよ。ナノマシン工学でもその辺りの構築はするからね。言語インプラントも併用すれば肝心の翻訳部分はなんとかなるんじゃないかな」

　研究者とエンジニアがやいのやいのと技術談義をしているのだが、そっち方面の知識が全くない俺とクギ、それにコノハは完全に置物である。

「お茶が美味《おい》しいですね、我が君」

「帝国航宙軍の船に積まれてる自動調理器は料理の味は今ひとつだけど、お茶の味だけは良いって話だな。前にうちの船に臨検に来た連中がそんなことを言ってた気がする。ああ、いや、セレナ大佐だったかな？」

「ああ、帝国の方々はお茶の時間を大事にしますよね。私達もお茶は飲みますけど、帝国の方々ほどの拘《こだわ》りはなかなか」

「そうなのか……そう言われればそのような気がするな」

今まであまり気にしていなかったが、ミミもエルマも合間合間でよくお茶なりなんなりを飲んでいるように思う。ティーナとウィスカはそうでも無いから、やっぱ文化が少し違うのかね？

「修行？　サイオニック能力の？」

「はい。ヒロ殿程のポテンシャルがあれば、修行さえすれば凄《すさ》まじい遣い手になれると思いますが」

「あー……正直苦手意識があるんだが」

チラリとクギに視線を向ける。精神防壁を獲得するまでにもかなり苦労したからな。とはいえ、前向きに検討するって言ったしな。今でも通常のトレーニングとメイの過酷な剣術トレーニングがあるし……いや、血反吐《ちへど》すら吐くことがあるメイの剣術トレーニングに比べればマシか？　精神防壁はもう習得したわけだし、何を習得するにしてもあれほどスパルタかつ精神的にダメージの大きな修行にはならないんじゃないだろうか。

「我が君がお望みであれば修行のお手伝いを致しますよ。これでも神祇《じんぎ》省の巫女《みこ》ですから。指導資格もちゃんとあるのです」

そう言ってクギが自分の胸に手を置き、自慢げに胸を反らしてみせる。誇らしげにピンと立つ獣耳が可愛《かわい》い。最近わかってきたのだが、素のクギは結構なお茶目さんというか無邪気なところがあるようなのである。俺の前では従者然とした態度をあまり崩してくれないのだけれども。

「具体的にはどういうことをするんだ？」

「通常であればまずは使える力の量を増やすための地道な修行をするのですが……ヒロ殿の場合は必要ありませんね。まずは得意な法力の系統を見定める……のも必要ありませんね。いきなり実践しますか？」

「それはそれで怖くないか？」

などと話をしながらクギとコノハの指導を受けて簡単なサイコキネシス――念動力の練習から始めることにした。手を触れずとも物を動かしたり、使い方によっては破壊したりする力だ。第一法力の中では比較的上等とされる技だが、俺なら問題なく使えるだろうということらしい。

そうしてコノハがどこからか取り出したコイン――こっちの世界で初めて硬貨を見た――を使って訓練を始めた。程なくしてようやく成果が出てきたところ。

「三人とも、ちょっと――え？　なんだいそれ？」

「はんどぱわー」

ショーコ先生の質問に適当に答えつつ、精神を集中してコインの動きを制御しようとする。

今、俺が両手で包んだ空間の中心でコノハのコインがくるくると高速回転しているのだ。回転させずにピタッと止めたいのだが、これがなかなかに難しい。

「そういえばさっきヒロくんもサイオニック能力者だみたいなことを言ってたね……」

「ショーコ先生には言ってなかったけど、出会った時点で普通じゃない能力は使えたんだ。それが何なのかはあの時点では知らなかったけど」

「なるほどねぇ……おっと、脱線するところだった。ティーナくん達とも話し合った結果ちょっと意見が欲しくなってね。彼らが発見された星系に彼らを覚醒《かくせい》させたままレスタリアスで乗り付けても大丈夫なものなのかな？　場合によっては危険なんじゃないか？　という話が出てね」

ショーコ先生の話になるほどと納得する。奴《やつ》らがテレパシーで情報を共有しているのは明らかだし、そうなればレスタリアスが目標の恒星系に到達したその瞬間に統括ユニットとの接続を回復するかもしれない、というのは納得できる話だ。

「思念波は条件が揃えば時間と空間を飛び越えます。彼らの最大出力がどの程度かは未知数ですが、同一星系内程度なら届く可能性は高いかと」

「なるほどねぇ……そうなると、このタマを見つけた星系に飛ぶ前に何らかの方法で彼らの放つ思念波を外に漏らさないようにした方が良いかもしれないねぇ。これは大佐殿に報告しないとだ」

そう言ってショーコ先生が「たいへんだたいへんだ」なんて気楽に言いながらティーナ達の方へと戻っていく。全部破壊して思念波を発生できなくしてしまえば良いのでは？　とか思ってしまう俺は考え方がだいぶ乱暴なんだろうな。

☆★☆

その後、再び研究者と技術者達の間で専門的な話し合いが行われ、クギとコノハは時折発される質問に答え、俺はそれを横目で眺めながらサイコキネシスの訓練をしたり、休憩したりという時間が続いた。

どうやら精神増幅素材である精霊銀を使った思念波の測定装置だの、シールド発生装置の一部に精霊銀を組み込んだ思念波妨害シールドだのを作るらしい。

思念波を遮断するのではなく妨害するというのは、クギ曰《いわ》く思念波というものは完璧《かんぺき》にもれなく遮断することは不可能に近いそうで、遮断するよりも逆位相の思念波やより強力な思念波によって相殺したり『押《お》し潰《つぶ》し』たりした方が現実的なのだそうだ。

幸い、あのタマ達が放つ思念波の波長は全て同じで、かつ一定の範囲内に収まっているようなので、ちゃんと測定すれば打ち消し、相殺するのは難しくはないだろうとのことであった。

「ばなな」

「兄さん、すっごいアホみたいな顔になっとるで」

「一発芸か何かかい？」

ティーナとショーコ先生に容赦のないツッコミを入れられた。だってしょうがないじゃない。技術的な話はマジでちんぷんかんぷんなのだもの。マジでなんもわからん。

ショーコ先生に暇が有りそうならなんでこんな場所で軍属として働いているのかという経緯を根掘り葉掘り聞きたいところなんだが、ショーコ先生はずっと忙しそうにしているしな。クギとコノハも即席で作られた怪しげなヘッドギアのようなものを被せられてテレパシーの測定のようなことをされているので、俺は一人で完全に蚊帳の外なのである。

「お兄さんはこっちにこないでくださいね？　絶対ですよ？」

「貴重な素材を崩壊させられてはたまらないからな」

ウィスカとウェルズ氏には精霊銀の加工を行う加工機及び精霊銀を利用した機器周辺への接近を

禁じられた。今現在俺がこの研究室の中で行動できる範囲は入り口周辺の休憩スペースのみである。

「ところでこの精霊銀の代金は大佐に請求すれば良いのかね」

「ああ、その件に関しては既に大佐から承認を貰《もら》っているよ。返ってきた文面からは高すぎるという言葉が滲《にじ》み出《で》てきていたけれどね」

「えっ、俺金額聞いてないいんだが」

「あ、ごめん兄さん。うちが値付けしてもうた」

１kg当たり5万エネルで売ったらしい。ケースの中には１kgのインゴットが五本入っていた筈《はず》だから、これで25万エネルか。

「……高くない？」

「そもそもの相場が高いんや。リーフィル星系の精霊銀は惑星外への持ち出し量が少ないから、高騰してるんよ。相場価格で１kg当たり３９０００エネルくらいやで。最辺境領域価格で三割増しにしてキリよく5万やな」

「三割ってなかなかの暴利だよねぇ」

ショーコ先生がクスクスと笑う。だが、値を付けたティーナは澄まし顔で肩を竦めてみせた。

「寧《むし》ろお買い得やとうちは思うで。うちら……というか兄さんが精霊銀を持っていなかったら到着まで艦隊は足止めや。しかも価格そのものは輸送費も乗っかってもっと高くなる。それを考えればこれくらいの出費なんでもないやろ。一日あたりの艦体維持費を考えればお釣りが来るで」

「なるほど……かつてなくティーナが頼もしく見える」

「兄さんがうちのことをどういうふうに思ってるのか今度ゆっくり話し合いたいなぁ……まぁ、昔《むかし》取《と》った杵柄《きねづか》ってやつやね」

　そう言ってティーナは多くを語らずに肩を竦めてみせた。昔取った杵柄ねぇ？　そういやティーナとウィスカは今でこそ一緒にいるけど、昔は離れ離れで別の場所で育ったとか言ってたっけ。ティーナの方はちょっと治安のよろしくない場所で育ったとかなんとか……その頃に培った交渉術ってことか。

「ヒロ君の船には優秀なクルーが揃ってるんだねぇ」

「それほどでもある。俺は戦闘以外できないから本当に皆には助けられてるよ。ああ、でもまだドクターはいないんだよね。ショーコ先生はどう？　今ならスペースに余裕のある母艦があるし、医務室や研究室も用意できるよ」

「そんな安易に誘って良いのかい？　本気にするよ？」

「ショーコ先生なら歓迎するよ……俺の事情もある程度知ってるわけだし」

「前向きに考えておくよ」

　ショーコ先生がニヤリと笑う。実際のところショーコ先生は腕の良い医者だし、ナノマシン技術の専門家でもあるらしいから頼りになりそうなんだよな。

　初めてショーコ先生と出会った時と違って、今は居住用のスペースに大幅に余裕があるブラックロータスがあるから彼女用の居室は勿論《もちろん》のこと、研究室兼医務室なんかも用意できる。クリシュナ一隻で星系を渡り歩いていたあの頃とはかなり環境が変わった。

　俺以外は女性なわけで、彼女達の体調管理や心身のサポートをしてくれるドクターはいてくれると大変に助かる。俺もその恩恵にあやかれるだろうしな。

「話は聞かせてもらった！　そういう事なら僕も君のところで雇わないか⁉」

忍び寄ってきていたウェルズ氏が突然大声で自身を売り込んでくる。俺は気づいてたけど、ショーコ先生とティーナは気づいていなかったのか二人揃《そろ》ってビクッとしてるな。全く同じリアクションでちょっと可愛い。

「ウェルズ氏は我々の組織においてどのような活躍ができるとお考えですか？」

「えぇと……装甲板の改良とかできるかもしれないよ？　新素材とか発見できれば」

「それは別にうちのメカニック二名でもできるかなぁ……ウェルズ氏の益々《ますます》のご活躍をお祈りしております」

「その言い方はやめてくれ。なんだか心が折れそうになる……」

どんよりとした空気を漂わせながらウェルズ氏が材料工学研究者の悲哀というか、働き口のブラックさに関する愚痴を漏らし始める。ウェルズ氏は軍の機密任務を任されるような人材なのだからそういう方面で困ってはいないいんじゃないかと思っていたんだが、実のところそうでもないらしい。

「まぁこう言っちゃなんだけどコネだよ。僕の友人というか、幼なじみが軍でそれなりのポストに就いていてね。無論、僕はコネだけの無能ではないつもりだよ？」

疑問を口にしてみると、彼はそう言った。他の研究者、技術者の三人がうんうんと頷《うなず》いているので彼の材料工学研究者としての実力は確かなものなのだろう。

「まぁそれはそれ、これはこれ。ちょっとうちじゃ材料工学研究者はなぁ」

「だよね……はぁ。やっぱりこの仕事で結果を出して軍の技術研究所に潜り込むしかないか」

ウェルズ氏が重い溜息《ためいき》を吐く。大変なんだなぁ、研究者ってのも。

「それで、結果は出そうなのか？」

「とりあえずはね。思念波の撹乱《かくらん》装置は上手《うま》く機能している筈だよ。理論上は」

「これから艦内を回って実際に効果を発揮しているかどうか確かめるんです」

「なるほど。俺も同行しようかな。暇だし」

ここでただ座っているよりはマシだろう。クギとコノハも同行するようだし。

☆★☆

いかにも急造といった雰囲気の思念波計測装置を小脇に抱えたウィスカを先頭にレスタリアスの艦内を練り歩き、思念波の『漏れ』を検出したら研究室に連絡して撹乱装置の調整をしてもらう。

そんな地味な作業を繰り返し、研究室からの『漏れ』を完全に防いだところで一度セレナ大佐に中間報告をすることになった。

「統括ユニットと例の物体が接続した際に起こり得るリスクと、それを妨害するための撹乱装置の開発、設置……効果は間違いないのですね？」

俺とショーコ先生、それにセレナ大佐の三人だけがいる艦長室にセレナ大佐の凛《りん》とした声が響く。

「思念波の封じ込めには成功しているよ。少なくとも、今のところはだけどねぇ」

それに対するショーコ先生の声はいつも通りの人を食ったようなゆるゆるボイスだ。相手が帝国航宙軍の大佐でも彼女の態度はあまり変わらないらしい。

「今のところは？」

「思念波の強度に対する安全マージンは十分に取っているけど、彼らの能力は未《いま》だに未知数だからねぇ。絶対確実に、とはちょっとねぇ」

そう言ってショーコ先生は肩を竦《すく》め、セレナ大佐の赤い瞳《ひとみ》から発せられる圧力を受け流した。

「……コミュニケーションは取れそうなのですか？」

「今のところはまだなんとも。彼らは常に何らかの情報を思念波でやりとりしているから、サンプルには事欠かないけどねぇ。なにぶん未知の言語である上に思念波という我々に馴染《なじ》みのない伝送波でやりとりをしているわけで。あとついでに言えば、この船には暗号解読や異星言語学の研究者はいないんでねぇ」

「今から新たな人員の手配をするのは不可能です」

渋い表情をしたセレナ大佐が頭痛を堪えるようにこめかみの辺りをトントンと叩《たた》く。

「大変っすね、大佐殿。本来の仕事じゃないことまで押し付けられて」

「私は軍人ですから」

そう一言だけ述べてセレナ大佐が口を噤《つぐ》む。本来、彼女の率いる対宙賊独立艦隊はその名の通り宙賊に対する作戦行動を帝国航宙軍全体の戦略方針から独立して行うための艦隊である。裏を返せば、宙賊に対する作戦行動と絡めさえすれば他の目的を達成するために使うことができる手駒だとも言える。軍の上層部にしてみれば、だが。

まぁ、以前の結晶戦役の時のことを考えれば必要な時には建前すら無視して必要な場所に向かわせるのだろうけれども。あの件は完全に宙賊なんか関係のない話だっただろうからな。

「軍内部の柵《しがらみ》っていうか、政治ってのも大変なものなんだねぇ。まぁ、私達もそれに巻き込まれている以上他人事《ひとごと》ではないのだけれど」

「そりゃ確かに。とはいえいつまでもドーントレスで研究を進めるってわけにもいかんのだろ?」

「誰かさんのお陰で宙賊は早く片が付きましたから、若干の余裕はありますけどね。とはいえ、このままうちの艦隊を遊ばせておくわけにもいかないのは事実なので、引き延ばせてもあと一週間……には届かないくらいですね」

「つまり、私達は一週間足らずで成果を上げなきゃいけないわけだ。未知のコミュニケーション方法と未知の言語を使う異星生命体を相手に」

「独自の言語を持っているからって知的生命体であるとは限らないけどな」

独自の言語を持っていればそれだけで知的生命体である、という話になったら地球で言うところの鳥類の大多数とか鳴き声でコミュニケーションを取る生き物全般もそうだってことになってしまうからな。まぁ、知的生命体の定義ってのも大概あやふやな気もするんだが。

「というか、軍としてはどういう着地を想定しているんだ? 目的はあの装甲なんだろ? 既にサンプルは十分以上に集まってるわけだし、後は解析すれば終わりじゃないのか?」

「新型装甲材の開発という意味ではこの船の小さな研究室だけでなく、ウィンダス星系の軍の研究所でも研究そのものは進行していますから。いずれ全てが詳《つまび》らかになるでしょう。問題は、その原材料なんです。もし新型装甲材を作るために必要な原材料が例のタマが転がっている惑星にしか存在しないとすれば、その惑星の——というか恒星系そのものの支配権を帝国が握る必要があります」

「そのために対宙賊独立艦隊がエッジワールドくんだりまで派遣されたってことか? そういうの

って正規軍がやるというか、専門の部署があるんじゃ？」

「そうです」

「世知辛いなぁ……つまり本来の任務と言えなくもないエッジワールドの宙賊対策のついでに例のタマの起源の特定と、可能な限りの情報収集と分析をやっておけって話か」

軍の上層部的には一挙両得というか、一石二鳥というか、戦力の効率的な運用をしているだけなんだろうが……それで本来の任務外の仕事をブン投げられるセレナ大佐にしてみればたまったもんじゃないだろうな。

ただまぁ、単にぶん投げただけでなく専門家というかアドバイザーとしてコノハをつけたのは有情と言えば有情かね。

「その上で統括ユニットが知的生命体に分類される可能性があるって話というわけだねぇ。でも、それだけだとそんなに大事ではないと思うんだけど」

そう言ってショーコ先生が探るような視線を向けてくる。ショーコ先生にはコノハが言ってた古代文明を滅ぼしたであろう上位存在の話とかしてないからなぁ。まぁ、言いふらすようなことでもないので肩を竦めてスルーしておこう。

「……何にせよ、対話すらできないのでは話になりません。できるだけ速やかに何らかの成果を出していただけると助かります」

「思念波の『漏れ』対策はできたから最低限の成果は上がってると思うけどねぇ。ま、この先は暗号解読機と翻訳インプラントのデータベースを利用した解析がどこまで上手くいくかだね」

「上手くいくことを願っていますよ。心の底から」

渋い表情をしたままセレナ大佐が呟《つぶや》いた。同情するよ、本当に。

☆★☆

思念波の『漏れ』対策もひとまず終わり、セレナ大佐にも報告を終えたということで一旦《いったん》休憩――というか今日のところは解散という流れになった。

以降は思念波計測器による例のタマどもの思念波のサンプリングと、言語翻訳インプラントのデータベースと収集したサンプルの擦り合わせ作業を行っていくのだという。

「殆《ほとん》ど機械任せだねぇ。多少アルゴリズムに手を入れるくらいかな？」

「うちらもメンテナンスボットのアルゴリズムとかは弄《いじ》るけど、ちょっと次元が違うよなぁ」

「言語翻訳アルゴリズムとか考えただけで頭がワーッてなりそう……」

「メンテナンスボットのアルゴリズムを弄れるなら、こっちもそんなに苦労しないと思うけどねぇ？」

ブラックロータスへの帰り道で研究者一名と技術者二名が技術談義に花を咲かせている。この三人、どうも妙に馬が合うらしい。お互いに近い分野の知識を持っているからだろうか？　まぁ仲が良いのは良いことだ。

「クギは疲れてないか？」

「はい、我が君。久しぶりに沢山歩けて楽しかったです」

そう言って俺を見上げてくるクギの表情は実に満足そうである。尻尾《しっぽ》もふわふわと振られているので、本当に楽しかったのだろう。思念波の漏れが無いかレスタリアスの艦内をかなり歩き回ったからな。普段のトレーニングとは別にお散歩とかもした方が良いのだろうか？

「なら良かった。テレパシーを使って疲れていないかちょっと心配だったんだ」

「あの程度でしたら全く問題ありません。本気で使うと結構すぐに消耗してしまうのですが」

「テレパシーを本気で使うって一体どういう感じなんだ……？」

「思念波を遠く離れた人に届かせたり、同じ空間にいる特定の数人だけに送ったりするのは力の消耗が激しいです。あとはあまり使いたくはありませんが……強力な思念波を送りつけて相手を気絶させたり、苦しめたり、場合によっては強制的に言うことを聞かせたりすることもできます」

「へー……テレパシーって一口に言っても色々と使い道があるものなんだな」

「あまり暴力的な使い方はしたくはないのですけれど、時には身を守る術《すべ》も必要ですから……」

そういえばクギはレーザーガンだのなんだのといった武器を持ち歩いていないが、クギにとってはテレパシーそのものがレーザーガンとかの武器と同じような存在なのかもしれないな。

「コノハは……聞くまでもないな」

「私は身体《からだ》を動かすほうが得意なので……」

コノハは渋い顔でこめかみの辺りをぐりぐりと揉《も》んでいた。頭脳労働やあまり得意とは言えない第二法力を多用して疲れたのだろう。

「ところで、本当にお呼ばれしてしまっても良かったのかな？」

ショーコ先生も今日は上がりということだったので、ブラックロータスに誘ったのだ。少なくともレスタリアスよりは美味《うま》いものを食べさせられるし、ショーコ先生が相手ならエルマも良いボトルを開けてくれることだろう。

「かまへんかまへん。兄さんのことやからショーコ先生みたいな美人さんの訪問は大歓迎やろ」

「美人なら誰でも大歓迎するみたいな風評をショーコ先生に流すのはやめろ。俺だって相手は選ぶわ」

「あはは……確かにセレナ大佐には大分塩対応ですよね、お兄さんは」

「セレナ大佐だけじゃないけどな」

前に取材クルーとして乗り込んできたニャットフリックスのニーアも大層な美人だったが誘いはキッパリと断ったし、あのマリーとかいうけばけばしい毒蛇みたいな女なんかは絶対にNOだ。

「ショーコ先生なら大歓迎ってのは間違いないから、そこは安心してくれ。多分ミミとエルマもびっくりするんじゃないかな」

「そう言ってもらえると嬉《うれ》しいねぇ」

ショーコ先生がニヨニヨと口元を綻《ほころ》ばせる。前はプライベートな方面では全く付き合いが無かったから、彼女のこういった反応を見るのは新鮮な気分だな。

☆★☆

「あれ？　ショーコ先生……ですよね？」

「どうしてこんなところに……？」

ショーコ先生を目にするなり、ミミとエルマは大いに困惑した。それはそうだろう。アレイン星系の企業病院で働いている筈《はず》のショーコ先生が何故か俺達と一緒にブラックロータスに帰ってきたのだから。俺が逆の立場でも絶対に困惑して驚くわ。

「やぁ、二人とも久しぶりだね。うん、血色も良いし健康そうで何よりだよ」

軽く片手を挙げて挨拶《あいさつ》をするショーコ先生を目の前にした二人の頭の上に疑問符がいくつも飛び交っているのが目に見えるようだ。そして、その二人の視線が一斉に俺へと向けられた。

「レスタリアスの研究室に詰めてた研究者のうち一人がショーコ先生だったんだ。どうして軍属としてレスタリアスに乗り込んでいたかって事情は俺もまだ聞いてないからわからん」

と言ってショーコ先生に視線をパスする。

「別にもったいぶるようなことでもないんだけどねぇ……面と向かって言うには素面《しらふ》じゃちょっと」

俺からの視線を受け取ったショーコ先生が苦笑いを浮かべる。面と向かってってってどういう意味だ？　ミミ達から視線が集まるが俺は首を横に振る。ショーコ先生とはそういう甘い雰囲気になるような関係では無い筈だ。少なくとも、彼女の人生を捻《ね》じ曲げるような出来事は無かった筈である。

「皆様。よろしければお食事をされながらお話されては如何《いかが》でしょうか。すぐにご用意致しますので」

微妙に漂う緊張感をメイの声が打ち砕く。

「君は……」

ショーコ先生の視線がメイに向いた。

「初めまして、お客様。私はメイドロイドのメイと申します」

「ああ、うん。よろしくね。私はショーコだよ」

「はい、ショーコ様。よろしくお願い致します。それでは食堂でお食事会の準備を致しますので」

そう言ってメイはサッと食堂へと引っ込んでいく。その後ろ姿を見送ったショーコ先生が俺に視線を向けてきた。なんだろうか？

「あのメイドロイド……メイ君？　なんだか少し私に似てないかい？」

「……そうかな？」

そう言われれば若干似ているような気がしないでもない。まぁ、胸のサイズはショーコ先生のが上だけど。ミミにも匹敵する胸部装甲の持ち主だからな。ショーコ先生は。

「眼鏡で長髪ってところはそうかもしれないけど、全体的な雰囲気は全く別だと思うぞ？」

「ふーん……ヒロ君がそう言うならそうなんだろうね」

なんだろう、その微妙に含むところがありそうな反応は。いつの間にか俺はショーコ先生のフラグを立てていたというのか？　いやいや、それはないだろう。流石に無い……無いよな。うん、無い。

「ところで、これで全員かい？　どこかにまだ女の子を囲っているんじゃないだろうね？」

「全員です。というか、そんな人のことを女たらしみたいに……いや、うん。そうなんだけど。否定はできないんだけど。ちゃうねん」

「何がちゃうねん」

「ちょっと弁護できないわ」

「えっと……ヒロ様は優しいので」

「それはあんまりお兄さんへの弁護になってないと思うなぁ……」

「我が君ならこれくらいは当然かと」

「……ノーコメントです」

全体的にみんなの言う通りなのかもしれないけど、クギの理屈だけは全く理解できない。これくらいは当然ってどういうこと？　別に文句はないけどさ。

「相変わらずなんだねぇ、ヒロ君は」

「傭兵《ようへい》業をやっていると色々あるんですよ。本当に」

狙って女性クルーばかりを増やしているわけじゃ……無いこともないけど、めぐり合わせだからね。こういうのは。そういう意味ではショーコ先生も大歓迎ですよ、ええ。大歓迎ですとも。もうどうにでもなぁれ。

☆★☆

「それにしてもなんというか、イメージと違うよねぇ……」

ショーコ先生が広々として清潔なブラックロータスの食堂を見回しながら呟く。

「それ、うちの船に来た人は皆言うんだよな。取材に来た報道関係者とか、臨検に来た帝国軍人とか。帝都のお偉いさんとかも同じ反応だったな」

「傭兵の船といえば殺風景、粗雑。言葉を選ばずに言えば汚い、ってイメージですよね！　敢えて逆を狙ってプロデュースしました」

ミミがそう言ってドヤ顔をする。元を糺《ただ》せばミミがクリシュナの内装をハイエンドの高級客船仕様にしたのがブラックロータスの内装を決めるための基準となったので、ミミの言うことは間違ってはいない。無論、俺自身もどうせなら綺麗《きれい》で清潔で広々としている方がメンタル面でも良い効果があるだろう、とそう考えてミミの案に同意したわけなのだが。

「それで、ショーコ先生はなんでこんなところに？」

食堂の隅に設置されている酒飲み用クーラーボックスからよく冷えたビールを取り出してきたエルマがストレートな質問をショーコ先生にぶつける。

「あー……それねぇ。うーん、話しづらいなぁ」

エルマからビールの入った保冷ボトルを受け取ったショーコ先生が苦々しげな表情を浮かべる。あまり何かを言い淀《いよど》むってイメージがない人なんだが、随分と言いにくそうにしているな。何かよほどの事情があるのだろうか。お金絡みとか？

「そんなに話しづらいなら無理には聞かないぞ。困っているなら相談に乗るし」

「いや、そういうわけじゃあないんだけどね……というか、ナチュラルに助けようとするね？　そういうところがこんなに沢山の女の子を惹《ひ》き付ける手練手管かい？」

「美人には優しくしておくと後で得をするんだ。まぁそれは冗談として、知らない仲でもない相手が困っていれば話を聞くくらいはする。実際に助けられるかどうかはその時によりけりだけど」

「言うて、兄さん大体助けるやん」

「お兄さんが助けられないパターンって殆どないですよね」

そんなことはない。俺にだってどうしようもないパターンはいくらでもあると思うぞ。具体的にどんなの？　と言われると、そうだな……三日後に爆発する惑星から全住民を救い出せ、とかは流石に無理だ。俺じゃなくても無理だと思うが。

「あー……いや、君達に言わないのは逆に不義理だから言うよ。実はね」

「うん、実は？」

俺達に言わないと逆に不義理ってのはよくわからないが、興味はあるのでちゃんと聞くことにする。

「その、君達がアレイン星系を去ってからなんとなく傭兵業というか、そっちの方に興味が湧いて調べたり、書籍に目を通しているうちに、憧《あこが》れちゃったんだよ。良い歳《とし》してこういうのはちょっと恥ずかしいんだけどね」

「……なるほど？」

ちょっと今の状況とショーコ先生の言動が繋《つな》がらない。頭のいい人ってたまにこういうところあるよな。こう、過程を吹っ飛ばしちゃうみたいな。

ええと、俺達がアレイン星系を出た後にショーコ先生は俺達というか、傭兵業というか、多分宇宙を股《また》にかけてあちこちに行くような生活に憧れたと。それはわかった。

「それがどうして帝国航宙軍で軍属をやることに？」

「一から詳細に話すと長くなるんだよねぇ、その話は。簡単にまとめると、仕事が上手くいって長期休暇を取れることになったから、キャリアアップとプチ旅行を兼ねるつもりで帝国航宙軍の臨時求人に応募したわけだよ。うちには私みたいな遺伝子工学やナノマシン工学の研究者兼医者って人材がそこそこにいるから、軍からそういう求人が来ることがあるわけだね。会社としても軍に恩を売れるし、帝国に貢献したという実績も得られる。私達現場の人員は割の良い給料と会社での功績査定に大きくプラスされる。軍は軍で優秀な医者兼研究者をアウトソーシングできるというわけで、Win-Win-Winなわけだ」

「なるほど。それで偶然セレナ大佐の船に配属されたと」

「うん、まぁそういうことだねぇ。本当は船医枠で応募していたんだけれど、私の実績を見た軍が研究者枠としてオファーしてきたみたいでねぇ。私は医者であると同時に遺伝子工学とナノマシン工学の研究者でもあるだろう？　今回のアレを研究する際にナノマシン工学の分野での知識が必要になるんじゃないかと軍には思われたようでね。ナノマシン工学では材料工学系の知識も使うから、都合が良かったわけだ」

そう言ってショーコ先生が肩を竦《すく》める。本来の希望とは違う職場に配置されたけど、結果的に俺達と再会できたというわけか。

「それで再会することになるのって、この広い宇宙で物凄《ものすご》い確率だな……世間は狭いというかなんというか」

「まぁ、ヒロだし」

「ヒロ様ですし」

「俺がなんかそういう超低確率の事象を手繰り寄せる特異点みたいな言い方やめない？」

「いやぁ……それを否定するのは難しいんやない？」

エルマ達の言動を耳にしたショーコ先生がクスクスと笑う。

「普段からこういう感じなんだねぇ、ヒロ君は。じゃあ私と再会したのも運命的な何かなのかな？」

「まさかショーコ先生の口から運命的なんて言葉が出るとは。意外とロマンチストだったり？」

「傭兵のような自由な生活に憧れて会社を飛び出して軍属として働くくらいには夢見る少女だよ」

くっ、からかっても簡単に受け流してくるな。手強《てごわ》い。夢見る少女なんて年齢か？　みたいなツッコミは入れないぞ。あれは罠《わな》だ。女性に年齢の話はタブーである。

「実際のところどうなのかね。ショーコ先生がうちに来てくれるってんなら本当に歓迎するけど」

「うーん、それは魅力的な提案だね。この船は広くて綺麗だし内装も良い感じだし。うちの社宅よりも居心地は良さそうだ。ただ、私も企業に所属している以上はこの船に乗るとなると色々と手続きがね……」

「その辺の手続きならメイさんが手伝ってくれますよ」

「お任せください。完璧《かんぺき》なサポートをお約束致します」

ウィスカに紹介されたメイがいつにもましてキリッとした無表情で名乗りを上げる。うん、キリッとした無表情という表現が矛盾を孕《はら》んでいるのはわかるんだが、無表情なのにどことなく誇らしげというか得意げな雰囲気が滲《にじ》み出《で》ているんだよ。声もいつも通りのフラットな感じなのに何故そう見えるのかは俺自身も不思議に思うんだが。

「何にせよ今の契約が終わってからだね。途中で仕事をほっぽり出すワケにもいかないし、イナガワには義理も恩もある。そう簡単にはいかないよ」

もううちに来るような前提で話をするウィスカとメイにショーコ先生が苦笑を返す。まぁ、確かに契約は大事だし、うちに来るにしても前の職場に後足で砂をかけるような真似《まね》はするべきじゃないな。もしショーコ先生がうちのクルーになってくれるということであれば、彼女のために設備も色々と揃《そろ》えなければならない。

「なら、今回の仕事が終わったら一旦《いったん》アレイン星系まで足を伸ばしても良いかもな。社交辞令とかじゃなく、ショーコ先生がうちのクルーになってくれる気があるならだけど」

「いや、それは……良いのかい？　本気にするよ？」

「本気にしてもらって結構だ。簡易医療ポッドでも普段の健康の維持は最低限可能だけど、優秀な船医がいてくれればそれ以上に安心だからな。多少の手間なんてなんでもないさ。俺はそう考えてる」

そう言って同意を求めるためにミミとエルマに視線を送ると、二人とも頷《うなず》いてくれた。整備士姉妹やクギはショーコ先生の診察を受けたことがないだろうから判断するのが難しいだろうけど、ミミとエルマはショーコ先生の診察やアドバイスを受けているからな。

「本当の本当に本気にするよ？　良いんだね？」

「俺に二言はない。いや、たまにあるかもしれないけど、この件に関しては無いから安心してくれ」

そう言って手を差し出すと、ショーコ先生は俺が差し出した手を取り、しっかりと握ってくれた。

「じゃあ……お言葉に甘えるよ。そのためにも、まずは今目の前にある問題を片付けないとね」

「それはそうだな」

ショーコ先生がうちのクルーになることを決心してくれたのは目出度《めでた》いことだが、まずは例のタマの件にしっかりとケリをつけないとな。まぁ、現状俺にできることは何も無いからただただ待つしか無いんだが。

#6：最辺境領域のその先へ

そうして待つこと一週間弱。俺にとっては試練の一週間弱であった。何が試練かって、とにかく退屈なのである。クギの付き添いで研究室に行っても特に俺にやることはないし、宙賊もほぼ掃討が終わっているので出撃する用事もない。

というわけで、半分くらいは付き添いをメイに頼んで、俺と同じく研究室に行っても何もやることがないミミとエルマと一緒にまったりしっぽりと過ごしたりしていた。ドーントレスにショッピングに行ったりもしたけど。

「そんでなー、なんとかあのタマがやり取りしている内容に関しては大体やけど翻訳する目処《めど》がついたんや」

「なるほど。成果が出てよかったな」

そして、夕方から夜にかけてはティーナとウィスカのターンである。俺が日中研究室に行っている場合は逆転するけど。

「後半は私達もやることがなくて、あのタマの甲殻の研究を手伝ってたんですけどね。それにしても凄いですね、ショーコさんは。ナノマシン制御用のプログラミングとかアルゴリズム構築の応用だって言っていましたけど、専門外のことに応用してしまう発想力が凄いです」

「あれはうちらも見習いたいよなぁ」

三人でソファに腰掛けて俺の右にティーナ、左にウィスカというのが三人で過ごす時の定位置である。二人ともピッタリと密着してくるのでとても温かい。こうしてくっつくために部屋の温度を若干低めに設定してある辺り、割と用意周到である。

「そういや兄さんはどうなん？　クギとは」

「どうとは？　と聞くのは野暮だよなぁ……うーん、良い子すぎて正直手を出しにくい」

「あー、それめっちゃわかるわー。めっちゃ良い子なんよな、あの子」

「なんかこう、手折《たお》ってはいけない花みたいな……伝わる？」

「ニュアンスは伝わってきます」

もう少しこう、エルマとかティーナ程とまでは言わないけどせめてミミとかウィスカくらいにはくだけてくれると良いんだが、なんというか温室育ち１００％の純粋培養。お役目を全力で果たします！　なんなりとお申し付けください！　的な良い子オーラ全開で接されるとどうにも手を出しにくいんだよな。別に俺は自由恋愛至上主義者でも据《す》え膳《ぜん》を食わない鈍感系ヘタレ男でもないつもりだが、あんなに純粋な視線を向けられるとちょっと眩《まぶ》しすぎる。

「でも、いつまでも手を出さないってことにはならんやろ？」

「それはそうね。そのうちね」

「お兄さんは手が早いのか奥手なのかよくわからないですよね……私達に手を出すのも時間がかかりましたし」

「それは仕方のないことだったんだ。許してくれ」

流石《さすが》にこの二人に手を出すのは勇気が必要だったんだよ。色々な意味で。一度吹っ切れてしまったらもうなんでもないけどさ。

「あんまり待たせるのはやめたげてなー？　仲間外れは寂しいんよ」

「善処する」

とはいえ何か切っ掛けが欲しくはあるなぁ……いや、そんなことを考えているからなかなか手が出ないのだろうけれども。切っ掛けは待つものではなく作るものだしな。

☆★☆

切っ掛け作りを何か考えないとな、などと思っていたら向こうからその切っ掛けがやってきた時って純粋に喜んで良いのか迷うよな。

「我が君、修練をしましょう」

「修練か」

「はい、修練です」

クギの部屋に呼ばれた俺は、彼女の部屋で向かい合って座っていた。なんとなく正座で。

いや、どうもヴェルザルス神聖帝国は和風文化っぽい感じのある国であるようで、彼女の私室は畳めいたマットが敷かれているのである。当然、畳っぽいマットの上は土足禁止で、彼女の部屋の入り口には靴を脱ぐためのスペースが設けられているのだ。

そんな彼女の部屋に呼ばれて来てみたらしっかりと座布団も用意されていたので、なんとなく正座で座ってしまったというわけである。ちなみに、クギもしっかりと俺の対面で座布団の上に正座をしている。

「修練とはつまりどのようなことをするんだ？　瞑想《めいそう》とか？」

「それも有効ですね。自分の内から湧き出る力に意識を向け、制御をするのには瞑想はとても向いています。ただ、今の我が君にそれをするのは難しいでしょう」

「そうなのか」

「はい。我が君は既に時空間制御や運命操作といった極めて強力な能力を発現させていますが、それは無意識下でのもの。それを意識下で制御するために、まずはご自身の力を知覚して頂く必要があります」

「なるほど」

クギやコノハとの修練――主に念動力の――はチマチマと続けていたし、クギに手解《てほど》きを受けて精神的な防壁を構築する練習なんかもちゃんと続けていた。なので、今の俺はその二点に関してだけはヴェルザルス神聖帝国の基準でも駆け出しと認められる程度の基本的な能力を使えるようになってきている。

しかし、クギの言うように第三法力――時空間や運命を操る能力に関しては未《いま》だにまともに修練すらできていない。息を止めて自分以外の時間の流れを鈍化させる能力にしたって何故《なぜ》そうすることによって発動するのかもよくわかっていない。俺は感覚で能力を使っている。だから、その辺りを訓練するためにまずは自身の力を知覚するというのは大事なことだろうと思う。知覚すらできていないものを制御したり、訓練したりするのは不可能だ。

「話はわかった。それで質問をしたいんだが」

「はい、我が君」

「どうして布団が敷いてあるのだろうか」

ついでに言えば、何故クギさんはそんなに薄着なのだろうか。しかもなんか生地が薄くて透けてるんですけども。いやわかる。わかるよ。俺も馬鹿じゃないから意図もこの先の展開も予想がつく。それでも聞かずにはいられない。

「尤《もっと》もらしい理由はないでもないんですよ……？」

「尤もらしいって自白してるじゃないか……でも一応聞かせてもらっても良いかな？」

少し俯《うつむ》き、顔を赤くしながら落ち着かなそうに視線を逸《そ》らしたり逸らさなかったりって仕草はこう、グッとくるので控えて欲しい。俺もなんだか恥ずかしくなってくる。

「あのっ、以前我が君と触れ合って精神を繋《つな》げたことを覚えてらっしゃいますよね？」

「それはもう。あれほど鮮烈な体験はそうそうあるものじゃないよな。はっきりと覚えてるよ」

あれはクギと始めて出会った時のことだ。突然現れた彼女は唖然《あぜん》としている俺と額を触れ合わせ、精神と精神を繋ぎ合わせた。そこで俺の精神というかサイオニック能力の状態を確認して、マズかった部分に応急処置を施してくれたんだったな。

「あれよりももっと深く、もっと強く繋がり合うのに最適なのです……その、こういうことが」

「クギみたいな娘がそういう火の玉ストレートな言い方をするのはこう……なんというか、とても妙な気分になる」

クギも顔を真っ赤にしてるが、俺もなんか妙に恥ずかしいというかなんというか……クギの羞恥《しゅうち》心《しん》がテレパシーで伝搬してきているのだろうか。

「それでええと……どうして深く強く繋がり合う必要があるんだ？」

「そ、そういった契りを結ぶことで、お互いの存在を強く感じ取れるようになったり、お互いの法力を合わせて強力にしたり、いざという時に制御の助力をしたりと、できることの幅が広がるのです。他にも手っ取り早く法力の修練を積むことも可能ですし……」

顔を真っ赤にしたクギが目を逸らしながらそう言う。頭の上の狐耳《きつね》が忙《せわ》しなくピコピコと動いているのは緊張しているからなのだろうか。いや、勿論《もちろん》こんな話をして平常心でいられるわけがないとは思うが。

「それが尤もらしい理由ね」

「そ、そうです……」

もう良いだろう。これ以上はなんというかその、特殊なプレイみたいになりそうだし。ここまでされて手を出さないのは流石にちょっとな。

「野暮なことはもう聞かないからな」

「は、はい……あっ」

正座を崩して膝《ひざ》立ちでクギに近づき、クギの頬に手を添える。顔は真っ赤だし、少し震えているな。まずは少しリラックスさせるところからだ。

☆★☆

新しい朝がきた。

「おはようございます、我が君」

目を覚ましたら、それはもうこれ以上ないニコニコ笑顔のクギと目が合った。心なしか、お肌がつやつやしているように見えるのは気のせいだろうか。

「もう無理寝る」

「おはよう、ございます、我が、君」

布団を被《かぶ》って閉じこもろうとしたが、クギがぐいぐいと布団を引っ張ってくる。くそぉ、力が強い。このままでは何の罪もないお布団が引き裂かれてしまいそうなので、お布団の中に閉じこもるのを諦《あきら》めることにする。

「おはよう、クギ」

「はい、おはようございます」

ニコニコしているクギは既にしっかりと服を着込んでいた。昨夜《ゆうべ》の詳細に関してはコメントを控えるが……なんだろう。夢でも見ていたような気分だ。身体《からだ》も心も蕩《とろ》け合うような一時だったというかなんというか。癖になりそう。

しかしクギの方が立ち直りが早いのは何なんだろうね？　身体的なスペックの差か、それともテレパシーを使ったアレコレの経験の差か……両方かもしれんな。

「我が君、何か気づきませんか？」

「何かって……ん？」

クギに言われて気付いたが、何かこう、今までにない感覚が芽生えている気がする。いや、はっきりと自覚できるようになったと言うべきか？　五感とは違う、全く別の感覚の存在をはっきりと感じる。

「感度が上がってるな、明確に」

「はい。此《こ》の身がしっかりと調律しておきましたので」

「楽器か何かかな？」

この超越的とも言える感覚を言語化するのが難しい。目を閉じていても、何をしていても感じるのだ。クギの存在を。それだけでなく、他のあらゆる生命体の存在を。脳の中心よりもっと深い場所で、生命の息吹というか煌《きら》めきのようなものを感じる。

「こりゃ凄《すご》いが、ちょっと慣らさないと頭が混乱しそうだ。ただ、これは凄いな」

「少しずつ馴染《なじ》んでいけば、いずれは力の制御も上手にできるようになると思います。まずは少しずつ、ご自身の中に在る力と新しい感覚に慣れてください。不安があればすぐにご相談くださいね」

「わかった。とりあえず……」

「はい」

「シャワーを浴びたいな」

☆★☆

ササッとシャワーを浴びてクギと一緒に皆の集まっている休憩室に行くと、足を踏み入れるなり全員から視線が集まってきた。ミミはなんだか顔を赤くしてモジモジしているし、エルマも同じく顔を赤くしてジト目で睨《にら》んできている。ティーナはニヤニヤしていて、ウィスカは俺に視線を向けては逸らすという感じだ。メイとコノハはここにはいない。コノハは自室に籠《こ》もってるみたいだな。メイはそもそも存在を感じ取れない。メイドロイドは生命体じゃないからだろう。

「おはよう、皆」

「お、おはようございます。ヒロ様」

「……おはよ」

「おはよーさん」

「お、おはようございます」

反応が妙である。クギに視線を向けてみるが、彼女も顔を赤くしつつ汗を垂らしている。今シャワーを浴びてきたばかりなのに。なんだろう、この空気は。なにか致命的な事態が起きている気がしてならない。いや、反応を考えればある程度の当たりはつけられるが。

「もしかして、何か漏れてた？」

「漏れるというか、突き抜けてきたというか……」

「私達は発信源がわかってたから理解もできたけど、そうじゃない人達はわけも分からずびっくりしてたんじゃないかしら」

「……クギさん？」

「できるだけ抑えはしましたが、我が君の力が強すぎまして……でもここまでとは」

そう言いながらクギの顔が徐々に赤くなっていく。というか、もう真っ赤である。

どうもこれはあれだな？　昨晩クギと身も心も溶け合わせてイチャイチャしてたのがテレパシーを通じて筒抜けになってたな？

「いい？」

「アッハイ」

皆が腰掛けているソファにも座らずにクギとこそこそ話をしていたら、エルマに声をかけられた。声がなんか怒ってる。怒ってるよね？　いや怒ってないのか？　なんだかそこはかとなく感情が伝わってくる気がする。これもクギの調律とやらの効果か。

「一晩中あんた達の桃色毒電波に晒《さら》された私達にお詫《わ》びをするべきだと思うのよ」

「桃色毒電波」

エルマのネーミングセンスは実にユニークだな。ＨＡＨＡＨＡ！

「この度はご迷惑をお掛け致しました」

床に正座して腰を深く曲げて頭を下げる。完全なる土下座である。白旗である。

「言葉だけじゃ誠意って伝わらないものよね」

エルマが静かに立ち上がり、俺に近寄ってくる。目が据わっててコワイ！

「せやな」

いつの間にか――いや気づいていたけど――忍び寄ってきていたティーナが俺の左腕を掴《つか》み、エルマが右腕を掴む。ちょっと、力が。力が強いです。一人相手でも腕力じゃ敵《かな》わないのに、二人がかりとか勝てるわけ無いだろ！

「ちょっと待て落ち着こう今日はそろそろ出撃になる筈《はず》だしこんな時間から遊んでいる暇は」

「ミミ」

「はい」

引きずられる俺と引きずるエルマとティーナに追従してきていたミミがタブレット型端末の画面を俺に見せてくれる。なになに？　謎の現象によりドーントレス各所で風紀の乱れ？　ドーントレスの憲兵当局は艦内に持ち込まれたアーティファクトによるものだろうという見解を発表し、大規模な調査を始めているとのことですか。なるほどね？　ブラックロータス内部だけに止《とど》まらず結構広い範囲に漏れてたのね？

「少なくとも今日一日は大騒ぎだろうから、セレナ大佐も動けないわよ。ということで観念しなさいね」

「やさしくしてください」

いくら俺がこっちの世界に来てから身体を鍛えたとは言っても、限度というものがあるので。四人相手に勝てるわけ無いだろ。常識的に考えて。

☆★☆

「あっはっはっは！　いやぁ、一昨日《おととい》の夜から昨日にかけてはしっちゃかめっちゃかの大騒ぎだったみたいだねぇ」

翌日。レスタリアスの研究室を訪ねると、ショーコ先生があっけらかんと大笑いしていた。

「笑い事じゃ……ショーコ先生のとこは大丈夫だったんですか？」

「ちょうどその頃に精神波排除装置《サイオニックディスプレイサー》の試作機を稼働させていてね。私とウェルズ氏は外の大騒ぎを全く知らずに研究に没頭していたんだよ」

「結果として試作機の性能が十分であると証明されたのは良かったよ」

そう言ってウェルズ氏も肩を竦《すく》めている。残念そうな感情が全く感じ取れないんだが、ウェルズ氏はショーコ先生にそういう類の感情を抱かない人なのかね？　ショーコ先生も美人だと思うんだが。

などと雑談をしていると、研究室に誰かが入ってきた。ああ、誰かと思えばセレナ大佐とロビットソン大尉か。なるほど、二人の気配はこんな感じね。覚えたぞ。ところでセレナ大佐は何故そんなに猛々《たけだけ》しい気配を纏《まと》っておられるのでしょうか？　今にも剣を抜いて切りかかってきそうな雰囲気を発しているだけでなく、額に青筋まで浮かべて。ほら、スマイルスマイル。

「余計なことを言うと口にプラズマグレネードを突っ込んで縫い合わせますよ」

「アイアイマム」

冗談を言ったらマジでやられそうなので背筋を伸ばして敬礼する。何故彼女が怒っているのか？　心当たりは一つしか無い。

「なにか弁明があるなら聞きますが」

「何についてですかね？　一昨日の夜から朝にかけての大騒ぎに関してということなら、うちもそりゃもう大変なことになってたんですが」

嘘《うそ》は言ってない。一昨日の夜から朝にかけてはクギを相手に、その後はメイとコノハ以外の全員を相手に大変なことになっていたからな。

「……貴方達《あなた》が原因ではないのですか？」

「愉快犯じゃあるまいし、故意にあんなことを引き起こすわけがないじゃないか」

至極真面目な表情で言い切る。嘘は言っていないからな。真実を話していないだけで。

セレナ大佐は俺の顔を不審げにジロジロと眺めていたが、やがて諦めたのか視線を逸らして溜息《ためいき》を吐《つ》いた。

「そうですよね、流石の貴方でもアレは無いですよね……すみません、あまりの大騒ぎに気が立っていたようで」

「……レスタリアスというか、対宙賊独立艦隊内でも色々あったんだな」

「それはもう……幸いというかなんというか、『事故』で済んだ案件ばかりだったのは幸いでしたね。『事案』や『事件』レベルのものがなくて……ええ」

事故と事案と事件の区別がわからんが、重要度というか犯罪性の有無というか強弱で区別しているのか？　それは。何にせよそれは良かったな。

あと絶対に俺達が原因だということは言わないでおこう。最悪しょっ引かれそうだ。考えてみたらちょっとした催眠テロみたいなものだものな。うちの船の中だけの話なら気にする必要はなかっただろうが、ドーントレス全体を大混乱に陥れたということになると罰金刑じゃ済まない罪状になりそうだ。

「おや？　どうしたんだい、クギくん。汗が凄いよ？」

「な、なな、なんでもないです」

そう言うクギの表情は蒼白《そうはく》で、しかも冷や汗だらけである。クギさん？　あまりバレそうな挙動は止《よ》して欲しいんですが。

「……」

セレナ大佐がまた疑念のこもった視線を向けてくる。ノーノーノー、私達何も知りまセーン。

「すまん、クギ。明け透けに話しちゃって……疑念を払拭《ふっしょく》するために仕方なくな」

「は、はい、我が君」

というデリケートな話題なので、あまり突っ込んで聞かないでくれという視線をセレナ大佐に送っておく。それはそれで気に食わないという感じで睨まれたが、俺がクギとか他のクルーと『大変なこと』になっていたとしても、セレナ大佐にどうこう言われる謂《いわ》れはない。ないったらない。

ちなみに、本日の同行者はクギのみである。整備士姉妹は昨日のあれこれでダウンというか疲れ果ててダラダラしているのだ。ミミとエルマはそもそも来る必要がないし、メイには留守を守ってもらう必要があるからな。

コノハ？　コノハはね……一昨日から殆《ほとん》ど部屋から出てきていない。出てきた時にも絶対に俺と顔を合わせないように立ち回っている。なので、俺も彼女の行動を尊重して顔を合わせないようにしている。彼女の反応も理解できるからな。

「……まぁ、良いでしょう。なんとか騒ぎも収まりましたから、十二時間後に出航します。案内役としてスクリーチ・オウルズも随行することになるので、そのつもりで」

「了解。それじゃあ俺達も出港準備を整えておくとしよう。クギ、船に戻るぞ」

「はい、我が君」

タマ達が俺とクギが垂れ流した桃色毒電波の影響を受けて異常行動なんかを起こしていないか聞きたかったんだが、タイミングを逃したな。まぁ、ショーコ先生もウェルズ氏も何も言っていなかったし、特異な変化は見られなかったのかね。今度機会があったら聞いてみるとしよう。

☆★☆

「で、やっと出陣ってわけね」

昨日の疲れが取れきっていないのか、若干気怠《けだる》げな雰囲気を纏ったままエルマが呟《つぶや》く。肌艶《つや》は良いので別に体調が悪いというわけではなさそうだ。

「あの、クギちゃんはどうしてあっちで小さくなっているんですか？」

ミミが休憩スペースの隅っこ——テラリウムの辺りで三角座りをしているクギを見て心配そうな表情を浮かべている。

「あー……ほら、一昨日のアレ」

「桃色毒電波？」

「その言い方やめない？　まぁ、それなんだけれども。思ったよりも広範囲に被害をもたらしていたのを知ってな」

「なるほどなぁ」

「あれな、神聖帝国では恥ずかしい行為であることには違いないけど、基本的に各々いくらでも自衛できるから罪でもなんでも無いんだとよ」

「あー……なるほどね」

事情を察したエルマが苦笑いを浮かべる。

「それがこっちではテロ行為扱いだからな。そこまで深く考えずにやらかした上に、それで下手すると俺がしょっ引かれかねないということを今日知って落ち込んでいるんだ」

「なるほど……確かにあれはちょっとしたテロ行為ですよね」

ウィスカの言葉が聞こえたのか、俯《うつむ》いたままのクギの獣耳がピクリと動く。

「クギ、大丈夫だから。証拠もないし、疑惑を向けられたとしても立証は不可能だ。頭の中身を直接覗《のぞ》かれるような尋問でもされれば話は別だけど、疑惑程度でそこまでのことはされないし」

宙賊などの重犯罪者でもない限り、脳味噌《のうみそ》の中身を直接覗くブレインハックによる尋問はされないって話だからな。ドーントレスには対サイオニック関係の装備は配備されていないという話だし、俺達の犯行——犯行と表現すべきものかどうかはわからないが——であるということがバレることはない筈だ。

「言うて、行く先々でこんなことやってたらそのうちバレそうやけどな」

「もう大丈夫だ、多分」

俺もクギに調律とやらを施してもらったお陰で自分のサイオニックパワーをかなり自由に操れるようになったからな。意図的にやらない限りこの前みたいなことにはならない筈だ。

「とにかくそう時間を置かずに出航することになるから、各自準備と体調の調整を頼む」

「それはわかったけど……あんた元気ね」

「なんだか身体の調子が良いんだよな」

エルマもミミもティーナもウィスカも昨日のアレコレで結構お疲れのようなんだが、俺はなんだかかえって身体の調子が良いくらいなんだよ。なんだろう、もしかしてサイオニックパワーの制御ができるようになった結果、体力の底上げでもされたのだろうか？

「出港の準備って言ったたって物資の補充も機体の整備も終わってるから何も無いわよ。体力が有り余ってるならクギを慰めるなりコノハをフォローするなりメイを構うなりしてあげなさい。私達は適当に体調整えておくから」

「了解」

コノハはなぁ……正直どう接したら良いのやらわからんのだが。彼女もヴェルザルス神聖帝国の武官なのだから、垂れ流した程度のアレではどうにもなってないと思うんだけど、妙に俺を避けてるしな。まさかまともに食らってとんでもないことになってるとかじゃなかろうな？

メイなら動向を把握しているだろうから、ちょっと聞いてみるか？　プライバシーに配慮した範囲でどうなっているかの確認だけはしておこう。

まずはそこで縮こまっているクギを慰めて、それからメイのご機嫌を伺いに行くとするかね。

☆★☆

出航し、作戦行動に入ってからの艦隊の動きは速かった。流石は対宙賊独立艦隊といったところだな。宙賊相手にちんたらとしていては逃げられるので、普段からキビキビとした艦隊行動を心がけているというわけだ。

「エッジワールドってものすごく危険なイメージだったんですけど、案外何にもありませんね」

「そりゃそうよ。ドーントレスから離れたら宙賊や宇宙怪獣がひっきりなしに襲ってくるような魔境だったら流石に探索者も寄り付かないしね」

ブラックロータスの休憩スペースでミミとエルマがのんびりとおしゃべりをしているのを横目に、俺はメイに膝枕《ひざまくら》をされながら頭を撫《な》でられている。今日はメイ感謝デイなので力の限りメイに甘やかされているのだ。というかメイに愛《め》でられているのだ。

対宙賊独立艦隊と一緒に艦隊行動をしている間はあちらのオーダーに従って半自動航行になるので、メイがこうして俺を構っていても何の問題もないというわけだな。

クリシュナはハンガーに格納してあるし、アントリオンはブラックロータスにくっついているから操縦の必要も無い。この艦隊に襲いかかってくる宙賊なんているわけもないし、宇宙怪獣が出たとしてもこの艦隊戦力なら俺達が出る幕はほぼ無いだろう。

「……本当にそんなにのんびりとしていて大丈夫なのですか？」

「今更ジタバタしてもできることなんて大してないから良いんだよ」

少し離れたところから俺にジト目を向けてきているコノハにヒラヒラと手を振りながらそう言う。

装備の整備と確認は完璧《かんぺき》だし、そもそも今回俺達は主力じゃないからな。あくまでもピンチヒッターかつ貴重なサイオニック能力に関するアドバイザーとしての同行なので、何かが出てきても航宙戦に参加する予定も無ければ、よくわからん未開惑星の地表に降りて危険極まりない鉄蜘蛛《てつぐも》めいた殺人ボールとチャンバラをする予定も無いのだ。精々やったとしてもクリシュナで近接航空支援をするくらいだろう。

「うちらとしてはあんまり面白みのない仕事よなぁ」

「私達の出る幕が無いもんね」

「何か手に入ったとしても、異星文明起源のアーティファクトは流石に二人の手にも余るよなぁ」

ティーナとウィスカの専門はきちんと技術体系の存在するシップテクノロジーなので、未知のよくわからん異星文明起源のテクノロジーなんぞを万が一手に入れたとしても、どうにもこうにも手に余るのである。

「まぁ、あのタマ起源の新しい装甲材には期待しとるんやけどね。アレはたしかに面白い素材やと思うわ」

「けどコストがねぇ……量産の目処が立てば良いけど」

「装甲材って張り替えするとなると高いわよねぇ」

「それな」

船の装備で何が一番高いかって言うと実は装甲材なんだよな。最低限の装甲だと滅茶苦茶安いんだが、グレードを上げれば上げるほど値段が指数関数的にお高くなる。クリシュナみたいな小型艦でも軍用の最高グレードの装甲と通常装甲では費用の桁《けた》が二つくらい違うからな。あのタマの甲殻だか装甲だかから開発される装甲の価格がどれくらいのお値段になるのかは現時点では想像もつかん。

「目的地はもう一つ先の星系やったっけ？」

「リッシュ星系ですね。ドーントレスの停泊していたケンサン星系からハイパーレーンで二つ先の星系になります」

「星系情報ってあるのか？」

「私もさっき見たけど、情報は殆ど無きに等しいわよ。B型主星系で、惑星数は四つ。外縁部に岩石と氷塊混じりの小惑星帯があって、四つの惑星はいずれも岩石系の惑星ね」

「氷塊混じりの小惑星帯かぁ……宙賊の温床になりそうだなぁ」

氷塊系の小惑星帯からなら水を得られるし、水が得られるならエネルギー面さえなんとかなれば食料や水も自給できる可能性がある。そうなると宙賊どもが拠点を作りやすくなるんだよな。まぁ、それはコロニー植民をするグラッカン帝国にしても同じことなんだが。

「既に根を張ってるかどうかが問題ね。宇宙怪獣の類の目撃報告は今のところないみたいだし、とっくに宙賊が中継基地を作ってる可能性はあるわよね」

「まぁ、そうだとしても今回は問題にならないだろ。今後このあたりを領地として帝国に組み込んで、実際に植民する段になってからだ。そういうのが問題になるのは」

仮に宙賊が目的地のリッシュ星系に基地を構えていたとしても、今回の調査の間に対宙賊独立艦隊に何か仕掛けてくる可能性は低い。寧《むし》ろ息を潜めて見つからないようにするんじゃないかな。

「その宙賊を探して狩ったりはしないんですか？」

「セレナ大佐次第だなぁ。あくまでも今回の調査の目的は例のタマだろうし、余計なことにリソースは割かないんじゃないかな。本当にいるかどうかもわからないし」

ウィスカの疑問にそう答えて手を振ってみせる。

氷塊混じりの小惑星帯が存在するなら自給自足が成り立ちやすいから宙賊どもが根を張っている可能性は高くはなるが、実際に根を張ってるかどうかは別の話だからな。

「間もなく最後のハイパーレーンへと突入するようです」

「ハイパーレーン内航行時間は？」

「凡《およ》そ一時間半の予定です」

「じゃああと一時間はダラダラしてて良いな」

「はい」

俺を膝枕したまま、メイが俺の頭とお腹《なか》を撫で撫でしてくる。メイは機械の身体なのに温かいし柔らかいし本当に不思議な存在だよなぁ。オリエント・インダストリー恐るべし。

#7：開花する能力

「ヒロ様、セレナ大佐からレスタリアスまで来て欲しいと連絡が」

「あァン？　なんで？」

リッシュ星系に着いて目的地であるリッシュⅢの周回軌道上に布陣したところでミミから妙な報告を受け、思わず胡乱《うろん》げな声で聞き返してしまった。いや、だってこのタイミングで直接顔を合わせて話したいとか内容がちょっと予想つかないんだもの。

「パワーアーマーの慣熟訓練に付き合って欲しいとのことです。注文した品を受け取ったは良いものの、全然練習する機会がなかったそうで」

「なるほど……ってあの人また自分で地表に降りるんか」

「帝国貴族としてはねぇ……」

「艦隊の最高指揮官が前線に出張る悪習やめんか……？」

「伝統だから」

そう言ってエルマが肩を竦《すく》めてみせる。宇宙空間の艦隊戦なら指揮官が多少後ろにいたところでどうせ被弾は避けられないだろうからってのは理解できるけどさ、白兵戦で前に出るのはどう考えても危ないし非効率的でしょ……まぁ伝統だからって言われたらあんま強く否定もできないんだけどさ。

「じゃあパワーアーマー積んでくか……エルマも一緒に来てくれ。滅多なことはないと思うが、勢い余って俺が負傷とかしたら帰りの操縦を任せたい」

「仕方ないわね。まぁ、どうせアントリオンは近接航空支援には使えないから良いか」

アントリオンの主武装は高出力レーザーザービームエミッターで、サブウェポンはシーカーミサイルなので今回行われるリッシュ星系での近接航空支援には向かない。タマどもにはあまり熱光学系の兵器が効かないからな。恐らくクリシュナの散弾砲の方が有効だろう。いや、歩兵やパワーアーマーが使う熱光学系兵器よりも航宙艦の装備している熱光学系兵器の方が出力が遥《はる》かに上だから、効かないことは無いのかな？　まぁ散弾砲の方が効きそうなのは確かだな。

ということで俺とエルマの二人でクリシュナに乗ってレスタリアスへと移動したわけだが。

「一緒に地表に降りていただけませんか？」

そう言ってにっこりと笑みを浮かべるセレナ大佐。にっこりと笑顔を返す俺。

「帰ります」

「待って待って待って急に真顔になって帰ろうとしないで」

セレナ大佐が全力で俺に縋《すが》り付いて引き留めてくる。ええい離せ、貴族特有の強化された身体能力を無駄に発揮しやがって。力が強いわ！

「嫌に決まってんだろ！　絶対あの殺人鉄蜘蛛とかその親玉とかとチャンチャンバラバラドンパチドンドンになるに決まってるじゃねぇか！　前に同じような感じでテラフォーミング中の惑星に降下した時にも酷《ひど》い目に遭ったわ！」

「そういう時に貴方《あなた》がいると頼りになるんですよ！　今回は私の他にも貴族兵がいますが、背中を

預けたことがあるのは貴方だけなんです！　専用のパワーアーマーを用意してるのは私と貴方だけですし！」

「絶対に！　嫌だ！　ＨＡ！　ＮＡ！　ＳＥ！」

今回はクリシュナかブラックロータスから高みの見物をするつもりだったんだよ！　誰が好き好んでわざわざ死地に飛び込むかってんだ。

「報酬！　報酬ははずみますから！　艦隊司令官の護衛任務ということで手当てをつけますよ！」

「……いくら？」

「ええと……5万エネルほどで？」

「俺の命はそんなに安くねぇよ！　少なくとも十倍持って来い！」

「強欲すぎませんか⁉　プラチナランク傭兵《ようへい》の相場は払ってるでしょう！」

「航宙艦での戦闘や近接航空支援は契約内だけど、パワーアーマーを着て惑星降下して殺人機械めいたモンと白兵戦で戦うのは契約外だ！　契約書百万回読み直してこい！」

ギャーギャーとセレナ大佐とやりあっていると、黙って俺達のやり取りを見ていたエルマが溜息《ためいき》を吐《つ》きながら割り込んできた。

「はいはいはいはい、ストップ。そんな感情丸出しでギャーギャーやんのはやめなさい。良い大人がみっともない」

「ぐぬっ」

「くっ」

確かにちょっと感情的になりすぎ……いや感情的になるわ。これはなるわ。と言い募ろうとしたらエルマに手で制された。

「ヒロの不満はご尤《もつと》もよね。得意不得意は別としてそもそもあんたは生身での白兵戦は好きじゃないわけだし。契約外のリスクの高い仕事だものね」

俺の不満点を的確に言ってくれたエルマに対し、俺は腕を組んで深く頷《うなず》いておく。そりゃパワーアーマーを着ていれば生身よりはかなり安全になるが、それでも三重のシールドと分厚い特殊装甲に守られているクリシュナのコックピットと比べれば薄紙のようなものだ。当然危ない。油断したら四肢だの首だのが永遠にバイバイしかねない。

「でもヒロ、あんたって寝覚めが悪いのは嫌いよね？　これでセレナ大佐の依頼を突っぱねて、結果としてセレナ大佐が最悪死んだとしても後悔しない？」

「……そりゃちょっと反則だろう」

そう言われてしまうとぐうの音も出ない。もしここでセレナ大佐を見捨ててエルマの言う通りになったら、恐らく俺は心に傷を負うことになるだろう。それでもエルマやミミ達が共に在ってくれるなら前には進んでいけると思うが……ああ、もう。

「オーケー、わかった。俺の負けだよ」

そう言って俺は天井を仰ぎ、溜息を吐き出す。

駄目だ。セレナ大佐を見捨てるのは俺にはもう無理だ。いつかこうなると思ったからできるだけ距離を取って、塩対応を心がけてきたってのに。自分のチョロさというか、心の弱さに心底溜息が出てくる。

「セレナ大佐も。流石《さすが》に今回はヒロに甘えすぎだと思うわ。今後も端金《はしたがね》と義理人情だけでヒロの命を危険に晒《さら》そうっていうなら『私達』にも考えがあるわよ。意味、わかるわよね？」

「うっ……はい」

今までにない剣幕でそう言い放つエルマにセレナ大佐がたじろぐ。私達っていうのは……きっとうちの女性クルー一同という意味なんだろうな。発言の意味は深く考えないようにしておこう。俺の精神衛生のために。

「まぁ、いつかこうなるとは思ってたけどね……ヒロは美人に甘いから」

「……サーセン」

ジトリとした視線を向けてくるエルマに俺は謝罪の言葉を吐き出す他ないのであった。

☆★☆

で、結局パワーアーマーを着込んでセレナ大佐と一緒に地表に降下した俺です。なんで一介の傭兵でしかない俺が帝国航宙軍なんて軍事組織の大佐で、しかも侯爵令嬢でもあるセレナ大佐のケツ持ちをしなきゃならんのかね？　いや、なんでもなにも理由はわかりきってるか。情が移ったんだよな。セレナ大佐は美人だし、正直言って親しみが持てるというか……面白い人だから。

まさか俺が美人さん相手に「おもしれー女」なんて感情を抱く日が来るとは夢にも思わなかったよ。しかもそんな理由でこうして身の危険も顧みず側《そば》に侍《はべ》ることになるとはね。

『その……すみません』

俺の隣に立っている白騎士鎧《よろい》がしおらしい動作で謝ってくる。白騎士風パワーアーマーに若干上目遣いで謝られても全くときめかない。まぁ、パワーアーマーなり環境対応スーツなり着ていないとリッシュⅢの環境では殆《ほとん》どの人類は生存不可能なのだから仕方ないのだが。

「別に怒ってるとかそういうわけじゃないし、ちゃんと提示された報酬で仕事を受けただけなんだから、気にしないでくれ。俺は今、自分の甘さに打ちのめされてるだけだから。それより、部下に見られるぞ。シャキッとした方が良いんじゃないか？」

『それはそうですが……あの、この埋め合わせはきっとしますから。だから、その……』

「だから気にするな……って言っても無理だよな。じゃあ埋め合わせに期待しとく。とびっきりのを考えてくれよ？」

『……はい。任せておいてください』

どこか安堵《あんど》を滲《にじ》ませるような声でそう言い、セレナ大佐は前を見た。

今、俺とセレナ大佐が待機しているのは、セレナ大佐の部下達がマテリアルプロジェクターで構築した簡易指揮所である。スクリーチ・オウルズが例のタマを回収した異星文明の構造物から凡《およ》そ3ｋｍほど離れた地点だ。

「さて、鬼が出るか蛇が出るか……まぁ碌《ろく》なもんは出てこないだろうなぁ」

『やめてください。縁起でもな――』

『大佐！　目標の遺跡らしき構造物から正体不明の物体が出現しました！』

「……」

『……』

パワーアーマー越しに俺と大佐の視線がバッチリとぶつかり合う。ほら見たことか。

『映像を』

シールドで守られた簡易指揮所の中でセレナ大佐が頭痛を堪《こら》えるような声で指示を出す。パワーアーマーを着ていなかったら眉間《みけん》かこめかみ辺りを揉《も》み解《ほぐ》していたんじゃないかな。

『ハッ、映像送ります』

前線指揮官らしき男性の声とほぼ同時にホロディスプレイに彼の視界と思《おぼ》しき映像が投影される。クリアな映像だな。パワーアーマーの光学センサーから拾った画像かね。

「……こりゃ確かに正体不明と言わざるをえんわな」

思わずポツリと呟《つぶや》く。

それは名状し難き物体であった。言うなればそれは三角錐《さんかくすい》である。下部から生えた鈍色《にびいろ》に光る足だか手だかよくわからんものを動かして歩き、屹立《きつりつ》する鉛色の三角錐だ。目のように見える紋様が表面に見られるが、それが実際に感覚器としての目であるのかどうかは定かではない。威圧感よりも不気味さを感じる見た目だな。

『……あのタマのお仲間でしょうかね』

「お父さんかお母さんか、或《あ》いはお兄ちゃんかお姉ちゃんか……少なくとも、アレよりも上位の存在であることは間違いなさそうだな」

『……とにかく例の機材でコンタクトを』

『了解』

対宙賊独立艦隊の海兵達がパラボラアンテナのようなものがついた一抱えほどの大きさの機材を用意し、アンテナ部分を三角錐に向ける。あの機械こそがショーコ先生達科学者と、うちの整備士姉妹が多言語翻訳インプラントのデータベースを応用して作った対話装置である。

残念ながらタマとの会話はあちら側に完全に拒否されたので成立しなかったが、連中が相互通信に使っている精神波の解読には成功し、クギやコノハによる動作保証も得られた。

電波などを用いた既存の科学技術による通信ではなく、思念波を用いた帝国史上初の通信装置なのだ――とウェルズ氏が息巻いていたが、それが凄《すご》いものなのかどうなのか俺には判断できん。クギの故郷である神聖帝国にはもっと凄いものがありそうだしな。

『スクリーチ・オウルズの面々はアレを初めて見たそうです』

「あんなもんひと目見たら忘れられそうもないわな」

つまり、今回俺達の訪問を受けてあちら側が何かしらの特殊なアクションを起こしたということなのだろう。

「つまり、アレは状況をある程度正確に把握し、それに対して適切な手段を取捨選択して行動を起こせる程度の知性を持つ物体、ないしそういった存在の手先なり行動ユニットなりということだな」

『……胃が痛くなってきました』

純白の騎士鎧めいたパワーアーマーがゴリゴリと音を立てながら自分の腹部を撫《な》でる様はなんというかコメディチックに見えるな。折角ピカピカに磨き上げられた純白の装甲に傷が付きますぞ。大佐殿。

『大佐、目標に動きが』

帝国海兵標準のパワーアーマーを装着したロビットソン大尉の言葉でホロディスプレイに視線を

戻すと、三角錐の一部がポロポロと分離して宙に浮いていた。もしやアレは小さな三角錐の群体めいた存在なのだろうか。

まぁ、今はそんな生態観察に思いを馳《は》せるよりも、その行動が何を意味するのかを警戒したほうが良さそうな状況ではある。友好的なアクションだと良いんだけど、どうにもそう思えないんだよなぁ。

『シールドを展開せよ。最大出力』

『アイアイマム、シールド展開します』

海兵達が陣地防御用の可搬型シールドジェネレーターを起動した瞬間、衝撃が襲いかかってきた。


【控えよ】という思念と共に。


『ガ――――ッ!?』

『ぐぅ――――ッ!?』

ホロディスプレイに映る映像が妙な方向を向いて停止し、簡易指揮所内にいたセレナ大佐達も全身を震わせて苦痛の声を上げた。これは多分意識を失いかけてパワーアーマーの転倒防止機能が働いたな。前衛の兵はうんともすんとも言わなくなってしまった。気絶したか。そして軽く3kmほど離れた場所にある簡易指揮所の人々も衝撃で意識を失いかけたというわけだ。俺以外。

「大丈夫か？」

『……どうして貴方は無事なんですか？』

「鍛えてるんで」

嘘《うそ》は言っていない。クギやコノハに手解《てほど》きを受けてサイオニックパワーの扱いには習熟しているわけだからな。今の衝撃波——正確には強力な思念波はクギの指導で習得した精神防壁によって完全に防がれた。まぁ、あれくらいなら精神防壁が無くても俺から溢《あふ》れ出ているサイオニックパワーだけで防げたかもしれんが。

『何なのですか、今のは』

「恐らくだが、攻撃とかではないな。大出力の精神波——つまりクソでかい声みたいなもんだ。あまりに出力が強すぎて、至近距離だとサイオニック能力の無い人間を昏倒《こんとう》させてしまう程のものだと思う。ちなみに、『控えよ』って言ってたぞ」

『控えよ？　なんと尊大な……ちょっと待ってください。貴方はあのノイズらしきものを理解できたのですか？』

「ノイズ？　いや、普通に言葉だったと……あぁ」

そういえば俺の頭は多言語翻訳インプラントが入っていないのに大抵の言葉を理解することができるという特別製なのだった。どうやら通常の多言語翻訳インプラントは先程の強大な精神波に対しては何の仕事もしなかったらしい。

「俺のは特別製なんで」

そう言って自分のニンジャアーマーのヘルメット部分を指先でコンコンと突《つつ》くと、セレナ大佐は呆《あき》れたような声を上げた。

『インプラントも特別製で、未強化で帝国貴族に匹敵する剣士で、サイオニック能力を操り、なおかつ凄腕の戦闘艦パイロットですか。ちょっと無茶苦茶すぎません？』

「そんなこと言われてもな……それよりどうする？　多分だが、前衛は全員意識飛んでるぞ」

『スーツのメディカルシステム経由で覚醒《かくせい》させます……む？　反応しませんね？』

パワーアーマー越しに観測されるバイタルサインは落ち着いているので命に別状はないようだが、パワーアーマーに内蔵されているメディカルシステムでは前衛を務める兵士達を覚醒させられないらしい。肉体的な作用による気絶ではなく、精神のダメージによる昏倒だからだろうか。

『パワーアーマーのメディカルシステムによる意識の覚醒……再失敗、バイタルサインに異常はありませんが昏睡《こんすい》状態です』

『厄介な……神聖帝国の精鋭兵は超能力で敵の意識を破壊すると聞きますが、それと似た状態ですか』

ああ、クギみたいな第二法力の遣い手ならそれくらい簡単にやってのけるだろうな。防衛手段を持たない普通の人は抵抗の余地もなく意識を刈り取られるだろう。

『ぐぬぬ……こうなったら私が』

「いや、駄目だろう」

いくら指揮官先頭が伝統とは言っても、全く勝ち目の無い相手に無策で突撃するのは勇気ではなく蛮勇である。

「俺が行くよ」

『いや、でも、それは』

「俺以外に行ける奴《やつ》がいないんだから仕方ない。あっちも戦う気は無さそうだし、戦闘ボットは健在なんだろ？」

『それはそうですが……わかりました。甘えさせてもらいます』

「素直で結構。それでは大佐殿」

敬礼をして例の三角錐が出現した方向へと走り始める。３ｋｍくらいならニンジャアーマーにかかれば普通に走っても五分もかからず走破できる。普通じゃないやり方なら——どうかな？

☆★☆

ニンジャアーマーのパワーを最大限に活《い》かして助走をつけ、飛び上がり、更に念動力を使って自分自身を前方斜め上へと押し出す。若干重力が低めのリッシュⅢではそれだけのことで俺は宙を、というより寧《むし》ろ空を舞うことになった。

「いやっほぉぉぅ！」

リッシュⅢは大気も極めて薄いので、空気抵抗による減速も大変に緩やかだ。この速度で地面に突っ込むといくらニンジャアーマーを着ているとはいえ大事故確定なので、地面が近づいてきたら再び念動力を使って減速しつつふんわりと自分自身を受け止める。ひとっ飛びで１ｋｍ以上移動したんじゃないか、これ。

「よっとぉ！」

再び跳ぶ。すると、海兵達を運ぶ中・小型の戦闘ボット達が眼下に見えた。なるほど、戦闘ボットを使って昏倒した兵を撤退させているのか。考えたな。

「大佐、前線の様子は？」

『膠着状態《こうちゃくじょうたい》、とでも言うべきでしょうか。対象にこれといった動きは見られませんが……ちょっとなんですかその動き。いくらなんでもスペックオーバーでしょう』

「鍛えてるんで」

『絶対にそういう問題じゃないと思うんですが』

セレナ大佐の言葉を聞き流しつつ、前方に見えている例の三角錐を見据える。俺も見ているが、奴もこちらを見ているな。奴の意識がこちらに向いているのを感じる。俺がサイオニック能力を使っているからだろうか？

「何にせよ接触してみるしかないか」

三度目の跳躍でセレナ大佐の部下達が構築した前哨《ぜんしょう》陣地へと到達した。その先には砂塵《さじん》に埋もれかけた朽ちかけの構造物のようなものがあり、その前に立ちはだかる大きな三角錐のようなものが威容を誇っている。結構なデカさだな。タイタン級の戦闘ボットと同じくらい——いや、少し大きいか？　全高は10m超といったところだろうか。まぁ良い。まずは陣地の確認だ。

「……頼もしい限りだなぁ」

当然ながら、陣地はスカスカである。陣地に詰めていた帝国軍人達はとっ始めの『接触』で全員が昏倒して戦闘ボット達に後送されたようだから、さもありなんと言ったところだが。残っているのは負傷兵の運搬に向かないタイタン級戦闘ボットのような戦闘に特化した戦闘ボットの類だけで、生身の人間は俺一人である。

いざとなれば戦闘ボットを動かしてくれるだろうし、万が一の場合は戦闘ボット達を囮《おとり》にしてダッシュで逃げよう。

「現地到着」

『早いですね……対象との接触を開始してください』

「了解」

陣地内に放置されていたサイオニック通信機を手に取ろう——として思い直した。こいつには精霊銀が使われている。下手に触ると壊してしまうかもしれない。というか、俺はこんなものに頼らずとも自前でテレパシーが使えるのだから、こんなものは必要ない。

「ヘイ、三角錐さんよ。俺達は対話を求めているんだが応じる気はあるかね？」

陣地内から三角錐に向かって呼びかけてみる。そうすると、三角錐から分離して浮遊していた小さな三角錐がこちらへとその先端を向けた。なんだ？　攻撃か？　と警戒したのだが、次の瞬間に発せられたのは攻撃ではなく、強大な思念波であった。

【肯定する】

強大だが、今の俺にとってはなんということもない強度の思念波だ。やっぱり攻撃を目的としたものではないな、これは。前衛の兵達が昏倒したのは単に出力が高すぎただけだ。

「そいつは結構。ただ、声がデカすぎる。俺はともかく、他の連中にとってはな。もう少し思念波の出力を絞ってくれ」

【了承する】

今度の思念波は先程より大分マシであった。なかなかに器用な三角錐だ。

「俺の言葉を理解できるんだな」

【肯定する。汝《なんじ》の同胞と思しき者どもから理《ことわり》を学んだ】

「ここらで転がっていた帝国兵達から俺達とコミュニケーションを取るのに必要な情報を引っこ抜いたわけか？」

【肯定する】

「なるほど。今は必要だっただろうから何も言わんが、人間ってのは基本的に自分の心の内を秘しておきたいものだ。お前さんにとっては理解し難いかもしれないが、今後は控えることを推奨する」

【検討する】

さて、都合の良いことに向こうはこっちにある程度合わせてくれるつもりがあるようだ。困難な対話になりそうな気配をヒシヒシと感じるが、未知との遭遇は今のところ平和裏に始められたと言って良いだろう。上手《うま》く交渉できると良いが、さて。

☆★☆

彼との交渉――というかコミュニケーションは割とスムーズに進んだ。彼はここらで昏倒していたセレナ大佐の部下達からコミュニケーションに必要な知識に加え、その他の情報もまとめて引っこ抜いたらしい。彼は俺達がどのような集団で、どのような意図でこの惑星を訪れたのか概《おおむ》ね把握していた。
【諸君らの求める我々の外殻の構造情報については提供する用意がある】

「そりゃ話が早い。でもタダってわけじゃ無さそうだな」

【肯定する。まず、諸君らがタマと呼んでいる我々の汎用《はんよう》作業ユニットの即時解放を要求する】

「まぁ、妥当な要求だと思うな。どうかな？　大佐」

『要求は把握しました。しかし運び出す際に暴れられるのもこちらとしては困るので、外に運び出すまでタマの状態に戻ってじっとしてくれると助かるのですが』

三角錐《さんかくすい》氏はセレナ大佐の声を聞くことができないので、俺が間に入って両者のやり取りを仲介する。正直面倒くさいが、こうする他無いので仕方がない。

【了承する。そしてもう一つ、諸君らの同族――宙賊と呼ばれている者達が我々から重要な遺物を収奪し、保管している。その奪還を要請する】

これは予想外の展開だ。宙賊のアジトから多数のタマを確保した件から、奴らがこのリッシュⅢでトレジャーハンターの真似事《まねごと》をしているのは知っていたが、まさかこの三角錐から重要な遺物とやらを奪っているとは思わなかった。

『奪還には力を尽くしますが、貴方の力を以《もっ》てすれば撃退は容易だったのでは？』

【否定する。宙賊は金属片を高速で撃ち出す原始的兵器で武装しており、我々にはそういった攻撃に対する防御手段が乏しい。また、警備個体はエネルギー効率の悪さと経年劣化によって稼働不能となっており、我々には有効な攻撃手段が存在しない。それと、要求はもう一つある】

「結構ぐいぐい来るな……内容は？」

【諸君らが精霊銀と呼ぶ物質、ないし同等の性質を持つ物質の供与を求める】

おお、ここでぶち込んできたな。前者二つの要求はセレナ大佐にとって容易な要求だった。タマの解放は意思疎通ができれば最初からするつもりだっただろうし、宙賊はいることがわかっているならどちらにせよ殲滅《せんめつ》するのが任務だからな。だが、精霊銀やそれと同等の性質を持つ物質――つまり精神増幅素材と呼ばれるような物質を大量に確保するとなるとどうかな？

『三つ目の条件に関しては要求量がどの程度のものなのか、また長期的な提供ということであれば貴方がどういった対価を払うことができるのか、という点において詳しい議論が必要だと思います。ただ、私の権限で多少はどうにかなるでしょう。とりあえず、手付けという形で早急に提供します』

ああ、恐らくレスタリアスの研究室に保管されている分を放出するつもりだな。ブラックロータスにもまだいくらか在庫はあるから、そちらについても提供を要請されそうだ。

【了承した。当方にはそちらが継続的に資源を費やすだけの価値がある資産を有している、ということだけは先に通達しておく】

三角錐氏の方にも何か隠し玉があるらしい。まぁ、三角錐氏も継続的に精神増幅素材の提供を受けたいということであれば、何かしらの手立てを用意するだろうな。なんとなくだが、俺よりもずっと頭が良さそうだし。

「とりあえず通訳をしている俺からも良いか？　ずっと通訳をするのは無理だし嫌だから、双方は早急に意思疎通手段を構築してくれ」

『わかりました』

【了承する】

まぁ、三角錐氏はセレナ大佐の部下から色々と知識を引っこ抜いたようだし、思念波による通信に依存せずともなんとかなるだろう。最悪、専用のタブレット型端末でも使ってメッセージでやり取りすりゃ良いんだし。

☆★☆

「……まぁね、こうなるとは思ってたよ」

『泣き言を言わないでください』

三角錐氏専属の翻訳者という重責から解放されてから凡そ三十分後。俺はクリシュナのカーゴスペースで愚痴を零《こぼ》していた。俺の隣には騎士のようなパワーアーマーを装備したままのセレナ大佐。そしてカーゴスペースを埋め尽くしているパワーアーマー装備の帝国海兵達。ミッチミチである。乗車率――いや、乗艦率１００％である。通勤ラッシュか何かかな？　ある意味ではその通りなんだが。

『別に白兵戦に積極的に参加しろとは言いませんから。便乗させてもらうくらい良いじゃないですか』

「本当に良いんだな？　全く期待してないんだな？」

『……少しくらいは手伝ってくれると嬉《うれ》しいかなって』

白騎士アーマーがあざとく小首を傾《かし》げて見せる。全く可愛《かわい》くない。

「やっぱり期待してるじゃねぇか……まぁ良いけどさ。条件があるぞ？」

『聞きましょう』

「俺は一人で、セレナ大佐達とは違う方向から突入する。それが条件だ」

丁度良いからニンジャアーマーを用いた白兵戦の慣熟と、コノハから教わった第一法力――念動力を使った戦闘の習熟をしてしまおうと思う。いざとなれば撤退してもセレナ大佐達が片付けてくれるんだから、訓練の場としてこれ以上美味《おい》しい状況はそうそうない。

『いや、駄目でしょう。いくら宙賊相手とはいえ危ないですよ』

白騎士アーマーを装備したセレナ大佐が至近距離で俺をガン見してくる。ヘルメット同士が触れ合うほどのガチ恋距離なのに全くときめかない。胸同士が触れ合ってもガンッて硬質な音しかしないし。

「俺の戦い方じゃ海兵達との連携は無理だ。だから先に別口から突入して連中の注意を引き付ける。その隙をついてセレナ大佐達が突入すれば良い。その方が簡単だろう？」

『それはそうですが……でも』

「俺がやろうと思ってやったことにはエルマ達も文句は言わないさ」

多分セレナ大佐はエルマに言われたことを気にしてるんだろう。ちょっと効きすぎてるな。いつもの大佐なら迷うこと無くＯＫを出していた筈《はず》だ。

『……わかりました。気をつけてくださいよ？』

「勿論《もちろん》だ」

俺だってむざむざ死ぬつもりはないからな。なに、軽く捻《ひね》ってやるさ。

☆★☆

『敵艦、敵タレット共に沈黙』

『造作もなかったわね。降ろすわよ』

リッシュⅢの地表に構築された謎の構造体――まぁ宙賊の隠れ基地だったわけだが――の対空砲やタレットの類は基地から上がってきた宙賊艦ごと瞬く間に壊滅させられた。対宙賊独立艦隊の艦載航宙戦闘機隊とエルマの操艦するクリシュナにかかれば赤子の手を捻るようなものである。やっぱりエルマの戦闘艦乗りとしての腕は確かだな。

着陸したクリシュナのカーゴスペースからパワーアーマーを着込んだセレナ大佐の部下達が出撃していくのを見送り、セレナ大佐と共に最後尾でクリシュナを降りる。

「もしもの時の援護と警戒を頼む」

『はいはい。怪我《けが》すんじゃないわよ。そろそろメイからの速達も届くわ』

「了解――ああ、見えてきた」

上空を見上げると、遠方から炎に包まれた何かがこちらへと飛んでくるのが見えた。その炎は徐々に消え、とんでもない速度でこちらに向かって突っ込んでくる――っておい、アレは直撃コースじゃないか？

ドドドドドッ！　と連続で着弾音が聞こえ、地面が揺れる。惑星軌道上から降下してきた戦闘ポットの輸送ポッドが宙賊基地の正面ゲート付近に着弾し、周囲を完膚なきまでに破壊していた。おいおい、中身の戦闘ボットは無事なんだろうな？

「メイ、あれは無事なのか？　というか、回収は可能なのか？」

『無事です。回収はブラックロータスが後ほど直接降下しますので、そちらで行います。今回使ったのは地表施設襲撃用の強襲降下ポッドです。イーグルダイナミクスから提供されていた試供品ですね』

『場所取って邪魔やってん。丁度良かったわ』

会話にティーナが割り込んでくる。ああ、そう。まぁ運用システムごとまとめて買ったから、そういう余禄《よろく》がついていてもおかしくはないのか。俺は知らなかったが。ティーナ達に丸投げしすぎたかな。

「他にビックリドッキリメカは無いだろうな？」

『運用システムごと買《こ》うたから一通りあるで？』

「今度内容をしっかり教えてくれ……」

丸投げしすぎたな。まぁ困るものでもないけど、いきなりでびっくりさせられるのは御免だ。

「ちょっと段取りが変わりましたが、行きますか。すみませんが、うちの戦闘ボット達と一緒に正面で陽動してください。裏取って切り込みます」

『貴方と一緒に何かやるといつもこうですね』

「本当に申し訳ねぇ」

故意ではないんだ。故意では。本当に。

「そういうわけで、後はよろしく」

『はい、承りま――』

大佐の返事を全て聞く前に跳び出してしまった。まぁ良いか。念動力を併用した大跳躍で宙賊の基地を一息で跳び超え、裏手側に着地する。軽く300mくらい跳んだか？

『ちょっとなんですか今のジャンプ。本当に人間辞めてませんか？』

「失礼な。俺は身体強化も一切してない一般人だぞ」

『本物の一般人さんに謝ったほうが良いですよ』

なんて失礼なことを言うんだ、と通信を入れてきた大佐に文句を言おうと思ったがやめておいた。立場が逆だったら多分俺も同じことを言っている。しかも、別にこの大跳躍はニンジャアーマーがあってのことではない。多分、というか確実に生身でも同じことができる。前にコノハがノーモーションで凄《すご》い距離を跳んだのを見てドン引きした覚えがあるが、今の俺はあれと同じかそれ以上のことができる。無論、それが即《すなわ》ち俺がコノハよりも強くなった、というわけではないが。

サイオニック能力の出力で言えば俺はコノハを圧倒する。クギすらをも圧倒する。ただ、俺はまだ扱えるサイオニック能力の種類が少ないし、能力を扱うための経験が少ない。つまり応用が効かない。今、俺がやっているように跳躍の際に念動力で自分の身体《からだ》を強力に後押しして跳躍の距離や高度を飛躍的に伸ばしたり、高所から飛び降りる際にふわりと軟着陸したりということはできるが、コノハのように念動力を応用して対象を細切れにするだとか、引き千切るだとかという芸当を咄嗟《とっさ》に行うことは不可能だ。

だが、出力が凶悪であるということはそれだけで使い道があるということでもある。

「さて……」

遠くからドンパチしている音が聞こえてきているが、こっちはこっちで派手にやった方が良い。二方向から攻撃されていると宙賊どもに知らしめられれば、それだけ奴らの戦力は分散する。

俺はニンジャアーマーの背にマウントされている鞘《さや》から、最早《もはや》レーザーガンよりも使う機会が増えてきてしまった大小一対の剣を抜き放った。基地の構造物を構成している素材はコロニーなどにもよく使われている高密度金属か、いや地表だと金属よりも岩石を材料にしている可能性が高いか？　ケイ素系の素材かもしれない。いずれにせよ、大気が薄弱なこの惑星上で人が住める環境を維持するに足るだけの強度を持つ素材なのは間違いないだろう。

本来であれば剣などではなく超高温で大抵の物質を焼滅させるプラズマグレネードなどを使うのが正道だろうが、今日の俺の目的は自分の能力の慣熟と把握である。

「そぉいっ！」

念動力で作った不可視の巨大な拳《こぶし》。それを全力で構造体へと叩《たた》きつける。

その瞬間、いくつかのことがほぼ同時に起こった。

まず、念動力の拳を叩きつけた構造体の壁に轟音《ごうおん》と共に無数のヒビが入ったかと思うと、内部から壁が炸裂《さくれつ》した。恐らくだが、壁に入ったヒビが内部へと到達し、加圧されていた構造体内の空気が吹き出してきたのだろう。

次に、一瞬だが雷でも落ちたかのように打撃面が眩《まばゆ》く瞬いた。そして、爆発と破壊が発生した。何が原因でそうなったのかはわからないが、とにかく爆発した。

幸い、俺が形作っていた念動力の巨大な拳がシールドのような役目を果たし、爆発の衝撃波や破片に俺が襲われることはなかったが、構造体はシーカーミサイルの直撃でも食らったかのような大

惨事になっていた。

「思ったより酷いことになったな。まぁ良いか」

どうせこの構造体は破壊するのだし、中の宙賊は皆殺しだ。多少被害がデカくなったところでセレナ大佐も怒りはすまい。

『凄い音が聞こえてきましたが、無事ですか⁉』

「大丈夫大丈夫、内部に突入するために壁に穴を開けただけだから」

俺を心配して飛んできたセレナ大佐からの通信に適当に答えつつ、内部へと突入する。敵のホームグラウンドに迂闊《うかつ》に突入するのは待ち伏せ攻撃を受けやすいので本来危険なんだが、今の俺に待ち伏せは効かない。サイオニック能力を使えない普通の人間も微弱な思念波を放ってはいるので、それを感知することさえできればどこに敵が何人いるのかは簡単に把握できる。

「喰《く》ら——え？」

物陰や曲がり角から頭や半身だけを出して宙賊が武器を向けてきたが、その次の瞬間には俺は彼らの背後へと移動していた。息を止めての時間の鈍化と、念動力を使った超加速によって宙賊が俺に武器を向け、照準し、トリガーを引く前に彼らの横を通過したのだ。

「ぐっ——ふ⁉」

「ごぼっ——」

当然、ただ横を通過しただけではなく剣で斬りつけてもいる。致命傷だ。しかしこの合わせ技はちょっと疲れるというか、コスパが良くないな。制御が難しいし、精神力の消耗が激しいように思う。要は撃たれなければ良いのだから、もっと効率的な手段がある筈だ。

俺はその効率的な手段を模索しながら基地内部を駆け回り、宙賊どもを斬って斬って斬りまくった。結果、一番効率的だったのはこれだった。

「イヤーッ！　おら死ねぇっ！」

「グワーッ⁉　ウゲェッ⁉」

先手を取って念動力で敵を吹っ飛ばすか押《お》し潰《つぶ》して転倒させ、転倒した敵を踏み潰すか剣で斬りつける。パワーアーマーを着込んでいるような相手だと転倒させづらいだろうから別の手が必要だろうが、基本的に軽装の宙賊相手ならこれで事足りる。わけもわからず転倒させられ、一方的にトドメを刺される宙賊からすればたまったものではないだろうが、勝てば官軍だ。

欠点は踏み潰す時の感触が生々しいことか。できるだけ剣で斬りつけたい。

『あの、交戦中の敵が突然吹っ飛んで突如現れた謎のパワーアーマーが敵を倒していったという報告が入っているのですが』

「謎も何も敵味方識別信号で俺だってことはわかってるだろ。俺は残敵を掃討するから、ブツの確保は任せた」

『はぁ……』

真面目に仕事をしているのに何故溜息《ためいき》を吐かれなければならないのか？　これがわからない。

エピローグ

『思うんですけど』

「なんすか」

『少し見ないうちに人間辞めました？』

「それは流石《さすが》にスゴイシツレイだぞ大佐。ライン越えてるよライン」

　血の海となっている宙賊基地司令室の中心で断固抗議する。そりゃ確かに夢中で宙賊どもを狩っていて、気づけば基地にいた宙賊の七割近くを一人で斬り捨ててしまったのはやりすぎだとは思う。だが人外認定は流石に言い過ぎだろう。最早《もはや》暴言じゃん。

『いやだってついこの間ですよ？　このパワーアーマーの調整に使うデータを取るために手合わせしたの』

「きっと今までの努力が実を結んで才能が開花したんだ」

『それで誤魔化すのは無理ありません？　裏手の破壊痕《あと》も画像で見ましたけど、何使ってあんな大穴あけたんですか？　どう見てもプラズマグレネードとかじゃないですよ、あれ』

「企業秘密です」

　念動力でドカーンってやりました、とか言ったら確実に人外認定されそうなのではぐらかしておく。別に人外認定されたからって何か変わるわけじゃないが、なんとなく認め難い。

『ご主人様。戦闘ボットの撤収、完了致しました』

「お疲れさん。損害は？」

軌道上のブラックロータスから戦闘ボットの指揮をしていたメイから通信が入ったので、状況を確認しておく。今回は支援に徹したようだし、恐らく大丈夫だとは思うが。

『ありません。間もなくブラックロータスもそちらに到着します』

「了解。じゃあ俺はお役御免ってことで船に戻りますけど」

『……私の心の中の無垢《むく》な少女はそんなことが許されて良いのか？　と叫んでいますが、冷静な帝国軍人の大佐はそれを止める合理的な理由が見いだせないので許可します』

「それってつまり個人的に根に持つってことじゃねぇか！　面倒くせぇな！」

そういうとこだぞ、大佐。まぁ、これはこれで甘えているのかもしれんが。こんなかつて人間だったものがツキジめいて転がっている血の海でそんな甘え方をされても反応に困るわ。やったの俺だけど。

☆★☆

宙賊基地の制圧を終えた俺は戦闘ボットを回収しに降下してきたブラックロータスに直接徒歩で乗り込み、整備士姉妹と一緒にニンジャアーマーの防疫処置などを済ませてやっと一息つくことができた。

「どーん」

休憩スペースのソファに座ったところで早速ティーナが俺の膝《ひざ》の上に上半身を投げ出してくる。整備士姉妹も一緒にシャワーを浴びてきたので、三人とも湯上がりなのだ。

「構って欲しいのか？　オラオラ」

「にょあー」

ひっくり返って顔を見上げてきたので、両手の平でティーナの頬を左右から挟んでやる。あっちよんぶりけ。ふふふ、罪なもちもちほっぺただな。いつまでも触っていられそうだぜ。

「んっ」

「なんだこの可愛《かわい》い生き物」

ティーナのほっぺたを好き放題していたら、ウィスカが近くに寄ってきて俺の手の甲にほっぺたを押し付けてきた。わんこか何かかな？　よーしよしよしよし。

「んにゅにゅにゅにゅにゅ」

「戦闘ボットの整備は良いのか？」

ウィスカのほっぺをむにむにしながらティーナにそう聞くと、彼女は俺の膝の上に頭を乗っけたまま俺の顔を見上げて口を開いた。

「天下のイーグルダイナミクス製やから、うちらがすること殆《ほとん》どないんよね。兄さんが運用システムをまるごと導入したから、メンテナンスもほぼ自動化されてるんよ。もちろん、全部終わった後にチェックは必要なんやけど」

「なるほど。そういえば他にもビックリドッキリなメカが隠してあったりしないだろうな？　あの強襲ポッドには驚いたぞ」

「兄さん、買う時にちゃんと資料見たやん」

「斜め読みしかしてないし、じゃあそれでって感じで決めたから……」

ワタシ、ムズカシイコトワカリマセーン。スペックと汎用《はんよう》性の高さだけで決めたからな、最終的には。後で整備士姉妹に色々教えてもらうとするか。

「安い買い物じゃないのに……お兄さんって妙に慎重なところと妙にこう、ガバガバなところがありますよね」

「大金持ってると気がついたらカツカツになってるタイプやね。うちらみたいなのが財布《さいふ》の紐《ひも》をギュッと締めたらんと」

「ティーナはともかくウィスカはダメじゃね？　アーティファクトショップでなんかよくわからんオブジェ買おうとしてたじゃん」

「うっ……あ、あれはちょっとした気の迷いですから」

などと話していると、エルマからブラックロータスに戻るというメッセージが俺の小型情報端末に入ってきた。どうやら三角錐《さんかくすい》氏との接触も平和裏に終わり、宙賊基地も制圧が完了したということで警戒態勢が解除されることになったらしい。

「エルマも戻ってくるとさ」

「それじゃあ私達の独占タイムは終わりですね」

「短い天下やったなー。まぁ姐《あね》さんが帰ってくるまでは存分に味わっとこか」

俺の太腿《ふともも》にほっぺたをスリスリしてくるティーナの頭を撫《な》でる。こっちは猫か何かかな？　よーしよしよしよし。

というわけで、特大の厄介事になるかと思われたエッジワールドでの未知との接触は思ったよりも平和裏、かつスムーズに終わりそうなのであった。

ここから大逆転でピンチな展開になることはまずありえまい。ガハハ。勝ったな。

あとがき

『目覚めたら最強装備と宇宙船持ちだったので、一戸建て目指して傭兵《ようへい》として自由に生きたい』の十二巻を手に取って頂きありがとうございます！

　こうして十二巻を出せたのも読者の皆様のおかげですね！　ありがたや……！

　私の住んでいる北の大地はまだまだ寒いですが、皆様如何《いかが》お過ごしでしょうか？　私は年の初めから奥歯と親知らずをぶっこ抜いたり、その傷が癒えたと思ったら遂《つい》に例のウィルスに感染したりと大変でした……！　幸いな事にごく軽い症状で済みましたが。

　ゲームもまた色々と手を出しましたね。某有名ＴＲＰＧのコンシューマーゲームだとか、可愛《かわい》いモンスターを捕まえて乗り回したり、労働させたりするゲームだとか。他には異星人の言葉を学びながら銀河の中心に向かってひたすら旅をするゲームを再プレイしたりもしました。内容が大きく変わっていたり、大幅に拡充されていたりしてびっくりしましたね。

　作者の近況はこの程度にしておきましょう。今回の内容について軽く触れていきたいと思います。

　今回は前巻にも登場したつよつよサイオニックタヌキ娘ことコノハが再登場します。それによって旅の内容にも若干変化が起きており、ヒロのサイオニック能力もＷｅｂ版と比べて大きく開花することになっていますね。

そして大変久方ぶりにあの人が再登場です。表紙でバレてる？　そうだね！　ショーコ先生だね！　眼鏡の似合うお姉さんは好きですか？　僕は大好きです。

テンションが変な方向に吹っ飛んでいきそうなので、さっさと巻末設定公開コーナーに移っていきましょう。今回は作中に登場する携行兵器について。

作中世界でスタンダードな携行兵器は光学兵器です。作中でレーザーガンやレーザーライフルなどと呼ばれているものですね。

これは強力なレーザーの照射によって一瞬で照射箇所の表面要素を蒸散爆発させて破壊するというもので、傷痕は火傷《やけど》というよりも一次爆傷に近いものとなります。着弾箇所で小型の爆弾が爆発するようなものですね。大変に破壊力も殺傷能力も高い武器です。

ただ、実のところ作中世界で光学兵器が流行《はや》っているのは破壊力と殺傷能力が高いからという理由よりも、宇宙船内やコロニー内で使っても比較的安全だからという理由のほうが強かったりします。

この作中世界の光学兵器は破壊原理上貫通力に乏しいので、貫通力の高い実弾兵器に比べて流れ弾で船の外殻に致命的な損傷を与える可能性が低いわけです。そういう理由で作中世界の現在においては実弾を使用する携行型の兵器は殆《ほとん》ど流通していません。

また、実弾兵器はシールド技術に極端に弱いというのも、実弾兵器が廃れている大きな理由だったりします。シールド技術というのは元々航宙艦が超光速航行をする際にスペースデブリ等との衝突から船体を守るための技術なので、作中世界におけるシールドは実弾兵器に対してほぼ無敵と言って良いほどの防御力を誇ります。弾頭にシールドを突破するための何かしらの工夫が無ければ、何発撃ち込もうがシールドを突破することはかないません。

そして、携行兵器用のごく小さな弾頭にそういった工夫を施すのには大変なコストが掛かります。シールドを突破するために実弾兵器の弾頭にそのようなコストをかけるくらいなら、レーザーガンを十発くらい撃ち込んだほうが遥《はる》かにコストが安かったりするわけですね。

今回はこの辺りで失礼させていただきます。

担当のKさん、イラストを担当してくださった鍋島《なべしま》テツヒロさん、本巻の発行に関わってくださった皆様、そして何より本巻を手に取ってくださった読者の皆様に厚く御礼申し上げます。

次は十三巻！　出ろ！

リュート

お便りはこちらまで

〒102－8177
カドカワBOOKS編集部　気付
リュート（様）宛
鍋島テツヒロ（様）宛

カドカワBOOKS

目《め》覚《ざ》めたら最強装備《さいきょうそうび》と宇宙船《うちゅうせん》持《も》ちだったので、
一戸建《いっこだ》て目指《めざ》して傭兵《ようへい》として自由《じゆう》に生《い》きたい 12

2024年 4 月10日　初版発行

著者／リュート

発行者／山下直久

発行／株式会社KADOKAWA

〒102-8177
東京都千代田区富士見2-13-3
電話／0570-002-301（ナビダイヤル）

編集／カドカワBOOKS編集部

印刷所／大日本印刷

製本所／大日本印刷

●お問い合わせ
https://www.kadokawa.co.jp/（「お問い合わせ」へお進みください）
※内容によっては、お答えできない場合があります。
※サポートは日本国内のみとさせていただきます。
※Japanese text only

Printed in Japan
ISBN 978-4-04-075389-8 C0093

新文芸宣言

　かつて「知」と「美」は特権階級の所有物でした。

　15世紀、グーテンベルクが発明した活版印刷技術は、特権階級から「知」と「美」を解放し、ルネサンスや宗教改革を導きました。市民革命や産業革命も、大衆に「知」と「美」が広まらなければ起こりえませんでした。人間は、本を読むことにより、自由と平等を獲得していったのです。

　21世紀、インターネット技術により、第二の「知」と「美」の解放が起こりました。一部の選ばれた才能を持つ者だけが文章や絵、映像を発表できる時代は終わり、誰もがネット上で自己表現を出来る時代がやってきました。

　UGC（ユーザージェネレイテッドコンテンツ）の波は、今世界を席巻しています。UGCから生まれた小説は、一般大衆からの批評を取り込みながら内容を充実させて行きます。受け手と送り手の情報の交換によって、UGCは量的な評価を獲得し、爆発的にその数を増やしているのです。

　こうしたUGCから生まれた小説群を、私たちは「新文芸」と名付けました。

　新文芸は、インターネットによる新しい「知」と「美」の形です。

2015年10月10日

井上伸一郎

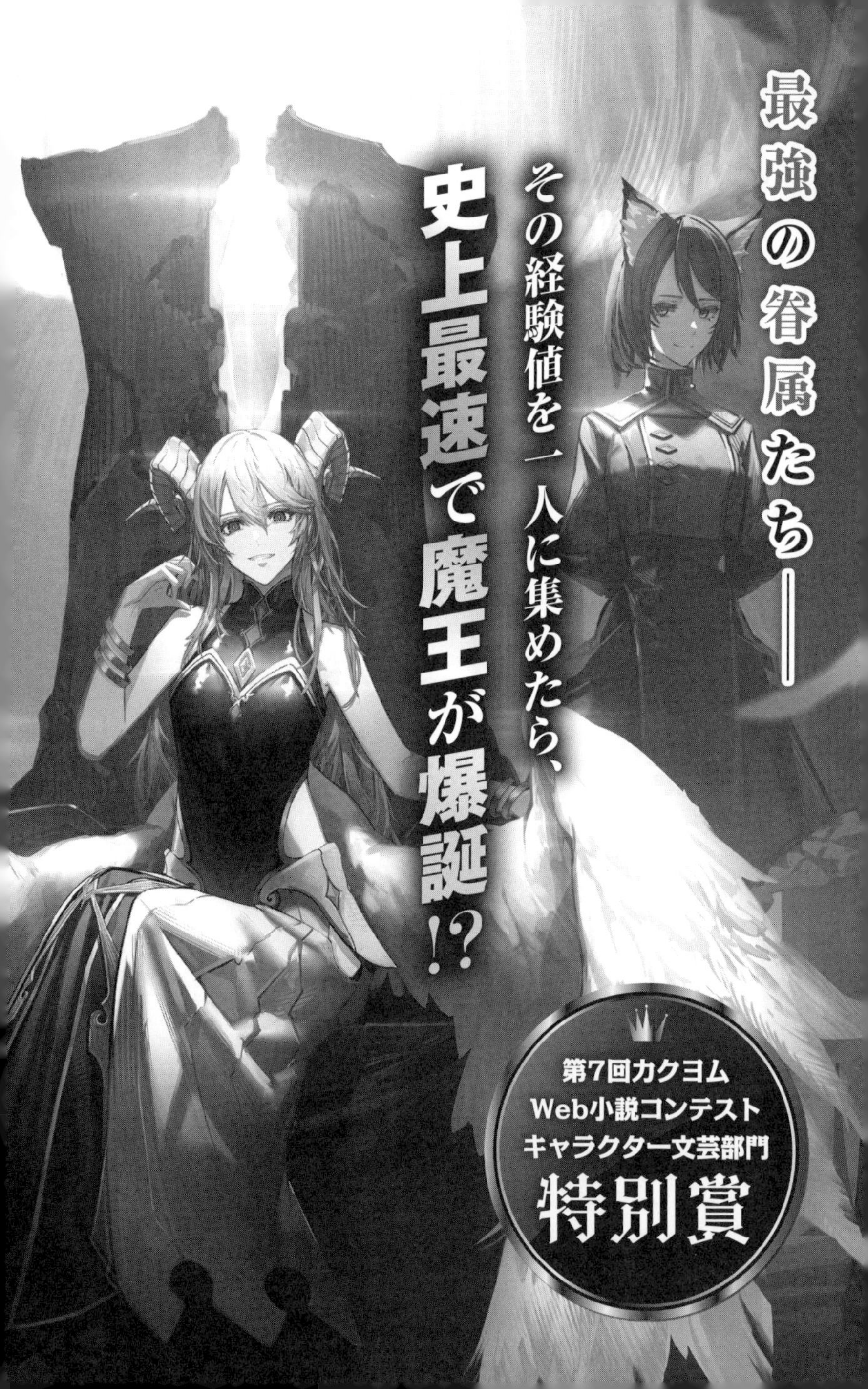
最強の眷属たち――
その経験値を一人に集めたら、
史上最速で魔王が爆誕!?
第7回カクヨム
Web小説コンテスト
キャラクター文芸部門
特別賞

歩くたび増えていく
新しい出会い、新しいスキル
この世界で、
のんびり旅はじめます。
異世界ウォーキング
コミックス好評発売中!&
講談社
「マガジンポケット」にて
コミカライズ
好評連載中!!
漫画:小川慧

異世界ウォーキング
シリーズ好評発売中！
あるくひと
[illust.] ゆーにっと
カドカワBOOKS
異世界に召喚された日本人、ソラが得たスキルは「ウォーキング」。「どんなに歩いても疲れない」というしょぼい効果を見た国王は彼を勇者パーティーから追放した。だがソラが異世界を歩き始めると、突然レベルアップ！　ウォーキングには「1歩歩くごとに経験値1を取得」という隠し効果があったのだ。鑑定、錬金術、生活魔法……便利スキルも次々取得して、異世界ライフはどんどん快適に！拾った精霊も一緒に、のんびり旅はじまります。